Passageiro para Frankfurt

AGATHA CHRISTIE

Passageiro para Frankfurt

Uma narrativa fantástica

Tradução

Carmen Ballot

10ª edição

Clãudio
23/04/2009

EDITORA
NOVA
FRONTEIRA

Título original: PASSENGER TO FRANKFURT

EDITORA NOVA FRONTEIRA S.A.
Rua Bambina, 25 – Botafogo – 22251-050
Rio de Janeiro – RJ – Brasil
Tel.: (21) 2537-8770 – Fax: (21) 2537-2659
http://www.novafronteira.com.br
e-mail: sac@novafronteira.com.br

Equipe de produção
Leila Name
Izabel Aleixo
Shahira Mahmud
Ana Carolina Merabet
Andrea Hecksher
Daniele Cajueiro
Janaína Senna
Ligia Barreto Gonçalves

Revisão de tradução
Maria Helena Rubinato

Revisão
Ademilson Coutinho
Eduardo Coelho

Diagramação
Futura

CIP-Brasil. Catalogação-na-fonte
Sindicato Nacional dos Editores de Livros, RJ

C479p Christie, Agatha, 1890-1976
10. ed. Passageiro para Frankfurt / Agatha Christie ; tradução de Carmem Ballot. – 10. ed. – Rio de Janeiro : Nova Fronteira, 2003

Tradução de: Passenger to Frankfurt
ISBN 85-209-1549-3

1. Ficção policial. 2. Romance inglês. I. Ballot, Carmem. II. Título.

CDD 823
CDU 821.111-3

A liderança, além de uma grande força criativa, pode ser diabólica...

Jan Smuts

Sumário

Introdução

Fala a autora:

A primeira pergunta que se faz a um escritor, pessoalmente ou pelo correio, é:

— Aonde o senhor vai buscar suas idéias?

É enorme a tentação de responder assim: "Sempre vou ao Harrod's", ou "A maior parte delas eu consigo nas lojas Army and Navy", ou, malcriada, "Tente no Marks and Spencer".

A opinião geral parece ser a da existência de uma fonte mágica na qual os escritores vão beber suas idéias.

Na pior das hipóteses, podemos remeter os perguntadores aos tempos elizabetanos, com esta saída de Shakespeare:

Diga-me, onde nasce a fantasia,
No coração ou na cabeça,
Como se origina, como se alimenta?
Responda, responda.

Só podemos responder com segurança:

— Na minha própria cabeça.

Isso, é claro, não vai ajudar ninguém. Se você gostou da cara de quem lhe fez a pergunta, vá um pouco mais longe. Se você se sentir atraído por alguma idéia em especial e achar que dali pode criar algo, você a vira pelo avesso, faz travessuras com ela, molda e amolda de várias formas, e, depois, é lógico, precisa começar a pô-la no papel. Não é tão divertido quanto parece: pode ser um trabalho duro. Outra alternativa é arquivá-la cuidadosamente numa gaveta, para talvez usá-la dentro de um ou dois anos.

Uma outra pergunta — quase uma afirmação — é também muito comum:

— Eu creio que a senhora tira suas personagens da vida real.

A resposta é uma negativa indignada para tão monstruosa sugestão.

— Não, é claro que não! Eu as invento. Elas são *minhas*. Têm de ser as *minhas* personagens, fazendo o que eu quero que elas façam, sendo o que eu quero que elas sejam, tornando-se vivas para mim, tendo às vezes suas próprias idéias, apenas porque eu as tornei *reais*.

Em resumo, o autor produz suas idéias e personagens. Mas surge agora uma terceira necessidade — o ambiente. As duas primeiras vêm de fontes internas, mas a terceira vem de fora, precisa estar lá, à espera, existindo realmente. Você não o inventa — ele está ali — é real.

Talvez você tenha chegado de um passeio pelo Nilo, lembra-se de tudo — exatamente o cenário de que necessita para esta história particular. Fez uma refeição num café em Chelsea. Presenciou uma briga: uma garota puxou o cabelo de outra. Excelente princípio para o próximo livro que vai começar. Você viajou pelo Expresso do Oriente. Que divertido fazer dele o cenário para a próxima trama que está imaginando! Vai tomar chá com uma amiga. Quando chega lá, o irmão dela fecha o livro que está lendo, joga-o de lado e diz: "Não é mau, mas por que diabos não pediram a Evans?"

Imediatamente você decide que vai escrever um livro com este título — *Por que não pediram a Evans?*

Você ainda não sabe quem vai ser Evans. Não tem importância. Evans aparecerá quando chegar a hora — é o título que está pronto.

Logo, você não inventa os ambientes. Eles estão à sua volta, em torno de você, existem — você tem apenas de estender a mão, apanhá-los e escolher. Um trem de ferro, um hospital, um hotel de Londres, uma praia do Caribe, uma cidadezinha do interior, uma festa, uma escola de meninas.

Apenas uma coisa conta — eles precisam estar ali — existir. Pessoas verdadeiras, lugares verdadeiros. Um local bem definido no tempo e no espaço. É preciso ser aqui e ser agora — senão como você vai conseguir saber de tudo? A não ser pela própria evidência de seus olhos e seus ouvidos? A resposta é assustadoramente simples.

É o que a imprensa lhe dá todos os dias, em seu jornal matutino, sob o genérico "Notícias". Pegue as da primeira página. O que está acontecendo no mundo hoje? O que cada um está dizendo, pensando, fazendo? Levante um espelho e veja a Inglaterra em 1970.

Olhe para as manchetes todos os dias durante um mês, tome notas, considere-as e classifique-as.

Todos os dias há um crime.

Uma moça estrangulada.

Mulher idosa atacada e roubada em suas magras economias.

Rapazes e meninos — atacando ou sendo atacados.

Edifícios e cabinas telefônicas arrebentadas e destroçadas.

Contrabando de drogas.

Crianças desaparecidas e corpos de crianças assassinadas encontrados perto das casas onde moravam.

Será que a Inglaterra é assim? Será *realmente* assim? A gente sente — não — ainda não, *mas pode ficar assim.*

O terror está despertando — o terror do que pode vir a acontecer. Não somente por causa dos acontecimentos atuais, mas também pelas possíveis causas que estão por detrás deles. Algumas você conhece, outras não, mas *sente*. E não apenas em nosso próprio país.

Há pequenos parágrafos em outras páginas, trazendo notícias da Europa, da Ásia, das Américas, notícias de todo o mundo.

Seqüestro de aviões.

Raptos.

Violência.

Desordens.

Ódio.

Anarquia — cada vez maior.

Tudo parece levar-nos a adorar a destruição, a ter prazer na crueldade.

O que significa tudo isso? Uma frase do passado ecoa, falando da vida:

...é uma lenda
Contada por um idiota, cheia de sons e de fúria,
Que não significa nada.

E, no entanto, você sabe — por suas próprias experiências — quanta bondade existe ainda no mundo de hoje: a generosidade, a bondade de um coração, os atos de compaixão, a ajuda entre vizinhos, as boas ações de meninos e meninas.

Então, por que essa fantástica atmosfera das notícias diárias — dos fatos que acontecem — e que são *fatos* verdadeiros?

Para se escrever uma história neste ano da Graça de Nosso Senhor Jesus Cristo de 1970, você precisa estar enfronhada em seu ambiente. Se o ambiente é fantástico, então a história precisa aceitar seu cenário. Precisa, igualmente, ser uma fantasia — uma extravagância. O cenário precisa incluir os acontecimentos fantásticos do dia-a-dia.

Conseguiremos uma causa extravagante? Uma campanha secreta para tomar o Poder? Pode um desejo absurdo de destruição criar um mundo novo? Pode alguém dar um passo à frente e sugerir libertação por meios fantásticos, aparentemente absurdos?

Nada é impossível, a ciência já nos ensinou isso.

Esta história, em sua essência, é uma fantasia. Não pretende ser nada mais do que isto.

Mas a maior parte das coisas que acontecem nela estão acontecendo ou prometendo que irão acontecer no mundo de hoje.

Esta história não é impossível, apenas fantástica.

Livro I

A viagem interrompida

I

Passageiro para Frankfurt

— Apertem os cintos, por favor.

Os vários passageiros do avião obedeceram lentamente. Sabiam que não havia possibilidade de já estarem chegando a Genebra. Os mais sonolentos resmungaram e bocejaram. Os mais que sonolentos tiveram que ser acordados com a chamada gentil de uma aeromoça autoritária.

— Seus cintos, por favor.

A voz seca veio através do microfone, severa. Explicou em alemão, em francês e em inglês que iriam passar por um pequeno trecho de turbulência. Sir Stafford Nye abriu muito a boca, bocejou e sentou-se mais ereto na cadeira. Ele estivera sonhando com uma pescaria feliz em um rio inglês.

Era um homem de 45 anos, de boa altura, com um rosto suave, moreno e bem barbeado. Ao vestir-se, gostava de parecer extravagante. Homem de família excelente, só se sentia bem satisfazendo certos caprichos no vestir. Fazia com que seus colegas mais convencionais piscassem os olhos ao vê-lo. Para ele, essa reação era uma maliciosa fonte de prazer. Havia nele qualquer coisa do século XVIII. Gostava de ser observado.

Seu modo especial de chamar atenção quando estava viajando era uma espécie de capa de bandoleiro que comprara na Córsega. De um azul muito escuro, quase púrpura, forrada de vermelho, a capa tinha um capuz que ele podia puxar por sobre a cabeça quando queria se proteger do vento.

Sir Stafford Nye fora um desapontamento para os círculos diplomáticos. Dotado desde a juventude para grandes empreendimentos, tinha falhado na realização de suas promessas anteriores. Um senso de humor estranho e diabólico costumava dominá-lo em seus momentos mais sérios. Quando chegava a hora, preferia satisfazer sua malícia travessa a se chatear. Era uma figura bastante conhecida na vida pública, apesar de nunca ter atingido uma certa eminência. Sentia-se que Stafford Nye, embora extraordinariamente brilhante, não era — e provavelmente nunca seria — um homem digno de confiança. Nestes dias de políticas emaranhadas e relações exteriores complicadas, a segurança — especialmente para alguém que estava à altura de ser embaixador — era preferível ao brilho. Sir Stafford Nye ficou relegado à prateleira, apesar de às vezes ser designado para certas missões que exigiam a arte da intriga, mas que nunca eram de natureza importante ou pública. Os jornalistas referiam-se a ele como a ovelha negra da diplomacia.

Se o próprio Sir Stafford estava desapontado com sua carreira, ninguém jamais chegou a saber. Provavelmente nem ele mesmo. Era um homem um tanto vaidoso, mas também um homem que gostava de saborear suas tendências à travessura.

Voltava de uma comissão de inquérito na Malásia. Achara-a tremendamente maçante. Seus colegas, em sua opinião, já tinham idéias predeterminadas antes mesmo de saber o que iriam descobrir. Viam e ouviam, porém seus pontos de vista preconcebidos não seriam modificados. Sir Stafford tentara lançar um pouco de água na fervura, mais para ver no que daria do que por convicções arraigadas. De qualquer forma, pensava ele, avivara um pouquinho as coisas. Gostaria que tivesse havido mais possibilidades de dar vida nova às idéias. Seus companheiros na comissão eram pessoas muito sérias, dignas de confiança e horrivelmente chatas. Mesmo a muito conhecida sra. Nathaniel Edge, a única mulher presente, conhecida por ter alguns parafusos frouxos, não era nenhuma tola quando se tratava de fatos comuns. Via, ouvia e tirava o corpo fora.

Ele já se encontrara com ela anteriormente, quando de um problema a ser resolvido numa capital dos Bálcãs. Lá, Sir Stafford não fora capaz de se conter e se envolvera em diversos problemas interessantes. Um semanário sensacionalista, o *"Inside News"*, insinuara que a presença de Sir Stafford Nye na capital bálcã estava intimamente ligada aos problemas dos Bálcãs e que sua missão ali era secreta e muito delicada. Um amigo atencioso lhe enviara um exemplar da revista, onde a tal passagem estava marcada. Sir Stafford não se aborreceu. Leu tudo com um sorriso deliciado. Divertiu-se bastante por saber que os jornalistas estavam ridiculamente longe da verdade nessa ocasião. Sua presença em Sófia devia-se inteiramente a um inocente interesse em flores silvestres raras e aos apelos de uma amiga idosa, Lady Lucy Cleghorn, incansável na procura dessas tímidas raridades florais e sempre pronta a escalar um rochedo ou a saltar alegremente dentro de um brejo à vista de uma florzinha minúscula, cujo tamanho do nome em latim era inversamente proporcional ao seu tamanho real.

Um pequeno grupo de entusiastas andava nessa procura botânica pelas encostas das montanhas já há uns dez dias, quando ocorreu a Sir Stafford que era uma pena que a notícia não fosse verdadeira. Estava um pouquinho — só um pouquinho — cansado de flores silvestres e, mesmo querendo muito bem a Lady Lucy, a habilidade dela em escalar montanhas correndo, apesar de seus sessenta anos às vezes o aborrecia. Sempre à sua frente, lá estava Lucy, o traseiro dentro de calças azul-real. E ela, embora fosse magra no aspecto geral — essa é a verdade —, tinha a cintura indiscutivelmente larga para vestir aquelas calças de veludo... Uma pequena intriga internacional, pensou ele, onde pudesse divertir-se um pouco...

No avião a voz metálica falou outra vez pelo microfone. Avisava aos passageiros que, devido ao pesado nevoeiro sobre Genebra, o avião se desviaria para o Aeroporto de Frankfurt e de lá seguiria para Londres. Os passageiros com destino a Genebra sairiam de Frankfurt o mais cedo possível. Para Sir Stafford Nye não fazia diferença. Se houvesse nevoeiro em Londres, ele calculou que desviariam o avião para Prestwick. Esperava que isto não acontecesse, já estivera em Prestwick uma ou duas vezes. "A vida", pensou ele, "e as viagens aéreas, eram na realidade terrivelmente chatas". "Se ao menos" — ele não sabia o quê — "se ao menos... *o quê?*".

Fazia calor na sala de trânsito em Frankfurt e Sir Stafford Nye afastou um pouco sua capa, deixando aparecer o forro encarnado que caía espetacularmente sobre seus ombros. Tomava um copo de cerveja, enquanto ouvia, desatento, os vários chamados que eram feitos.

"Vôo 4387. Destino a Moscou. Vôo 2381. Destino ao Egito e a Calcutá."

Viagens aos quatro cantos do mundo. Deveria ser romântico. Mas havia algo na atmosfera de uma sala de trânsito de aeroporto que destruía o romance. Eram cheias demais: de gente, de coisas para comprar, de assentos coloridos, de plástico, de seres humanos, de crianças chorando. Tentou lembrar-se de quem dissera:

Eu gostaria de amar a Raça Humana;
Eu gostaria de amar seu tolo rosto.

Chesterton, talvez? Era sem dúvida uma verdade. Ponha muitas pessoas juntas e elas parecerão todas dolorosamente iguais e dificilmente alguém poderá tolerá-las. "Se houvesse um rosto interessante", pensou Sir Stafford, que diferença faria? Olhou de modo depreciativo para duas moças, esplendidamente maquiadas, vestidas com o uniforme de seu país — Inglaterra, calculou ele —, com as minissaias cada vez mais curtas; olhou também para uma outra moça, ainda mais bem maquiada e, de fato, muito bonita, usando o que pensou ser o que chamavam de saia-calça. Esta estava mesmo avançada em matéria de moda.

Não estava interessado em moças bonitas parecidas com todas as outras moças bonitas do mundo. Gostaria de ver alguém diferente. Uma pessoa sentou-se a seu lado no sofá coberto de couroplástico. O rosto dessa moça chamou-lhe imediatamente a atenção. Não exatamente por ser diferente, mas por lhe parecer com alguém que conhecia. Eis alguém que ele já vira antes. Não podia lembrar-se onde nem quando, mas era-lhe certamente familiar. Vinte e cinco ou 26 anos, pensou ele. Um delicado nariz aquilino, cabelos pretos e pesados caindo sobre os ombros. Tinha nas mãos uma revista aberta, mas não lhe prestava muita atenção. Na verdade, a moça olhava-o com um jeito quase ansioso. De repente, ela falou. Era uma voz grave e profunda, quase tão grave quanto a de um homem. Tinha um leve sotaque estrangeiro. Disse:

— Posso falar com o senhor?

Estudou-a por um instante antes de responder. Não — não era o que ele estava pensando —, isto não era uma cantada. Era outra coisa.

— Não vejo por que não — disse ele. — Temos tempo de sobra, ao que parece.

— Nevoeiro — disse a mulher. — Nevoeiro em Genebra, nevoeiro em Londres, talvez. Nevoeiro por todos os lados. Não sei o que fazer.

— Oh, não precisa preocupar-se — disse ele, tranqüilizador. — Eles a deixarão tranqüilamente nalgum lugar. São muito eficientes, você sabe. Para onde vai?

— Eu estava indo para Genebra.

— Bem, espero que você chegue lá.

— Eu preciso chegar lá *agora*. Se conseguir chegar a Genebra, tudo correrá bem. Lá, há alguém à minha espera. Estarei salva.

— Salva? — ele sorriu.

— Salva é uma palavra de cinco letras, mas não é um tipo de palavra em que as pessoas estejam muito interessadas nos dias de hoje. Entretanto, significa tanto... Para mim significa muito...

E continuou:

— Sabe, se não conseguir chegar a Genebra, se tiver de deixar este avião aqui, ou ir com ele para Londres sem ter feito outros planos, serei assassinada — olhou-o vivamente. — Creio que o senhor não acredita no que eu digo.

— Temo que não.

— É a pura verdade. Pessoas são assassinadas. São mortas, todos os dias.

— Quem quer matar você?

— Faz diferença?

— Para mim não.

— Acredite ou não, estou dizendo a verdade. Preciso de ajuda. Ajuda para chegar sã e salva a Londres.

— E por que me escolheu para ajudá-la?

— Porque acho que o senhor sabe alguma coisa sobre a morte. Já conheceu a morte, talvez já tenha visto a morte acontecer.

Ele a olhou rapidamente e desviou a vista em seguida.

— Alguma outra razão? — perguntou.

— Sim. Isto — ela estendeu a mão fina e bronzeada, e tocou as pregas de sua enorme capa. — Isto.

Pela primeira vez seu interesse foi despertado. (Ou melhor, ela conseguiu despertar seu interesse.)

— O que você quer dizer com isto?

— É estranho, característico. Não é o que qualquer um usaria.

— É verdade. É um de meus esnobismos, eu diria.

— É um esnobismo que pode ser útil para mim.

— Que quer dizer?

— Vou pedir-lhe uma coisa. Provavelmente o senhor vai recusar, mas talvez não recuse porque penso que é um homem sempre pronto a correr riscos. Assim como sou uma mulher que corre riscos.

— Ouvirei sua proposta — respondeu ele com um leve sorriso.

— Quero usar sua capa. Quero o seu passaporte. Quero o seu talão de embarque. Dentro de mais ou menos vinte minutos, o vôo para Londres será chamado. Estarei então com seu passaporte, estarei usando sua capa. E viajarei para Londres, e chegarei lá sã e salva.

— Você quer dizer que irá passar por mim? Minha cara menina...

Ela abriu a bolsa. De dentro tirou um pequeno espelho quadrado.

— Olhe. Olhe para mim e depois olhe para si mesmo — disse ela.

Ele, então, viu o que estava vagamente em sua cabeça. Sua irmã, Pamela, que morrera uns vinte anos atrás. Sempre foram muito parecidos, ele e Pamela. Uma forte semelhança familiar. Ela tivera uma acentuada aparência masculina e o rosto dele talvez tenha sido, na juventude, ligeiramente feminino. Ambos tinham o mesmo nariz aquilino, a mesma inclinação nas sobrancelhas, o mesmo sorriso meio de lado. Pamela era alta, mais de 1,70m, ele também era alto, 1,80m. Olhou para a mulher que lhe oferecera o espelho.

— Há uma certa semelhança facial entre nós, é isto que você quer dizer, não é? Mas, minha cara menina, não enganaria ninguém que me conhecesse ou que conhecesse você.

— É claro que não. Mas, não compreendeu? Não é necessário. Estou viajando de calças compridas. O senhor viajou com o capuz levantado e caído sobre o rosto. Tudo que preciso fazer é cortar o cabelo, enrolá-lo em uma folha de jornal e jogá-lo em uma das cestas de lixo daqui. Então, vestirei o seu capote, terei o seu talão de embarque, sua passagem e seu passaporte. A menos que alguém o conheça bem neste avião, e presumo que não haja ninguém, pois já se teriam falado, poderei tranqüilamente viajar em seu lugar. Mostrarei seu passaporte quando for necessário, usando a capa e o capuz para deixar apenas o nariz, os olhos e a boca de fora. Poderei sair calmamente quando o avião chegar a Londres e desaparecer no meio do sem-número de pessoas da cidade.

— E o que eu faço? — perguntou Sir Stafford, com um ligeiro sorriso.

— Posso lhe fazer uma sugestão se o senhor tiver a coragem de aceitá-la.

— Faça a sugestão — disse ele —, sempre gostei de ouvir sugestões.

— O senhor vai se levantar daqui, caminhar e comprar uma revista ou um jornal, ou um presente no balcão de lembranças. Deixa a capa jogada aqui na poltrona. Quando voltar com seja lá o que for, senta-se em outro lugar — digamos, no banco ali em frente. Haverá um copo à sua frente, este mesmo copo. Nele haverá algo que o fará dormir. Vá dormir num canto tranqüilo.

— E depois?

— O senhor será a presumível vítima de um assalto — disse ela. — Alguém terá posto algumas gotas de um soporífero em sua bebida e terá roubado sua carteira. Algo do gênero. Irá declarar a sua identidade, dizer que seu passaporte foi roubado e também suas coisas. Poderá facilmente estabelecer sua identidade.

— Você sabe quem eu sou? Meu nome, quero dizer?

— Ainda não — disse ela. — Ainda não vi seu passaporte. Não tenho idéia de quem seja.

— Entretanto você diz que eu posso facilmente estabelecer a minha identidade.

— Sei julgar bem as pessoas. Sei quem é importante e quem não é. O senhor é uma pessoa importante.

— E por que eu faria tudo isso?

— Talvez para salvar a vida de um ser humano.

— Não acha esta história forçada?

— Oh, sim! Difícil de se acreditar... O senhor acredita?

Ele olhou para ela, pensativo.

— Sabe com que seu diálogo parece?... Com o de uma linda espiã num filme de ação.

— Talvez. Mas eu não sou linda.

— E nem é espiã?

— Talvez possa ser classificada assim. Tenho certas informações... informações que preciso guardar. Precisa aceitar a minha palavra: são informações que serão valiosas para o seu país.

— Não acha que está sendo meio absurda?

— Acho. Isso escrito pareceria absurdo. Mas tantas coisas absurdas são verdadeiras, não são?

Olhou novamente para ela. Parecia-se muito com Pamela. A voz, embora estranha na entonação, era igual à de Pamela. O que estava propondo era ridículo, absurdo, quase impossível e, provavelmente, perigoso. Perigoso para ele. Infelizmente, no entanto, foi isto que o atraiu. Ter a coragem de sugerir uma coisa destas! O que aconteceria? Seria interessante descobrir, certamente...

— E o que ganho com isso? — perguntou ele. — Gostaria de saber.

Ela o olhou, considerando a pergunta.

— Diversão — disse ela. — Algo fora dos acontecimentos de todo dia. Um antídoto para a chateação, talvez. Nós não temos muito tempo. Está em suas mãos.

— E o que vai acontecer ao *seu* passaporte? Terei de comprar uma peruca, se é que eles vendem isso aqui no aeroporto? Terei de passar por mulher?

— Não. Não se trata de uma troca de identidade. O senhor foi dopado e roubado, mas não deixou de ser a mesma pessoa. Resolva. Não há tempo. O tempo está passando muito depressa. E tenho de fazer a minha transformação.

— Você venceu — disse ele. — Ninguém deve recusar o extraordinário se ele lhe for oferecido.

— Eu esperava que o senhor pensasse assim, mas foi cara ou coroa.

De seu bolso, Stafford Nye tirou o passaporte. Colocou-o no bolso de fora da capa que estava usando. Pôs-se de pé, deu um bocejo, olhou em torno, deu uma espiada no relógio e caminhou para um dos balcões onde havia várias coisas à venda. Nem olhou para trás. Comprou um livro e examinou uns bichinhos de pelúcia, presentes para alguma criança. Finalmente escolheu um ursinho panda. Olhou à sua volta e voltou para onde estivera sentado. A capa se fora e a moça também. Um copo meio vazio de cerveja ainda estava sobre a mesa. "É aqui", pensou ele, "que eu vou correr o risco". Pegou o copo, levantou-o e bebeu. Não bebeu depressa — bebeu muito devagar. O gosto era o mesmo de antes.

"E agora?", Sir Stafford pensou. "E agora?..."

Atravessou a sala até o canto oposto. Havia uma família barulhenta sentada ali, rindo e falando muito. Sentou-se perto deles, deu outro bocejo e deixou a cabeça reclinar no encosto. Estava sendo anunciado um vôo para Teerã. Um número grande de passageiros levantou-se e foi formar uma fila em frente ao portão indicado. A sala ainda continuava parcialmente cheia. Abriu seu caderninho de notas. Abriu a boca outra vez. Estava com muito sono agora... sim, ele estava com muito sono... Precisava pensar onde seria o melhor lugar para dormir. Algum lugar onde pudesse ficar...

A Companhia Trans-Européia anunciou a partida de seu avião, vôo 309 para Londres.

Um bom número de passageiros levantou-se e obedeceu às instruções. Nesse meio tempo, no entanto, mais passageiros já haviam entrado no salão esperando outros aviões. Seguiram-se informações sobre o nevoeiro em Genebra e outros problemas nas viagens. Um homem atravessou o salão para tomar seu lugar na fila para seu avião. Era magro, de altura mediana, usando um casacão azul escuro, com forro encarnado e um capuz cobrindo uma cabeça de cabelos curtos. Chamava menos atenção que outras cabeças dos jovens de hoje em dia. Mostrou o talão de embarque e atravessou o portão nº 9.

Seguiram-se outros avisos. Swissair com destino a Zurique, BEA para Atenas e Chipre. E depois um aviso diferente.

— Srta. Daphne Theodofanus, passageira para Genebra, favor encaminhar-se ao balcão da companhia. O avião para Genebra está atrasado devido ao nevoeiro. Os passageiros seguirão via Atenas. O aparelho está pronto para decolar.

Outros avisos foram dados, com respeito a passageiros para o Japão, o Egito, a África do Sul, linhas aéreas do mundo todo. O sr. Sidney Cook, passageiro para a África do Sul, foi chamado ao balcão onde havia um recado para ele. Daphne Theodofanus foi chamada outra vez.

— Esta é a última chamada antes da partida do vôo 309.

Num canto do salão, uma menininha espiava um homem de terno escuro, profundamente adormecido, a cabeça encostada no assento de uma poltrona vermelha. Nas mãos dele estava um ursinho de pelúcia.

A mão da menina estendeu-se para o ursinho. Sua mãe falou:

— Vamos, Joan, não mexa nisto. O coitado está dormindo.

— Para onde ele vai?

— Talvez também esteja indo para a Austrália — disse a mãe —, como nós.

— Será que ele tem uma menina como eu?

— Creio que sim — disse a mãe.

A menina deu um suspiro e olhou outra vez para o ursinho. Sir Stafford Nye continuou dormindo. Sonhava que estava caçando um leopardo. Um animal muito perigoso, dizia ele para o guia do safari que o acompanhava.

— Um animal muito perigoso, sempre ouvi dizer. Não se pode confiar num leopardo.

O sonho mudou naquele instante, como os sonhos gostam de fazer, e ele agora tomava chá com sua tia-avó Matilda, tentando fazê-la escutar. Ela estava mais surda do que nunca! Sir Stafford não ouvira nenhum dos avisos, a não ser o primeiro, para a srta. Daphne Theodofanus. A mãe da menininha falou:

— Sempre fico imaginando coisas sobre um passageiro que falta. Quase sempre, quando se viaja de avião, escutamos isso. Alguém que não conseguem encontrar. Alguém que não ouviu a chamada ou que não está no aeroporto, ou outra coisa qualquer. Sempre imaginei quem pode ser e o que está fazendo, e *porque* não aparecem. Creio que essa senhorita Não-sei-o-quê acaba de perder seu avião. Que será que vão fazer com ela?

Ninguém foi capaz de responder a esta pergunta porque ninguém tinha a informação correta.

2

Londres

O apartamento de Sir Stafford Nye era muito agradável. Tinha vista para o parque Green. Ele ligou a cafeteira e foi ver o que o correio lhe trouxera naquela manhã. Não parecia haver nada de interessante. Deu uma espiada nas cartas, uma ou duas contas, um recibo e cartas de remetentes desinteressantes. Juntou-as e deixou tudo sobre uma mesa onde já havia um bocado de correspondência, acumulada nos últimos dois dias. Precisava pôr as coisas em dia de uma vez. Seu secretário deveria vir hoje, lá pela parte da tarde.

Voltou à cozinha, pôs o café numa xícara e trouxe-a para a mesa. Apanhou as duas ou três cartas que abrira ao chegar, na noite anterior. Releu uma delas e sorriu ligeiramente.

— Onze e meia — disse ele. — Uma hora bem apropriada. Será que... Eu acho melhor pensar um bocadinho e me preparar para Chetwynd.

Alguém empurrou alguma coisa pela caixa do correio. Foi até a entrada e pegou o jornal da manhã. Uma crise política, um parágrafo sobre notícias do exterior que podiam ser inquietantes, mas que ele não acreditava que fossem. Apenas um jornalista pondo fogo na palha, tentando fazer as coisas parecerem mais importantes do que realmente eram. Precisavam dar ao público algo para ler. Uma moça fora estrangulada no parque. Moças são sempre estranguladas. "Uma por dia", pensou ele friamente. Nenhuma criança tinha sido raptada ou violentada esta manhã. Essa era uma surpresa agradável. Preparou uma torrada e tomou o café.

Mais tarde saiu de casa, desceu a rua e atravessou o parque em direção a Whitehall. Estava sorrindo para si mesmo. A vida, pensou ele, estava ótima esta manhã. Começou a pensar em Chetwynd. Chetwynd era uma besta quadrada, se é que existia alguma. Uma boa fachada, um ar de importância e uma mente lindamente desconfiada. Ele sempre se divertia quando falava com Chetwynd.

Chegou tranqüilo a Whitehall, com sete minutos de atraso. Afinal, ele era mais importante do que Chetwynd, pensou. Entrou na sala. Chetwynd estava sentado atrás de uma escrivaninha. À sua frente um monte de papéis e uma secretária. Tinha o ar de importância que sempre procurava aparentar.

— Olá, Nye — disse Chetwynd, um sorriso estampado no rosto realmente bonito. — Contente por estar de volta? Como foi na Malásia?

— Quente — disse Stafford Nye.

— Sim. Bem, suponho que é sempre assim. Você quis dizer atmosfericamente, eu creio, e não politicamente?

— Oh, puramente atmosférico! — disse Stafford Nye.

Aceitou um cigarro e sentou-se.

— Tem resultados para relatar?

— Oh, muito poucos. Nada do que você possa chamar de resultado. Eu já mandei meu relatório. Um bocado de falatório como sempre. Como está Lazenby?

— Chato como sempre. Não muda nunca — disse Chetwynd.

— Não, seria demais esperar por isso. Eu nunca tinha trabalhado com Bascombe. Quando ele quer, é muito engraçado.

— Ah, é? Não o conheço muito bem. É, talvez seja mesmo.

— Bem, bem!... Mais alguma novidade?

— Não, nada. Nada que lhe possa interessar.

— Você não disse na carta exatamente porque me queria ver.

— Oh, apenas para repassarmos umas coisinhas. Sabe como é, no caso de você ter trazido alguma informação interessante para nós. Qualquer coisa que devêssemos saber. Respostas para perguntas feitas no Parlamento, você sabe...

— Ah, sim...

— Você veio de avião, não foi? Teve uns probleminhas, ouvi dizer.

Stafford Nye fez a cara que já havia ensaiado antes. Era um pouquinho pesarosa, com um leve toque de aborrecimento.

— Oh, então você também já soube disto? — disse ele. — Um negócio desagradável.

— Sim, sim, deve ter sido.

— Extraordinário — disse Stafford Nye — como a imprensa sempre sabe das coisas. Havia uma nota nas notícias de última hora hoje de manhã.

— Você preferia que não tivessem dito nada, não é?

— Bem, o que houve me faz parecer um bobalhão, não é? — disse Stafford Nye. — Tenho de reconhecer... E na minha idade!

— O que houve exatamente? Imaginei que a notícia no jornal estivesse exagerada.

— Não, acho que eles apenas tiraram dos fatos o máximo que puderam. Você sabe como são essas viagens. Chatíssimas. Havia um nevoeiro em Genebra e tiveram de desviar o avião. Então ficamos duas horas retidos em Frankfurt.

— Foi lá que aconteceu?

— Foi. A gente se aborrece até a morte nesses aeroportos. Aviões chegando, aviões saindo. Microfone berrando o tempo todo. Vôo 302 para Hong Kong. Vôo 109 para a Irlanda. Isso e aquilo... Gente se levantando, gente saindo. E você fica sentado ali, bocejando.

— Que foi que aconteceu exatamente? — perguntou Chetwynd.

— Bem, eu estava ali com uma cerveja na minha frente, uma Pilsner para ser exato. Então me lembrei de arranjar alguma coisa para ler. Já lera tudo o que trazia comigo, fui então até o balcão e comprei um livro qualquer. Um romance policial, parece, e comprei um bichinho de pelúcia para uma de minhas sobrinhas. Quando voltei, acabei de tomar a cerveja, abri o livro e logo caí no sono.

— Hum, estou vendo... Você pegou no sono.

— Bem, é uma coisa natural, não é? Calculo que eles tenham chamado o meu vôo, mas se chamaram eu não ouvi nada. E aparentemente não ouvi nada pela melhor das razões. Sou capaz de ferrar no sono num aeroporto, a qualquer hora, mas também sou capaz de acordar ao ouvir um aviso que me diz respeito. Desta vez não ouvi. Quando acordei, ou quando voltei a mim, como você preferir, eu estava sendo alvo de atenção dos médicos. Evidentemente alguém pusera um narcótico na minha cerveja. Só pode ter feito isto quando eu estava comprando o livro.

— Que coisa estranha, não? — disse Chetwynd.

— Bem, pelo menos nunca acontecera comigo — disse Stafford Nye. — E espero que não aconteça nunca mais. Faz você sentir-se meio estúpido. Além de ter uma ressaca. Havia um médico e uma enfermeira... algo assim. Felizmente não houve maiores conseqüências. Minha carteira desaparecera com um pouco de dinheiro e meu passaporte. Uma chatice, é claro. Felizmente eu não trazia muito dinheiro na carteira. Meus cheques de viagem estavam num bolso do terno. Há sempre uma certa burocracia quando você perde o passaporte, mas de qualquer jeito eu tinha umas cartas e outras coisas comigo, e a identificação não foi difícil. Tudo se arranjou muito bem e pude continuar a viagem.

— No entanto, foi chato para você — disse Chetwynd. — Uma pessoa da sua importância, quero dizer — seu tom era de censura.

— Sim — disse Stafford Nye. — Não me favorece em nada, não é? Isto é, não ajuda muito a um sujeito... ahn... da minha importância, não é?

A idéia pareceu diverti-lo.

— Você procurou saber se isto acontece muito?

— Não creio que seja coisa corriqueira. Mas pode ser. Creio que qualquer pessoa com tendência para batedor de carteira pode perceber quando um sujeito pega no sono e enfiar a mão dentro de um bolso... e, se for bem-sucedido em sua profissão, consegue agarrar uma carteira, um livro de bolso ou qualquer outra coisa, sobretudo se tiver sorte.

— Muito desagradável perder um passaporte.

— É, vou precisar de outro. Pedem uma série de explicações, suponho. Como já disse, o negócio todo foi muito chato. E, analisando bem, Chetwynd, não me deixa em muito boa situação, não é?

— Ora, a culpa não é sua, meu caro, a culpa não é sua. Podia ter acontecido com qualquer um, qualquer um...

— Muito gentil de sua parte dizer isto — disse Stafford Nye, sorrindo amavelmente para ele. — Foi uma lição e tanto para mim, hein?

— Você não acredita que quisessem especificamente o *seu* passaporte, acredita?

— Creio que não. Por que haveriam de querer o meu passaporte? A não ser que alguém quisesse me aborrecer, e isso parece pouco provável. Ou alguém gostou da minha fotografia no passaporte... o que parece ainda menos provável!

— Você se lembra de ter visto alguém conhecido... onde foi mesmo que você falou... em Frankfurt?

— Não, não. Absolutamente ninguém.

— Falou com alguém?

— Ninguém em especial. Disse algo para uma senhora gorda e simpática que estava com uma criancinha que tentava distrair. Vinham de Wigan, eu acho... e iam para a Austrália. Não me lembro de ninguém mais.

— Tem certeza?

— Havia uma outra moça que queria saber o que deveria fazer para estudar arqueologia no Egito! Eu disse que não sabia. Falei que o melhor era informar-se no Museu Britânico. E troquei uma ou duas palavras com um homem que era antiviviseccionista. Inteiramente apaixonado pelo assunto.

— A gente fica pensando — ponderou Chetwind — que talvez haja algo por detrás de coisas como essa.

— Que tipo de coisas?

— Bem, de coisas como essa que aconteceu com você.

— Não posso imaginar o que possa haver por trás disto — disse Sir Stafford. — É lógico que os jornalistas logo inventam outras histórias, eles são muito espertos para inventar histórias. Mas, para mim, é desagradável. Pelo amor de Deus, vamos esquecer isto! Creio que, agora que foi mencionado pela imprensa, todos os meus amigos vão começar a me fazer perguntas. Como vai o velho Leyland? O que anda ele fazendo estes dias? Ouvi algumas coisas sobre ele na viagem. Leyland sempre fala demais.

Os dois homens bateram papo por mais uns dez minutos e depois Sir Stafford levantou-se e saiu.

— Ainda tenho uma porção de coisas para fazer hoje de manhã — disse ele. — Comprar uns presentes para meus parentes. O problema é que, quando alguém vai para a Malásia, todos os parentes esperam receber presentes exóticos. Vou dar um pulinho na Liberty. Eles têm um bom estoque de coisas do Oriente.

Saiu alegremente, cumprimentando com a cabeça dois senhores que conhecia e que estavam no corredor. Depois que ele saiu, Chetwynd falou pelo telefone com sua secretária.

— Peça ao coronel Munro para vir aqui.

O coronel Munro chegou, trazendo com ele um outro senhor alto, de meia-idade.

— Não sei se você conhece Horsham — disse ele. — Da segurança.

— Creio que já fomos apresentados — disse Chetwind.

— Nye acabou de sair, não foi? — perguntou o coronel Munro. — Soube algo sobre o caso de Frankfurt? Qualquer coisa importante, quero dizer?

— Acho que não — disse Chetwynd. — Ele está meio sem graça com o que lhe aconteceu. Acha que faz com que pareça um tolo. E tem razão, é claro...

O homem chamado Horsham balançou a cabeça.

— É assim que ele interpreta o caso?

— Bem, ele tentou salvar a cara — disse Chetwynd.

— De qualquer maneira — disse Horsham —, não é realmente um idiota, é?

Chetwynd deu de ombros.

— Essas coisas acontecem — disse ele.

— Eu sei — falou o coronel Munro —, sim, sim, eu sei. De qualquer forma, sempre achei que Nye, de uma certa maneira, é uma criatura imprevisível. Eu diria, você sabe, que talvez ele não tenha pontos de vista *bastante* sérios.

O homem chamado Horsham falou:

— Não há nada contra ele. Pelo menos não há nada que *a gente* saiba.

— Oh, eu sei, não quis dizer isto. Absolutamente — disse Chetwynd. — É só que... como posso dizer?... geralmente, ele não leva as coisas muito a sério.

O sr. Horsham usava bigode. Era útil ter um bigode que o protegesse em certos momentos, como quando achava difícil evitar um sorriso.

— Ele não é um imbecil — disse Munro. — É inteligente, você sabe. Não acha que... bem, vocês não acham que pode haver alguma coisa duvidosa em tudo isto?

— Da parte dele? Não creio que haja.

— Você já investigou tudo, Horsham?

— Bem, nós ainda não tivemos muito tempo. Mas até onde fomos está tudo certo. O passaporte dele, porém, *foi usado*.

— Usado? Em que sentido?

— Passou pelo aeroporto de Heathrow.

— Você quer dizer que alguém se apresentou como sendo Sir Stafford Nye?

— Não, não — disse Horsham —, não chegou a tanto. Seria esperar demais. Passou junto com outros passaportes. Não havia nenhum alarme, vocês sabem. Ele ainda nem tinha acordado do *doping* ou sei lá o que foi que lhe deram. Ainda estava em Frankfurt.

— Mas alguém pode ter roubado o passaporte e vindo naquele vôo para entrar na Inglaterra?

— Sim — disse Munro —, é a suposição que fizemos. Ou alguém pegou a carteira com o dinheiro e o passaporte, ou então alguém queria um passaporte e escolheu Sir Stafford Nye como a pessoa que lhe convinha. Havia uma bebida na mesa: era só pôr alguma coisa dentro, esperar até o homem pegar no sono, apanhar o passaporte e correr o risco.

— Mas, afinal, eles examinam os passaportes. Devem ter visto que não era o mesmo homem — disse Chetwynd.

— Bem, pode haver uma certa semelhança, certamente — disse Horsham. — Mas não havia nenhum aviso de que ele estivesse desaparecido, nenhuma atenção especial para este passaporte em particular. Uma multidão enorme chega num avião que está atrasado. Um homem se parece razoavelmente com a fotografia do passaporte. É suficiente... um olhar rápido, passaporte devolvido, siga em frente. De qualquer forma o que eles estão olhando mesmo são os *estrangeiros* que estão chegando, não os ingleses. Cabelos escuros, olhos azuis escuros, barbeado, 1,80m ou qualquer coisa assim. É tudo o que eles querem ver. Ora, não está na lista de forasteiros indesejáveis nem nada no gênero.

— Eu sei, eu sei. Entretanto, você não acha que, se alguém quisesse apenas bater uma carteira com algum dinheiro, não iria usar o passaporte? Arriscado demais.

— Sim — disse Horsham. — A parte interessante está aí. É claro — continuou ele — que estamos fazendo investigações, fazendo perguntas aqui e ali.

— E qual é sua opinião?

— Não gostaria de dá-la ainda — disse Horsham. — É preciso um tempinho, vocês sabem. Não se pode apressar as coisas.

— São todos iguais — disse o coronel Munro quando Horsham deixou a sala. — Nunca dizem nada, estes desgraçados do setor de segurança. Se acham que estão na pista de alguma coisa, não admitem de jeito nenhum.

— Bem, é natural — disse Chetwynd. — Podem estar errados.

Parecia um comentário tipicamente político.

— Horsham é muito eficiente — disse Munro. — Ele é tido em muito alta conta lá na central. Dificilmente se engana.

3

O homem da lavanderia

Sir Stafford Nye voltou a seu apartamento. Uma mulher alta irrompeu de dentro da cozinha com palavras de boas-vindas.

— Felizmente o senhor chegou bem. Esses aviões horrorosos! A gente nunca sabe, não é?

— É verdade, sra. Worrit — disse Sir Stafford Nye. — O avião atrasou duas horas.

— A mesma coisa que automóveis — disse a sra. Worrit. — Eu quero dizer: a gente nunca sabe o que vai acontecer de errado com *eles*, não é? Mas é ainda pior, para falar a verdade, estando lá em cima, não é? Não se pode encostar no meio-fio, não é a mesma coisa. Ainda bem que o senhor está aqui. Eu mesma não teria coragem de entrar num, mesmo que fosse preciso... Encomendei umas coisas. Espero ter feito bem. Ovos, manteiga, café, chá... — despejava as palavras com a mesma loquacidade de um guia do Oriente Médio mostrando o palácio do faraó. — E... — a sra. Worrit fez uma pausa, para tomar fôlego — eu acho que era tudo o que estava faltando. Ah, encomendei a mostarda francesa!

— Não é a de Dijon, é? Eles sempre tentam empurrar-lhe a de Dijon.

— Não sei quem são *eles*, mas a mostarda é Esther Dragon, aquela de que o senhor gosta, não é?

— Perfeito — disse Sir Stafford —, a senhora é uma maravilha.

A sra. Worrit pareceu satisfeita. Voltou para a cozinha. Quando Sir Stafford pôs a mão na maçaneta da porta que dava para o seu quarto de dormir, ela recomeçou a falar:

— Fiz bem em entregar as roupas para o rapaz que veio buscá-las, não é? O senhor não disse nada, nem deixou nada escrito.

— Que roupas? — perguntou Sir Stafford Nye parando.

— Dois ternos; foi o que disse o rapaz que veio buscá-los. Da Twiss e Bonywork, ele era. Acho que foi a mesma que veio buscar da outra vez. Nós tivemos uma briguinha com a lavanderia White Swan, se me lembro bem.

— Dois ternos? — perguntou Sir Stafford. — Quais ternos?

— Bem, aquele com o qual o senhor viajou. Calculei que devia ser um deles. Não tinha muita certeza de qual era o outro, pois sobre o azul risca de giz o senhor não tinha dito nada. Mas estava mesmo precisando de uma limpeza e também de um consertinho no punho direito, mas eu não quis mandá-lo enquanto o senhor estava fora. Não gosto de fazer isso — disse a sra. Worrit com um ar de virtude quase palpável.

— Então o tal camarada levou esses dois ternos?

— Espero não ter feito nenhuma bobagem.

A sra. Worrit ficou preocupada.

— Não, não me importo com o de risca de giz. Acho que foi bom mesmo. Mas o terno com que eu cheguei, bem...

— É muito leve, senhor, é muito leve para esta época do ano, o senhor sabe. Muito bom para esses lugares quentes por onde o senhor andou. E estava mesmo precisando ser lavado. Ele disse que o senhor tinha telefonado... Foi o que o rapaz disse quando veio buscá-los.

— Ele esteve no meu quarto e apanhou-os lá?

— Sim, senhor. Eu achei que era melhor.

— Muito interessante — disse Sir Stafford. — Sim, muito interessante.

Ele foi ao quarto e olhou em volta. Estava limpo e bem arrumado. Via-se ali a mão da sra. Worrit. A cama feita, o barbeador elétrico sendo carregado, as coisas sobre a cômoda em perfeita ordem. Foi até o armário e olhou por dentro. Olhou nas gavetas da cômoda alta que ficava junto à janela. Tudo em perfeita ordem. Estava mesmo mais em ordem do que deveria estar. Ele desarrumara as malas na noite anterior e o pouco que arrumara fora às pressas. Pusera a roupa de baixo e mais outras coisinhas dentro da gaveta apropriada, mas não arranjara nada com ordem. Iria fazer isto hoje ou amanhã. E não esperava que a sra. Worrit tivesse arrumado tudo para ele. Sabia que ela apenas se limitava às coisas que encontrasse fora do lugar. E também, quando voltava do exterior, sempre levava um certo tempo para arrumar suas coisas devido ao clima e a outros problemas. Então alguém dera uma espiada em tudo, alguém abrira as gavetas, olhara por dentro delas e, devido à pressa, repusera as coisas no lugar, mas talvez, devido à própria pressa, arrumara tudo com muito mais ordem do que devia. Um trabalhinho rápido e bem feito; depois fora embora com os dois ternos e uma explicação razoável. Um terno usado por Sir Stafford quando estava viajando e um terno de tecido leve que poderia ter sido levado na viagem. Por quê?

"Porque", disse Sir Stafford, pensando consigo mesmo. "Porque alguém estava procurando alguma coisa. Mas o quê? E quem? E quem sabe por quê? Sim, era muito interessante..."

Sentou-se numa cadeira e ficou pensando no assunto. Nesse momento seus olhos se desviaram para a mesa de cabeceira perto da cama onde estava sentado, muito petulante, o pequeno panda de pelúcia. Isso fez-lhe ocorrer outra idéia. Foi até o telefone e discou um número.

— É a senhora, tia Matilda? — disse ele. — É Stafford.

— Ah, meu querido, já de volta. Fico contente. Li nos jornais que ontem descobriram casos de cólera na Malásia, isto é, eu penso que tenha sido na Malásia. Sempre faço confusão com esses lugares.

Espero que você me venha ver logo. Não vá inventar que está muito ocupado. Você não pode estar sempre ocupado. A gente só aceita esta desculpa de alguns figurões, deste pessoal de indústria, você sabe como são, sempre às voltas com fusões comerciais e com a tomada do controle. Eu nem sei na verdade o que isto quer dizer. Antigamente, significava fazer o seu trabalho corretamente, mas agora quer dizer coisas misturadas com bombas atômicas e usinas de cimento — disse tia Matilda, mudando de assunto. — E estes terríveis computadores que erram todos os números da gente, quando não os escrevem completamente diferentes. Realmente, dificultaram muito a nossa vida nos dias atuais. Você não pode calcular o que têm feito com a minha conta no banco! E com meu endereço também. Bem, acho que vivi tempo demais.

— Nem diga isso! Posso ir aí na semana que vem?

— Venha amanhã, se quiser. O vigário vem jantar, mas posso muito bem desmarcar.

— Não, não precisa fazer isto.

— É claro que preciso. Ele é um homem muito irritante e está querendo um órgão novo. O que está lá funciona muito bem. Isto é, o problema, na verdade, é com o organista, não com o órgão. É um músico abominável. O vigário está com pena dele porque perdeu a mãe, de quem gostava muito. Mas realmente, gostar muito da mãe não faz ninguém tocar órgão melhor, não é? Quero dizer, a gente tem de encarar as coisas como elas são.

— Tem razão. Mas eu só posso ir na semana que vem... preciso fazer umas coisas aqui. Como está Sybil?

— Uma criança encantadora! Muito levada mas muito engraçada.

— Trouxe um ursinho de pelúcia para ela — disse Sir Stafford.

— Ora, que gentileza de sua parte, querido.

— Espero que ela goste — disse Sir Stafford, percebendo o olhar do panda e sentindo-se um pouco nervoso.

— Bem, de qualquer forma ela é muito educada — disse tia Matilda, o que pareceu uma resposta um tanto ou quanto duvidosa, cujo sentido Sir Stafford não conseguiu compreender muito bem.

Tia Matilda sugeriu os horários convenientes dos trens para a próxima semana, lembrando que muitas vezes falhavam ou mudavam de itinerário, e também pediu que lhe levasse um queijo Camembert e a metade de um Stilton.

— Impossível arranjar certas coisas por aqui. Nosso próprio fornecedor... um homem tão simpático, tão cheio de atenções e de tanto bom gosto para tudo... virou de repente um supermercado, seis vezes maior, todo reconstruído, cestas e carrinhos de empurrar para encher de coisas que você não quer, e mães sempre perdendo os filhos, berrando e tendo crises histéricas. Muito cansativo. Bem, estou à sua espera, meu caro.

Ela desligou.

O telefone tocou quase que imediatamente.

— Alô? Stafford? É o Eric Pugh. Soube que você chegou da Malásia... que tal jantar comigo hoje à noite?

— Gostaria muito.

— Ótimo!... no Limpits Club. Às 8h15?

A sra. Worrit entrou ofegante no quarto, no momento em que Sir Stafford recolocava o fone no gancho.

— Um cavalheiro lá embaixo quer ver o senhor — disse ela. — Isto é, eu creio que seja um cavalheiro. De qualquer jeito, ele disse que tinha certeza de que o senhor não se incomodaria em vê-lo.

— Qual o nome dele?

— Horsham, senhor, como aquele lugar que fica no caminho de Brighton.

— Horsham — Sir Stafford Nye ficou um pouco surpreso.

Saiu do quarto, desceu o meio lance de escadas que dava para a grande sala de estar do andar de baixo. A sra. Worrit não se enganara. Horsham estava lá, com a mesma cara de meia hora atrás — vigoroso, digno de confiança, uma covinha no queixo, bochechas muito vermelhas, um bigode muito farto e a aparência geral de um homem imperturbável.

— Espero que o senhor não se importe — disse ele amavelmente, pondo-se de pé.

— Não me importe de quê? — perguntou Sir Stafford.

— De me ver outra vez assim tão depressa. Nós nos encontramos do lado de fora da porta do sr. Gordon Chetwynd, lembra-se?

— Não faço a menor objeção — disse Sir Stafford.

Empurrou uma caixa com cigarros sobre a mesa.

— Sente-se. Esqueceram de algo, algo ficou sem ser dito?

— Um homem muito simpático, o sr. Chetwynd — disse Horsham. — Nós já conseguimos controlá-lo, eu penso. Ele e o coronel Munro. Eles estão um pouquinho aborrecidos com tudo isto, é verdade. Sobre o senhor, quero dizer.

— É mesmo?

Sir Stafford Nye também sentou-se. Sorriu, acendeu um cigarro e olhou atentamente para Henry Horsham.

— E isso nos leva aonde? — perguntou.

— Estava mesmo imaginando se poderia perguntar, se não for impróprio, para onde o senhor vai?

— Fico encantado em responder — disse Sir Stafford. — Vou passar uns dias com uma tia, Lady Matilda Cleckheaton. Se quiser, posso dar-lhe o endereço.

— Já conheço — disse Henry Horsham. — Bem, acho que é uma ótima idéia. Ela ficará contente em vê-lo são e salvo em casa. Deve ter sido por um fio, não foi?

— É assim que pensam o coronel Munro e o sr. Chetwynd?

— Bem, o senhor sabe como é — disse Horsham. — Sabe bem demais. Eles estão sempre nervosos, os cavalheiros daquele departamento. Nunca têm certeza se devem ou não confiar no senhor.

— Confiar em mim? — disse Sir Stafford com uma voz ofendida. — O que quer dizer com isto, sr. Horsham?

Horsham não levou em conta o ar de ofensa. Apenas fez uma careta.

— O senhor sabe como é — disse ele —, sua reputação é a de quem não leva as coisas muito a sério.

— Oh, pensei que estivesse querendo dizer que eu era um simpatizante do comunismo ou um convertido. Qualquer coisa assim.

— Oh, não, senhor, eles acham apenas que o senhor nunca fala a sério. Acham que gosta de uma brincadeira de vez em quando.

— Ninguém pode passar pela vida levando a si mesmo e aos outros a sério o tempo todo — disse Sir Stafford Nye, em tom de censura.

— Não. Mas o senhor correu um risco muito grande, como já disse antes, não foi?

— Eu lhe asseguro que não tenho a menor idéia do que o senhor está falando.

— Vou-lhe dizer. As coisas muitas vezes não dão certo e nem sempre porque as pessoas erram. Intervenções de Deus Todo-Poderoso ou do outro cavalheiro... aquele que tem um rabinho, quero dizer...

Sir Stafford pareceu achar graça.

— Está-se referindo ao nevoeiro de Genebra? — perguntou ele.

— Exatamente. Havia um nevoeiro em Genebra e aquilo atrapalhou os planos de uma pessoa. Alguém ficou numa situação muito delicada.

— Conte-me mais — disse Sir Stafford. — Eu gostaria realmente de saber.

— Bem, havia um passageiro faltando quando seu avião deixou Frankfurt ontem. O senhor tinha tomado sua cerveja e estava sentado num canto ressonando calma e confortavelmente, sozinho. Uma passageira não apareceu e eles a chamaram, e tornaram a chamar. Finalmente, eu presumo, o avião decolou sem ela.

— Ah! E o que foi que aconteceu com ela?

— Seria interessante saber. De qualquer modo, seu passaporte chegou a Heathrow, mesmo sem o senhor.

— E onde está agora? Acha que já deveria estar comigo?

— Não, não creio. Teria sido um trabalho muito rápido. Um negócio seguro, aquela droga. A dose certa, eu diria. Deixou-o fora de ação e não produziu nenhum efeito desagradável em particular.

— Deu-me uma ressaca desgraçada — disse Sir Stafford.

— Ahn... bem, isso não se pode evitar. Pelo menos nessas circunstâncias.

— O que teria acontecido — perguntou Sir Stafford —, uma vez que o senhor parece saber de tudo, se eu me tivesse recusado a aceitar a proposta que talvez... eu estou apenas dizendo talvez... me tivesse sido feita?

— É bem possível que isso significasse o fim da linha para Mary Ann.

— Mary Ann? Quem é Mary Ann?

— A srta. Daphne Theodofanus.

— É esse o nome que tive a impressão de ouvir... foi chamada por que não compareceu ao embarque?

— Sim, era com este nome que ela estava viajando. Nós a chamamos Mary Ann.

— Quem é ela... apenas por curiosidade?

— Em seu trabalho ela é mais ou menos o máximo.

— E qual é o seu trabalho? Ela é dos nossos ou ela é deles, se é que o senhor sabe quem são "eles"? Devo dizer-lhe que sempre encontrei uma certa dificuldade em chegar a alguma conclusão a esse respeito.

— Sim, não é fácil, não é? Com os chineses e os russos, e mais essa quantidade de gente esquisita que está por trás dos problemas dos estudantes, e a Nova Máfia, e mais aquele grupo estranho na América do Sul. E mais o grupinho simpático de financistas que sempre parece ter um ás debaixo da manga. Não, não é fácil dizer...

— Mary Ann — disse Sir Stafford Nye pensativo. — É um nome curioso se seu nome verdadeiro é Daphne Theodofanus.

— Bem, a mãe dela é grega, o pai é inglês e o avô foi um cidadão austríaco.

— O que teria acontecido se eu não tivesse... emprestado a ela uma certa peça de vestuário?

— Ela poderia ter sido assassinada.

— Vamos, vamos... No duro mesmo?

— Estávamos preocupados com o aeroporto de Heathrow. Tem acontecido muita coisa por ali ultimamente, coisas que precisam de uma certa explicação. Se o avião tivesse seguido via Genebra, como estava planejado, tudo teria corrido bem. Ela teria recebido completa proteção. Mas dessa maneira... não haveria tempo para se fazer nada e você nunca sabe quem é quem, hoje em dia... Cada um está jogando um jogo duplo ou triplo, ou mesmo quádruplo.

— O senhor me assusta — disse Sir Stafford Nye. — Mas ela está bem, não está? É isso que o senhor está querendo dizer?

— Espero que esteja bem. Ainda não ouvimos nada em contrário.

— Se isto lhe for de alguma ajuda — disse Sir Stafford —, alguém esteve aqui hoje de manhã enquanto eu estava tendo a minha conversa com os rapazes de Whitehall. Apresentou-se como se eu tivesse telefonado para uma lavanderia e levou o terno que eu estava usando ontem e mais um outro. Talvez tenha simplesmente gostado do outro terno, ou então seja um colecionador de roupas de homens que voltaram recentemente do exterior. Ou... bem, talvez o senhor tenha um outro "ou" a acrescentar?

— Ele podia estar à procura de alguma coisa.

— Sim, creio que estava. Alguém estava à procura de alguma coisa. Tudo estava bem arranjadinho demais. Não estava como eu deixei. Muito bem, então ele estava procurando alguma coisa. O que é que ele estava procurando?

— Eu mesmo não tenho certeza — disse Horsham lentamente. — Gostaria de saber. Está acontecendo alguma coisa... em algum lugar. As peças não se ajustam, o senhor sabe, como num embrulho mal feito... pode-se dar uma espiada aqui ou ali. Por um momento, a gente pensa que é no Festival de Bayreuth e no minuto seguinte pensa que é numa estância sul-americana e, quando vê, a coisa é nos Estados Unidos. Há uma porção de coisas sujas acontecendo, em lugares diferentes, tudo prestes a explodir. Talvez política, talvez algo muito diferente de política. Provavelmente dinheiro. O senhor conhece o sr. Robinson, não? Ou talvez o sr. Robinson o conheça, eu acho que foi o que ele me disse.

— Robinson? — Sir Stafford considerou. — Robinson. Um bom nome britânico. — Olhou para Horsham. — Grandão? Rosto amarelo? — perguntou. — Gordo? Está sempre metido em assuntos financeiros? — Tornou a perguntar: — Ele também está do lado dos anjos, é o que o senhor está querendo dizer?

— Nada sei sobre anjos — disse Henry Horsham. — Ele já nos tirou de encrencas neste país mais de uma vez. Pessoas como Chetwynd não gostam muito dele. Acham que é muito caro, creio. Tem tendência a ser *pão-duro*, o nosso Chetwynd. O forte dele é fazer economia nos momentos errados.

— Costuma-se dizer "pobre mas honesto" — disse Sir Stafford Nye pensativamente. — Eu acho que pode ser diferente. O senhor descreveria o nosso sr. Robinson como rico, porém honesto. Ou poderíamos dizer... honesto, porém rico. — Deu um suspiro. — Gostaria que o senhor pudesse me contar tudo o que está acontecendo — disse em tom de mágoa. — Ao que parece estou envolvido em algo e não tenho a menor idéia do que seja.

Olhou para Henry Horsham, esperançoso, mas Horsham balançou negativamente a cabeça.

— Nenhum de nós sabe. Isto é, não sabe exatamente — disse.

— O que eu poderia ter escondido aqui que quisessem remexer e procurar?

— Francamente, não tenho a menor idéia, Sir Stafford.

— Bem, é uma pena porque eu também não tenho.

— Até onde o *senhor* sabe, não tem nada. Ninguém lhe deu nada para guardar, levar a algum lugar ou ficar olhando?

— Absolutamente nada. Se o senhor está falando de Mary Ann, disse-me apenas que queria salvar a própria vida; foi tudo.

— E a menos que haja um pequeno parágrafo nos jornais de hoje à tarde, o senhor *salvou-lhe* a vida.

— Parece muito com o fim da história, não parece? Uma pena. Minha curiosidade está aumentando. Acho que estou louco de vontade de saber o que vai acontecer daqui para a frente. Vocês todos parecem muito pessimistas.

— Francamente, estamos. As coisas estão indo mal neste país. Não está percebendo?

— Sei o que o senhor quer dizer. Às vezes, eu mesmo fico imaginando...

4

Um jantar com Eric

— Você se importa se eu lhe disser uma coisa, meu velho? — perguntou Eric Pugh.

Sir Stafford Nye olhou para ele. Conhecia Eric Pugh há muitos anos. Não eram amigos íntimos. O velho Eric, como pensava Sir Stafford, não passava de um chato. Por outro lado, era fiel. O tipo de homem que, apesar de não ser divertido, tinha uma queda para saber das coisas. As pessoas lhe faziam confidências de que ele se lembrava depois, arquivando-as. Algumas vezes, soltava uma boa informação.

— Você voltou agora daquela conferência na Malásia, não foi?

— Sim — disse Sir Stafford.

— Surgiu alguma novidade por lá?

— Só o mesmo de sempre — disse Sir Stafford.

— Oh... Pensei que algo... bem, você sabe o que quero dizer. Se aconteceu algo que... deixasse alguém com a pulga atrás da orelha.

— O quê? Na conferência? Não, infelizmente apenas o previsto. Cada qual disse exatamente o que se imaginava que fosse dizer, só que com muito mais palavras do que alguém pudesse calcular. Nem sei por que vou a esses lugares.

Eric Pugh fez uma ou duas observações tediosas sobre o que os chineses pretendiam realmente.

— Não creio que eles pretendam realmente alguma coisa — disse Stafford. — Só os boatos de sempre, sobre as doenças que o pobre velho Mao arranjou, e sobre quem está fazendo intrigas contra ele, e por quê.

— E sobre os problemas dos árabes e de Israel?

— Estão se desenvolvendo de acordo com os planos também. Os planos dele, eu diria... E de qualquer jeito, o que isto tem a ver com a Malásia?

— Bem, eu não estava mesmo querendo falar sobre a Malásia.

— Você está parecendo a Mock Turtle[1] — disse Sir Stafford. — Por que esse ar tão preocupado?

— Bem, só imaginei se você... você me perdoa, não é?... se você não fez nada que sujasse sua folha de serviços, fez?

— Eu? — perguntou Sir Stafford, parecendo muito surpreso.

— Bem, todo mundo sabe como você é, Staff. Gosta de dar sustos nas pessoas, não gosta?

— Tenho me comportado impecavelmente nos últimos tempos — disse Sir Stafford. — O que você andou ouvindo falar de mim?

— Ouvi dizer que houve um certo problema com o avião que o trouxe de volta.

— É? De quem você ouviu isso?

— Bem, você sabe, eu estive com o velho Cartison.

— Um velho chatíssimo. Sempre imaginando coisas que não aconteceram.

— Sim, eu sei. Eu sei que ele é assim. Mas ele estava apenas repetindo o que uma outra pessoa... Winterton, eu acho... parece ter pensado que você estava metido em alguma coisa.

— Metido em alguma coisa? Eu gostaria de estar — disse Sir Stafford Nye.

— Há um negócio de espionagem aí, e ele ficou meio preocupado com certas pessoas.

---

[1] Mock Turtle (Tartaruga Falsa) é um dos personagens de *Alice no País das Maravilhas*, e também o nome que os restaurantes chineses dão a uma sopa que imita sopa de tartaruga. (N.T.)

— Que pensam eles que sou... um outro Philby ou coisa parecida?

— Você sabe que às vezes é muito imprudente nas coisas que diz e nas brincadeiras que inventa.

— Às vezes é difícil resistir — disse-lhe o amigo. — Todos esses políticos, diplomatas e tudo o mais... são horrivelmente solenes. A gente gosta de sacudi-los um pouco de vez em quando.

— Seu senso de diversão anda meio deformado, meu velho. Anda mesmo. Às vezes fico preocupado com você. Queriam fazer-lhe umas perguntas sobre o que aconteceu no vôo de volta e acham que você não... bem, que talvez não tenha dito exatamente a verdade.

— Ah, é isso que eles estão pensando, é? Interessante, preciso pensar melhor sobre esse assunto.

— Vamos, não vá fazer nada precipitado.

— Preciso ter minhas diversões de vez em quando.

— Olhe aqui, meu velho, você não está querendo arruinar sua carreira apenas para satisfazer seu senso de humor!

— Estou chegando rapidamente à conclusão de que não há nada mais chato no mundo do que fazer carreira.

— Eu sei, eu sei. Você está sempre inclinado a seguir esse ponto de vista e sabe que não chegou mesmo aonde deveria ter chegado. Certa vez esteve a ponto de ser indicado para Viena. Não gosto de ver você estragar tudo.

— Tenho me comportado com a maior sobriedade e muita virtude, garanto-lhe — disse Sir Stafford. E acrescentou: — Alegre-se, Eric. Você é um grande amigo, mas, realmente, não sou culpado por querer me divertir e brincar.

Eric balançou a cabeça meio em dúvida.

A noite estava linda. Sir Stafford voltou para casa a pé, atravessando o parque Green. Ao cruzar a alameda Birdcage, um carro arremeteu pela rua e por poucos centímetros não o alcançou. Sir Stafford era um homem atlético. Seu pulo deixou-o em segurança na calçada oposta. O carro desapareceu rua abaixo. Será que?...

Por um instante seria capaz de jurar que o automóvel tentara atropelá-lo deliberadamente. Um pensamento interessante. Primeiro, tinham dado uma busca em seu apartamento, e agora, ele próprio parecia estar marcado. Provavelmente, mera coincidência. E, no entanto, no decorrer de sua vida — parte da qual fora vivida em vizinhanças e lugares pouco tranqüilos — Sir Stafford Nye estivera em contato com o perigo. Sabia reconhecer a presença, o cheiro e a sensação de perigo. Sentia-o agora. Alguém, em algum lugar, estava apontando para ele. Mas por quê? Por que razão? Até onde ele sabia, não havia enfiado o nariz onde não devia. Pôs-se a pensar.

Entrou no apartamento e apanhou a correspondência que estava no andar térreo. Não havia grande coisa. Umas duas contas e um exemplar da revista *Lifeboat*. Jogou as contas na escrivaninha e rasgou com o dedo o invólucro da revista. Era uma causa para a qual ocasionalmente contribuía. Virou as páginas sem prestar muita atenção porque ainda estava absorvido pelos próprios pensamentos. De repente seus dedos pararam. Havia algo preso entre as duas páginas. Preso com durex. Procurou ver o que era. O seu passaporte, devolvido de maneira imprevista. Arrancou-o da revista e examinou-o. O último carimbo era o do aeroporto de Heathrow, datado do dia anterior. Ela usara seu passaporte, voltara para a Inglaterra em segurança e escolhera este meio para devolvê-lo. Onde estaria agora? Gostaria de saber.

Ficou imaginando se chegaria a vê-la outra vez. Quem era ela? Para onde fora e por quê? Era como se ele estivesse esperando pelo segundo ato de uma peça. E, no entanto, ele sentia que o primeiro ato mal acabara de ser representado. O que ele vira? Um prólogo antiquado, talvez. Uma moça que, ridiculamente, queria travestir-se e passar por alguém do sexo oposto, e que passara pelo controle do aeroporto de Heathrow sem despertar a atenção de ninguém, e que agora desaparecera dentro de Londres ao cruzar seus portões.

Não, provavelmente ele nunca mais a veria. Isso o deixou aborrecido. "Mas por que", pensou ele, "por que queria tornar a vê-la?"

Não era particularmente bonita ou atraente, não era nada. Não, isto também não era verdade. Ela era algo, ou era alguém, do contrário não o teria convencido — e sem ter feito muita força — sem nenhum estímulo sexual evidente, nada a não ser um simples pedido de ajuda, a fazer o que ela queria. Um pedido de um ser humano para outro ser humano, porque — pelo menos é o que ela dera a entender —, não precisamente em palavras, mas pelo que *sugerira*, conhecia as pessoas e reconhecera nele um homem que estava pronto a correr riscos para ajudar outro ser humano. "E ele correra mesmo um risco", pensou Sir Stafford Nye. Ela poderia ter posto o que quisesse naquele copo de cerveja. Ele poderia ter sido encontrado morto, se ela assim o quisesse, morto numa poltrona em um canto de uma sala de trânsito de um aeroporto. E se ela tivesse, e era claro que tinha, um amplo conhecimento sobre drogas, sua morte teria muito bem passado por um ataque cardíaco devido à altitude ou a dificuldades de pressurização — qualquer coisa assim. Ora, para que pensar nisto? Ao que tudo indicava, ele não a veria nunca mais mesmo, e estava aborrecido com isso.

Sim, estava aborrecido e não gostava de se aborrecer. Considerou o assunto por alguns minutos. Depois, escreveu um anúncio que deveria ser repetido por três dias. "*Passageiro para Frankfurt. 3 de novembro. Por favor, comunique-se com o companheiro de viagem para Londres*." Só isto. Ou ela responderia, ou não responderia. Se chegasse a lê-lo, ela saberia quem colocara o anúncio no jornal. Ela estivera com seu passaporte, sabia seu nome. Ela poderia procurá-lo. Talvez assim ele pudesse ter notícias dela. Talvez não. Provavelmente não. Se não, o prólogo permaneceria um prólogo, uma pequena peça tola que serviria para distrair os espectadores madrugadores no teatro enquanto a verdadeira peça não começava. Muito útil nos tempos de antes da guerra. As maiores probabilidades, entretanto, eram de que nunca mais ouvisse falar nela e uma das razões seria que ela já houvesse terminado o que tinha vindo fazer em Londres, e que a uma hora dessas já tivesse deixado o país uma vez mais, voando para Genebra ou para o

Oriente Médio, ou para a Rússia, ou para a China, ou para a América do Sul, ou para os Estados Unidos. "E por que", pensou ele, "estou incluindo a América do Sul?". Ela não mencionara a América do Sul. Ninguém mencionara a América do Sul. A não ser Horsham, é verdade. Mas mesmo Horsham mencionara a América do Sul apenas entre uma porção de outros lugares.

Na manhã seguinte, quando voltava lentamente para casa depois de colocar o anúncio, pela alameda que atravessa o parque St. James, seus olhos viram, quase sem querer, as flores de outono. Os crisântemos pareciam hirtos e esguios com suas corolas de ouro e bronze. Seu perfume chegava muito difuso, um cheiro de cabras, que sempre lhe lembrava as colinas da Grécia. Não podia se esquecer de olhar a coluna dos Anúncios Pessoais. Agora não. Teria que esperar uns dois ou três dias pelo menos até seu anúncio ser publicado e alguém ter tempo para mandar publicar a resposta. Não podia deixar de procurar pela resposta, porque, apesar de tudo, era irritante não saber — não ter idéia do que tudo aquilo significava.

Tentou recordar-se não da moça do aeroporto, mas do rosto de sua irmã Pamela. Ela morrera há muito tempo. Ele se lembrava dela. É claro que se lembrava dela, mas não sabia por que não conseguia visualizar seu rosto. Irritava-o não ser capaz disto. Parou no momento em que ia atravessar o sinal de uma das ruas. Não havia tráfego, a não ser um carro que sacolejava devagar, com um andar solene de matrona aborrecida. "Um carro velho", pensou ele. Uma limusine Daimler já fora de moda. Sacudiu os ombros. Por que ficar ali parado como um idiota, perdido em seus pensamentos?

Deu uma passada abrupta para atravessar a rua e, de repente, com um vigor surpreendente, a velha limusine matrona, como ele a vira em seus pensamentos, acelerou. Acelerou com uma velocidade inesperada e repentina. Jogou-se contra ele com tanta rapidez que apenas teve tempo para dar um salto até a calçada do outro lado. O carro desapareceu como um relâmpago, dobrando na esquina seguinte.

— Essa não... — disse Sir Stafford para si mesmo — Que será isso?... Será que há alguém que não gosta de mim? Alguém que está me seguindo, talvez me espionando, esperando uma oportunidade?

O coronel Pikeaway, com o corpo esparramado numa cadeira de sua pequena sala em Bloomsbury, onde ficava sentado das dez às cinco — apenas com um breve intervalo para o almoço — estava cercado como sempre por uma atmosfera espessa de fumaça de charuto. Com os olhos fechados, apenas uma piscadela ocasional mostrava que estava acordado e não adormecido. Raramente erguia a cabeça. Alguém já dissera que ele parecia o resultado do cruzamento entre um antigo Buda e um enorme sapo-boi, e como observara uma jovem irreverente, com traços de hipopótamo em seus ancestrais.

O suave zumbido do interfone em sua mesa despertou-o. Piscou três vezes e abriu os olhos. Estendeu para a frente a mão fatigada e apanhou o receptor.

— Sim? — disse.

Era a voz de seu secretário.

— O ministro está aqui esperando para vê-lo.

— Está? — perguntou o coronel Pikeaway. — E que ministro é esse? O ministro da igreja batista da esquina?

— Oh, não, coronel Pikeaway, é Sir George Packham.

— Que pena — disse o coronel Pikeaway, respirando asmaticamente. — Que pena mesmo... O reverendo McGill é muito mais engraçado. Há um toque delicioso de fogo do inferno nele.

— Devo fazê-lo entrar, coronel Pikeaway?

— Acho que ele espera entrar imediatamente. Os subsecretários são muito mais cheios de história que os secretários de Estado — disse o coronel Pikeaway de mau humor. — Todos esses senhores insistem em entrar e dão chilique quando não são atendidos.

Sir George Packham entrou. Tossiu e resfolegou. Quase todo mundo fazia assim ao entrar. As janelas da pequena sala estavam inteiramente fechadas. O coronel Pikeaway reclinou-se em sua cadeira, inteiramente envolto por cinzas de charuto. O ar estava quase insuportável e a sala era conhecida nos círculos oficiais como a "toca do gambá".

— Ah, meu caro amigo — disse Sir George, falando alegre e vivamente, de uma maneira que não combinava com sua aparência ascética e sombria. — Há tanto tempo não nos vemos, não é?

— Sente-se, sente-se — disse Pikeaway. — Aceita um charuto?

Sir George estremeceu ligeiramente.

— Não, obrigado — disse ele —, não, muito obrigado.

Olhou persistentemente para as janelas. O coronel Pikeaway ignorou a deixa. Sir George limpou a garganta e tossiu outra vez antes de falar:

— Ahn... creio que Horsham esteve aqui para vê-lo.

— Sim, Horsham esteve aqui e já fez o seu discurso — disse o coronel Pikeaway, lentamente, deixando seus olhos se fecharem outra vez.

— Achei que era melhor assim. Isto é, que ele devia vir aqui. É muito importante que essas coisas não se espalhem por aí.

— Ah! — fez o coronel Pikeaway — Mas elas vão se espalhar de qualquer jeito, não é mesmo?

— Como?

— Vão se espalhar — disse o coronel Pikeaway.

— Eu não sei até aonde você está a par... ahn... bem, sobre esse assunto.

— Nós sabemos de tudo aqui — disse o coronel Pikeaway. — É para isto que estamos aqui.

— Oh... oh, certamente. É sobre Sir S.N... você sabe a quem me refiro?

— Recentemente, um passageiro para Frankfurt — disse o coronel Pikeaway.

— Um assunto dos mais estranhos. Estranhíssimo. Fica-se imaginando... nunca se sabe ao certo, apenas podemos calcular...

O coronel Pikeaway escutava atenciosamente.

— O que podemos pensar? — continuou Sir George. — Você o conhece pessoalmente?

— Eu já o vi uma ou duas vezes — disse o coronel Pikeaway.

— Não se pode deixar de pensar...

O coronel Pikeaway disfarçou um bocejo com alguma dificuldade. Já estava cansado dos pensamentos, dos cálculos e das imaginações de Sir George. Aliás, sua opinião sobre os processos intelectuais de Sir George era a pior possível. Um homem cauteloso, um homem a quem se podia confiar a direção de um departamento de maneira cautelosa. Não era um homem de intelecto brilhante. "Talvez", pensou o coronel Pikeaway, "fosse melhor assim". De qualquer modo, um daqueles que pensam e vivem se perguntando se está tudo certo e que nunca têm certeza de nada, são esses que estão razoavelmente a salvo no lugar em que Deus e os eleitores os colocaram.

— Não podemos esquecer — continuou Sir George — as desilusões que sofremos no passado.

O coronel Pikeaway sorriu gentilmente.

— Charleston, Conway e Courtauld — disse ele. — Confiança total, aprovação total. Todos começando com C, todos vigaristas totais.

— Às vezes fico imaginando se podemos confiar em alguém — disse Sir George com ar infeliz.

— É muito fácil — disse o coronel Pikeaway —, não podemos.

— Veja, por exemplo, Stafford Nye — prosseguiu Sir George —, boa família, excelente família; eu conheci seu pai, conheci seu avô.

— Às vezes há um deslize na terceira geração — disse o coronel Pikeaway.

O comentário não ajudou Sir George.

— Não posso deixar de ficar em dúvida... quero dizer, às vezes, ele não me parece realmente muito sério.

— Uma vez, levei minhas duas sobrinhas para verem um castelo no Loire, quando eu era moço — disse o coronel Pikeaway de repente. — Havia um pescador na margem do rio. Eu também estava com uma vara de pescar. Ele virou-se para mim e disse: "*Vous n'êtes pas un pêcheur sérieux. Vous avez de femmes avec vous.*"[2]

— Você está querendo dizer que Sir Stafford talvez?...

— Não, não. Ele nunca teve problemas com mulheres. O problema dele é a ironia. Gosta de surpreender as pessoas. Não pode deixar de gozar todo mundo.

— Bem, isto não é muito satisfatório, é?

— Por que não? — disse o coronel Pikeaway. — Gostar de uma brincadeira é melhor do que negociar com traidores.

— Se pudéssemos ter certeza de que ele é mesmo confiável. O que o senhor diria... qual a sua opinião pessoal?

— Sério como um frade — disse o coronel Pikeaway. — Se é que um frade pode ser sério. — Sorriu com gentileza. — Eu não me preocuparia se fosse o senhor — acrescentou.

Sir Stafford Ney empurrou para o lado a xícara de café. Apanhou o jornal, deu uma olhada nas manchetes e abriu-o cuidadosamente na página que publicava os Anúncios Pessoais. Vinha olhando esta coluna em especial já há sete dias. Estava desapontado, mas não surpreso. Por que diabos esperava encontrar uma resposta? Seus olhos percorreram lentamente aquela miscelânea de peculiaridades que sempre tornava aquela página tão fascinante. Não havia nada que fosse estritamente pessoal. A metade deles, ou mesmo um pouco mais, eram apenas anúncios disfarçados ou ofertas de coisas para vender ou para comprar. Deveriam ser postos sob um título diferente, mas tinham mantido seu lugar aqui considerando que assim chamariam mais a atenção. Desta vez havia um ou dois que ainda acreditavam em Papai Noel:

"Rapaz jovem que se opõe ao trabalho pesado e que gosta de vida mansa ficaria muito contente em arranjar um emprego que lhe convenha."

---

[2] "O senhor não é um pescador sério. Tem mulheres em sua companhia." (N.T.)

"Moça que quer viajar para o Cambodja. Recusa-se a tomar conta de crianças."

"Arma de fogo usada na batalha de Waterloo. Aceita-se oferta."

"Maravilhoso casaco de pele. Precisa ser vendido imediatamente. Dono viaja para o exterior."

"Você conhece Jenny Capstan? Seus bolos são deliciosos.

Venha à rua Lizzard, 14 — SW-3."

Por um instante o dedo de Stafford Nye fez uma pausa. Jenny Capstan. Ele gostou do nome. Haveria alguma rua Lizzard? Calculou que sim. Mas nunca ouvira falar. Com um suspiro, seu dedo continuou a descer pela coluna mas quase que imediatamente parou outra vez.

"Passageiro de Frankfurt. Quinta-feira, 11 de novembro. Ponte Hungerford, 7h20."

Quinta-feira, 11 de novembro. Era... sim, era hoje! Sir Stafford Nye reclinou-se na cadeira e bebeu mais café. Estava alvoroçado, nervoso. Hungerford. Ponte Hungerford. Levantou-se e foi até a cozinha. A sra. Worrit cortava batatas em tirinhas, jogando-as dentro de um tigela grande cheia d'água. Olhou-o com surpresa.

— O senhor quer alguma coisa?

— Sim — disse Sir Stafford. — Se alguém lhe dissesse para ir à Ponte Hungerford, aonde a senhora iria?

— Aonde eu iria? — A sra. Worrit considerou a pergunta. — O senhor quer dizer, se eu quisesse ir lá, não é?

— Claro, podemos continuar com essa hipótese...

— Bem, então eu creio que iria para a ponte Hungerford, o senhor não acha?

— A senhora quer dizer que iria para Hungerford, em Berkshire?

— Onde fica isso? — perguntou a sra. Worrit.

— Treze quilômetros além de Newbury.

— Já ouvi falar em Newbury. Meu velho jogou num cavalo lá no ano passado. Pagou muito bem.

— Então a senhora iria para Hungerford, perto de Newbury?

— Não, é claro que não — disse a sra. Worrit. — Ir tão longe para quê? Eu iria para a ponte Hungerford, é lógico.

— E isto quer dizer...

— Bem, fica perto de Charing Cross. O senhor deve saber onde é. Sobre o Tâmisa.

— Sim... — disse Sir Stafford Nye. — Eu sei onde é agora. Muito obrigado, sra. Worrit.

Era como se estivesse jogando uma moeda num cara ou coroa. Um anúncio num matutino de Londres devia significar a ponte ferroviária de Hungerford, em Londres. Provavelmente era isto que o anúncio queria dizer, se bem que Sir Stafford não podia ter absoluta certeza sobre essa determinada anunciante. As idéias dela, pela curta experiência que tivera, eram idéias muito originais. Não eram as respostas normais que se poderia esperar. Além disso, devia haver outras Hungerfords, e possivelmente outras pontes, em várias outras partes da Inglaterra. Mas hoje... bem, hoje ele iria saber.

Era uma tarde fria e ventanosa, com pancadas ocasionais de uma chuvinha fina. Sir Stafford Nye levantou a gola de sua capa de chuva e caminhou lentamente. Não era a primeira vez que atravessava a ponte Hungerford, mas nunca lhe parecera antes um passeio a ser dado por prazer. Por baixo corria o rio e, atravessando a ponte, havia uma grande quantidade de pessoas apressadas como ele. Com suas capas de chuva fechadas, os chapéus abaixados e, em todos eles, o desejo ansioso de chegar logo em casa e sair dessa chuva e desse vento o mais rápido possível. "Ia ser difícil reconhecer alguém", pensou Sir Stafford, "no meio dessa multidão apressada". Sete e vinte. Não era uma boa hora para se marcar um encontro com alguém. Talvez fosse a ponte Hungerford em Berkshire. Tudo parecia muito estranho.

Continuou a andar devagar. Manteve um passo lento, sem ultrapassar os que estavam à sua frente, passando pelos que vinham em sentido oposto. Só andava depressa o bastante para não ser ultrapassado pelos que vinham atrás dele, apesar de que seria fácil fazê-lo, se quisessem. "Uma brincadeira talvez", pensou Sir Stafford Nye. Não era o seu tipo de brincadeira, mas podia ser a brincadeira típica de outra pessoa.

"No entanto, também não parecia ser o tipo de humor dela", pensou ele. Figuras apressadas passavam por ele, empurrando-o ligeiramente para os lados. Uma mulher com capa de chuva vinha do outro lado, andando pesadamente. Ela lhe deu um encontrão, escorregou e caiu de joelhos. Ele a ajudou a levantar-se.

— Está bem?

— Sim, obrigada.

Ela continuou a andar, mas, ao passar por ele, a mão molhada pela qual ele a levantara escorregou algo na palma da mão dele, fechando-lhe os dedos. Ela sumiu, misturando-se à multidão. Stafford Nye continuou a caminhar. Não poderia alcançá-la. Ela também não queria ser alcançada. Ele caminhou mais depressa, fechando a mão com firmeza. Assim, depois de muito tempo — foi o que lhe pareceu — chegou ao fim da ponte, já em Surrey.

Alguns minutos depois, entrou em um pequeno bar e sentou-se numa mesa, pedindo café. Olhou então para o que estava em sua mão. Era um envelope de um oleado fino. Dentro dele havia um outro envelope de papel branco ordinário. Abriu este também. O que estava lá dentro surpreendeu-o. Era uma entrada.

Uma entrada para o Festival Hall, para a noite seguinte.

5

Um tema wagneriano

Sir Stafford Nye ajeitou-se mais confortavelmente em sua poltrona e pôs-se a ouvir o persistente martelar dos Nibelungos, que iniciava o programa.

Apesar de gostar das óperas wagnerianas, o *Siegfried* não era absolutamente o seu favorito entre as óperas que compunham o Anel. *Rheingold* e *Götterdämmerung* eram suas duas preferidas. A música do Jovem Siegfried, ouvindo as canções dos pássaros, não sabia porque, irritava-o em vez de enlevá-lo em melódica satisfação. Talvez fosse porque assistira a uma representação em Munique, quando era muito moço, em que um magnífico tenor tinha infelizmente proporções magníficas demais. Sendo ele muito moço, não conseguira divorciar a beleza da música do espetáculo visual de um Jovem Siegfried nem um pouco jovem. O fato de um tenor redondo de gordo rolar pelos gramados na alegria da juventude revoltara-o. Além disso, não gostava muito de passarinhos e de murmúrios de florestas. Não, dessem-lhe as Virgens do Reno todos os dias, apesar de as Virgens do Reno lá em Munique também serem de avantajadas proporções... Mas isso já contava menos. Empolgado pela melodiosa corrente de água e pela canção alegre e impessoal, ele não se permitira deixar a apreciação visual incomodá-lo.

De tempos em tempos, dava uma olhada à sua volta. Chegara e sentara-se muito cedo. A casa estava cheia como sempre. Veio o intervalo. Sir Stafford levantou-se e olhou em volta. A poltrona a seu lado continuava vazia. Alguém que devia ter vindo ainda não chegara... Seria esta a resposta? Ou talvez tivesse chegado tarde e tivesse sido barrado, o que era uma prática corrente sempre que se tocava música wagneriana.

Saiu, deu uma volta, tomou uma xícara de café, fumou um cigarro e voltou à sala quando tocou o sinal. Desta vez, ao se aproximar, viu que a cadeira ao lado da sua estava ocupada. Imediatamente, voltou-lhe o nervosismo. Foi até sua poltrona e sentou-se. Sim, era ela, a mulher do aeroporto de Frankfurt. Não olhou para ele, olhava fixamente para a frente. Seu rosto de perfil era como ele se lembrava: bem talhado e nítido. A cabeça dela voltou-se ligeiramente, e seus olhos se cruzaram sem que ela demonstrasse reconhecê-lo. Tão intencional foi aquele não-reconhecimento que foi como se houvesse dito alguma coisa. Este encontro não devia ser admitido. Pelo menos não agora, neste instante. As luzes diminuíram. A mulher ao seu lado voltou-se para ele.

— Desculpe, mas eu poderia ver o seu programa? Deixei cair o meu, creio, quando me sentei.

— É claro — disse ele.

Passou-lhe o programa e ela o pegou. Abriu-o e leu atentamente. As luzes diminuíram. A segunda parte do programa começou. Iniciava-se com a abertura de *Lohengrin*. Ela devolveu-lhe o programa com algumas palavras de agradecimento.

— Muito obrigada. Foi muito gentil de sua parte.

A parte seguinte era a música dos murmúrios da floresta de Siegfried. Ele consultou o programa que ela lhe devolvera. Percebeu que havia algo levemente escrito a lápis ao pé da página. Não tentou ler na hora. Na verdade, a luz não teria sido suficiente. Simplesmente fechou o programa e guardou-o. Tinha certeza de que não escrevera nada em seu programa. Nada, quer dizer, não escrevera em *seu* programa. Ela devia estar, calculou ele, com seu próprio programa dobrado na bolsa e onde já havia escrito anteriormente alguma mensagem para lhe entregar. Isso tudo parecia guardar aquela mesma atmosfera de segredo, de perigo. O encontro na ponte Hungerford e o envelope com a entrada colocado em sua mão. E agora, aquela mulher silenciosa sentada ao seu lado. Ele a olhou rapidamente, uma ou duas vezes, olhares casuais que se dão a um estranho sentado a seu lado. Ela se recostou na poltrona; seu vestido de crepe preto tinha gola alta; no pescoço um antigo colar de ouro retorcido. Os cabelos escuros, cortados muito curtos, seguiam a forma de sua cabeça. Ela não o olhou, nem devolveu-lhe o olhar. Ele pôs-se a imaginar coisas. Será que havia alguém numa das poltronas do Festival Hall que a estivesse observando — ou talvez observando-o? Anotando se eles se olhavam ou se falavam? Provavelmente havia, ou pelo menos poderia haver a possibilidade de tal coisa. Ela respondera ao seu apelo no anúncio do jornal. Que isso bastasse para ele. Sua curiosidade não diminuíra, mas pelo menos agora sabia que Daphne Theodofanus — aliás Mary Ann — estava aqui em Londres. Existiam possibilidades futuras de que viesse a saber do que se tratava. Mas os planos de campanha deviam ser deixados para ela. Ele precisava seguir suas orientações. Assim como lhe obedecera no aeroporto, agora também obedeceria e — era preciso que se admitisse — a vida de repente se tornara muito mais interessante. Isso era melhor, muito melhor que as maçantes conferências de sua vida política. Será que um automóvel tentara mesmo atropelá-lo na noite anterior? Ele achava que sim. Dois atentados — e não apenas um! É fácil demais pensar que somos o alvo de um assalto, de um atentado. As pessoas dirigem tão imprudentemente hoje em dia que você pode acabar imaginando alguma coisa fantasiosa quando na verdade não é assim. Dobrou o programa e não olhou mais para ele. A música terminou. A mulher ao seu lado falou. Ela não virou a cabeça, ou tentou falar para ele, apenas falou em voz alta, com um leve suspiro entre as palavras, como se estivesse falando consigo mesma ou provavelmente para o vizinho do outro lado.

— O Jovem Siegfried — disse ela, e suspirou outra vez.

O programa terminou com a marcha do *Die Meistersinger*. Depois de entusiásticos aplausos, as pessoas começaram a deixar seus lugares. Ele esperou para ver se ela lhe dava alguma indicação, mas ela não fez nada. Apanhou a estola, atravessou a fila de cadeiras e com um andar ligeiramente acelerado misturou-se às outras pessoas e desapareceu na multidão.

Stafford Nye entrou em seu carro e voltou para casa. Assim que chegou, abriu o programa do teatro sobre a escrivaninha e examinou-o cuidadosamente depois de pôr um café para coar.

O mínimo que se podia dizer do programa era que ele o desapontou. Não parecia haver nenhuma mensagem escrita. Apenas numa página do índice havia as marcas de lápis que ele vagamente distinguira. Mas não eram palavras, letras ou mesmo números. Parecia apenas uma anotação musical. Era como se alguém tivesse escrito uma frase musical com um lápis mais ou menos inadequado. Por um momento ocorreu a Stafford Nye que talvez houvesse uma mensagem secreta que ele podia fazer aparecer usando o calor. Um pouco sem jeito, e de uma certa maneira envergonhado por esta fantasia melodramática, segurou o programa sobre a boca do fogareiro elétrico, mas de nada adiantou. Com um suspiro, atirou o programa sobre a mesa. Sentia-se justificadamente aborrecido. Toda esta trapalhada, um encontro numa ponte sobre o rio, debaixo de chuva e de vento! Sentar-se para assistir a um concerto ao lado de uma mulher a quem estava louco para fazer pelo menos uma dúzia de perguntas — e no final, o quê? Nada! Nenhum progresso! Entretanto, ela fora encontrá-lo. Mas por quê? Se não queria falar com ele, se não fez nada para marcar um futuro encontro, por que viera então?

Seus olhos passearam preguiçosos pela sala até a estante que reservava para seus livros de mistério, histórias policiais e um ou outro volume de ficção científica. Abanou a cabeça. "A ficção", pensou ele, "era infinitamente superior à vida real". Cadáveres, misteriosas chamadas telefônicas, uma profusão de lindas espiãs estrangeiras! Entretanto, esta singular e esquiva dama talvez não tivesse se livrado dele. Da próxima vez, pensou, faria uns arranjos por conta própria. Dois podiam jogar o jogo que ela estava jogando.

Tornou a apanhar o programa, tomou outra xícara de café e foi até a janela. Ainda estava com o programa nas mãos. Ao olhar para a rua em frente, seus olhos baixaram outra vez sobre o programa aberto e ele cantarolou para si mesmo, quase inconscientemente. Tinha um bom ouvido para música e podia cantarolar as notas rabiscadas com facilidade. Elas lhe soaram vagamente familiares. Aumentou um pouquinho a voz. O que era mesmo? Tum, tum, tum, tum, ti-tum. Tum. Sim, definitivamente familiares...

Pôs-se a abrir a correspondência.

Não havia nada de interessante. Dois convites, um da embaixada americana, outro de Lady Athelhampton — um espetáculo de caridade ao qual a realeza compareceria e onde se sugeria que o preço de cinco guinéus por uma cadeira não devia ser considerado exorbitante. Empurrou-os para o lado. Duvidava muito que fosse aceitar qualquer um dos dois. Resolveu que, em vez de ficar em Londres, não adiaria mais a visita que prometera a tia Matilda. Gostava muito da tia Matilda apesar de não visitá-la com freqüência. Ela vivia no campo, em um amplo apartamento herdado do avô e composto de uma linda sala de estar, uma sala de jantar oval, uma cozinha nova feita onde era a casa dos empregados, dois quartos de hóspedes, um enorme quarto de dormir para ela, com um banheiro ao lado, e mais aposentos adequados para uma paciente dama de companhia que compartilhava sua vida diária. Os remanescentes fiéis empregados domésticos estavam bem alojados e bem providos. O resto da casa permanecia envolto em lençóis para proteger da poeira, passando por limpezas periódicas. Stafford Nye gostava do lugar, tendo passado ali as suas férias quando menino. Naquela época era uma casa muito alegre. Seu tio mais velho morava lá com a esposa e os dois filhos. Sim, era muito agradável naquela época. Havia bastante dinheiro e uma equipe de empregados para cuidar de tudo. Naqueles dias não reparava especialmente nos quadros e nos retratos. Eram enormes exemplos de arte vitoriana ocupando os lugares de honra — superlotando as paredes, junto com mestres de épocas mais antigas. Sim, havia quadros excelentes lá. Um

Raeburn, dois Lawrences, um Gainsborough, um Lely, dois Vandykes meio duvidosos. Um par de Turners, também. Alguns deles tiveram de ser vendidos para assegurar a manutenção financeira da família. Ainda hoje, gostava de ir lá para passear e estudar os antigos retratos da família.

Sua tia Matilda era uma grande tagarela, que sempre apreciava suas visitas. Ele gostava dela sem ser muito ligado, mas agora, neste instante, não sabia dizer por que, estava com vontade de visitá-la. O que lhe trouxera à cabeça os retratos da família? Teria sido porque havia lá um retrato de sua irmã Pamela, feito por um dos artistas em voga uns vinte anos atrás? Gostaria de ver aquele retrato de Pamela e olhá-lo mais atentamente. Ver até aonde ia a semelhança entre a estranha que lhe complicava a vida de maneira ultrajante e sua irmã.

Apanhou novamente o programa do Festival Hall com certa irritação e recomeçou a cantarolar as notas rabiscadas. Tum, tum, titum... Então compreendeu e descobriu o que era! O tema de Siegfried! A trompa de caça de Siegfried. O tema musical do Jovem Siegfried. Fora isto o que a mulher dissera na noite anterior. Aparentemente não fora dirigido a ele, nem a ninguém. Mas tinha sido uma mensagem, uma mensagem que não significava nada para quem estivesse lá, pois parecia referir-se à música que acabara de ser executada. E o tema fora escrito no programa em notas musicais. O Jovem Siegfried. Devia significar qualquer coisa. Bem, talvez aparecessem novos esclarecimentos. O Jovem Siegfried. Que diabos isto *queria dizer*? Por que e como, e quando, e o quê? Ridículo! Todas essas perguntas!

Ligou o telefone e chamou tia Matilda.

— Mas, é claro, Staffy querido, vai ser ótimo ter você aqui. Pegue o trem das 16h30. Ainda funciona, sabe, mas só chega aqui com uma hora e meia de atraso. E sai de Paddington mais tarde — às 17h15. É isto que eles querem dizer quando falam em melhorar as ferrovias, creio eu. Pára num monte de estaçõezinhas absurdas pelo caminho. Muito bem. Horace irá buscá-lo em King's Marston.

— Ele ainda está aí?

— É claro que está.

— Imagine! — disse Sir Stafford Nye. Horace já fora palafreneiro, depois cocheiro, sobrevivera como motorista e, aparentemente, continuava a sobreviver. — Ele deve ter no mínimo uns oitenta anos — disse Sir Stafford. E sorriu consigo mesmo.

6

O retrato de uma senhora

— Você está muito bem, assim bronzeado, querido — disse tia Matilda, examinando-o cuidadosamente. — Deve ser a Malásia, imagino. *Foi* na Malásia que você esteve, não foi? Ou foi no Sião ou na Tailândia? Eles trocam o nome desses lugares todos e realmente fica muito difícil saber. De qualquer jeito, não foi no Vietnã, foi? Você sabe, *eu não gosto nada* desta palavra: Vietnã. Faz muita confusão. Vietnã do Norte e Vietnã do Sul e vietcongue e viet-qualquer coisa e todos querendo brigar com os outros sem que ninguém queira parar. Eles não são capazes de ir a Paris ou a qualquer outro lugar para se sentarem em volta de uma mesa e conversarem sensatamente. Você não acha que o melhor seria, meu caro... eu venho pensando nisto e acho que seria uma solução formidável... deviam fazer uma porção de campos de futebol e eles iriam todos para lá disputarem entre si, sem armas mortíferas? Nada desse *napalm* horroroso que pega fogo. Você sabe como é. Só ficariam se esmurrando e socando. Eles se divertiriam e ainda poderiam cobrar ingressos para as pessoas que quisessem assistir. Penso que na realidade nós não damos às pessoas o que elas querem realmente...

— Acho sua idéia ótima, tia Matilda — disse Sir Stafford Nye ao dar um beijo num rosto rosado muito enrugadinho e agradavelmente perfumado. — Como a senhora tem passado?

— Bem... eu estou velha — disse Lady Matilda Cleckheaton. — Sim, estou velha. É claro que você ainda não sabe o que é ser velho. Se não é uma coisa, é outra. Reumatismo ou artrite, ou um bocadinho de asma, ou uma dor de garganta, ou um tornozelo torcido. Sempre *alguma* coisa, sabe? Nada de muito importante. Mas sempre ali... Por que você veio me ver, meu querido?

Sir Stafford foi colhido de surpresa pela franqueza da pergunta.

— Geralmente venho vê-la sempre que volto de uma viagem ao exterior.

— Você precisa sentar-se numa cadeira mais próxima — disse tia Matilda. — Estou um pouquinho mais surda desde que você me viu pela última vez. Você me parece diferente... Por que você está diferente?

— Porque estou mais queimado. A senhora mesmo já disse.

— Tolice, não foi isto que eu quis dizer. Não vá dizer-me que é uma moça, finalmente?

— Uma moça?

— Bem, sempre achei que isso aconteceria um dia. Seu problema é que você tem senso de humor em excesso.

— E por que a senhora pensa assim?

— Bem, porque é o que todos pensam sobre você. Oh, sim, pensam mesmo! O seu senso de humor está atrapalhando sua carreira também. Você sabe que faz parte dessa gente. Diplomatas e políticos. O que eles chamam de políticos jovens e de políticos velhos, e de políticos de meia-idade. E todos esses partidos diferentes. Na verdade, acho que criaram partidos demais. Primeiro esse partido horrível, esses trabalhistas horrorosos — ela levantou o nariz conservador para o ar. — Imagine, quando eu era menina, não existia essa coisa chamada *Partido Trabalhista*. Ninguém saberia o que eles queriam dizer com isso. Teriam dito "tolice"... Pena que não seja uma tolice mesmo. E depois os liberais, é claro, mas esses estão completamente por fora. E há os tories ou os conservadores, como eles se chamam agora novamente.

— E o que há de errado com eles? — perguntou Stafford Nye, sorrindo ligeiramente.

— Mulheres demais fazendo carreira. Termina estragando a festa, não é?

— Bem, hoje em dia os partidos políticos não andam muito atrás de festa.

— Mesmo assim — disse tia Matilda. — E então, é lógico, é aí que você está errado. Você quer alegrar as coisas. Quer ter um pouquinho de diversão e então faz alguma brincadeira, e as pessoas não gostam. Eles dizem: *"Ce n'est pas un garçon serieux..."*[3], como aquele homem da pescaria.

Sir Stafford Nye riu. Seus olhos deram uma volta pela sala.

— O que você está olhando? — perguntou tia Matilda.

— Os seus quadros.

— Você não quer que eu os venda, não é? Parece que todos andam vendendo seus quadros hoje em dia. Você se lembra do velho Lord Grampion? Vendeu os Turners e vendeu também alguns dos retratos dos antepassados. E Geoffrey Gouldman? Todos aqueles cavalos maravilhosos. Eram de Stubbs, não eram? Parecidos pelo menos. Realmente, os preços que se consegue! Mas eu não quero vender meus quadros. Eu gosto deles. A maior parte dos que estão nesta sala tem um interesse real para mim porque são nossos antepassados. Sei que hoje em dia ninguém mais quer saber de antepassados, mas sou fora de moda. Gosto deles. Dos meus antepassados, quero dizer. Para qual você está olhando? Pamela?

— Sim. Eu estive pensando nela outro dia.

— Impressionante como vocês são parecidos. Isto é, não é como se vocês fossem irmãos gêmeos, apesar de dizerem que gêmeos de sexos diferentes, mesmo sendo gêmeos, não podem ser idênticos, não é? Você deve saber do que estou falando.

— Então Shakespeare se enganou sobre Viola e Sebastião.

— Bem, irmãos e irmãs comuns podem ser parecidos, não podem? Você e Pamela sempre foram iguais — na aparência, digo.

---

[3] "Não é um rapaz sério..." (N.T.)

— Mas não de outra maneira? A senhora não acha que nós fôssemos iguais em temperamento?

— Não, nem um pingo. É esta a parte engraçada. Mas é claro que você e Pamela têm o rosto da família. Não dos Nye. Quero dizer, o rosto dos Baldwen-White.

Sir Stafford Nye nunca conseguira competir com sua tia-avó quando a conversa enveredava para questões genealógicas.

— Sempre achei que você e Pamela tinham puxado a Alexa — continuou ela.

— Quem era Alexa?

— Sua ta-ta-ta- e muitos outros tas... tataravó. Uma condessa húngara ou uma baronesa, nem sei. Seu ta-ta-ta-tataravô se apaixonou por ela quando estava na embaixada em Viena. Sim, uma húngara. Era o que ela era. Muito esportiva. Eles são muito esportivos, os húngaros. Ela saía em caçadas, montava magnificamente.

— Há algum retrato dela na galeria?

— Está no primeiro andar. Logo depois da escadaria, um pouco à direita.

— Irei dar uma olhada nela quando for dormir.

— Por que você não vai vê-la agora para depois falarmos sobre ela?

— Se a senhora quiser irei vê-la agora — sorriu para ela.

Saiu da sala e subiu correndo a escadaria. Sim, ela era muito viva, a velha Matilda. Era este o rosto. Era este o rosto que ele vira e se lembrava. Não se lembrava pela semelhança consigo mesmo, nem pela semelhança com Pamela, mas por uma semelhança ainda mais forte com este retrato. Uma moça bonita trazida para casa pelo embaixador seu ta-ta-ta-tataravô, se é que já havia bastantes tás... Tia Matilda nunca se satisfazia apenas com alguns tás. Ela devia ter uns vinte anos. Viera para cá e era muito alegre, montava magnificamente, dançava divinamente e os homens se apaixonavam por ela. Mas ela fora fiel, pelo menos é o que todos diziam, ao seu ta-ta-ta-tataravô, um mui digno e sério membro do Serviço Diplomático. Acompanhou-o em postos no exterior, voltava para casa e tinha filhos. Tiveram três ou quatro, parece. Através de uma dessas crianças, a herança de seu rosto, de seu nariz, da curva de seu pescoço, passara para ele e para sua irmã Pamela. Pôs-se a imaginar se aquela jovem que dopara sua cerveja e forçara-o a emprestar a capa, apresentando-se como correndo perigo de morte, a menos que ele fizesse o que ela estava pedindo, não seria possivelmente uma prima distante em quinto ou sexto grau, uma descendente daquela mulher cujo retrato na parede ele estava ali olhando. Bem que podia ser. Talvez elas fossem da mesma nacionalidade. Como se sentara empertigada na ópera, como era puro o seu perfil, o nariz fino, levemente arqueado e aquilino. Seus rostos se pareciam extraordinariamente. E como a mesma atmosfera girava em torno delas.

— Achou-a? — perguntou Lady Matilda, quando seu sobrinho voltou para a sala de visitas branca onde ela geralmente ficava. — Um rosto interessante, não é?

— Sim, e muito bonito também.

— É muito melhor ser interessante do que ser bonito. Mas você não esteve na Hungria, nem na Áustria, esteve? Não iria encontrar alguém parecido com ela na Malásia. Ela não estaria sentada a uma mesa tomando notas ou corrigindo discursos ou coisas desse gênero. Era uma criatura selvagem, por convicção. Tinha maneiras adoráveis e era educada. Mas era selvagem. Selvagem como um pássaro em liberdade. Desconhecia o perigo.

— Como a senhora sabe tanta coisa sobre ela?

— Oh, concordo que eu não fui contemporânea dela; só nasci muitos anos depois de sua morte. Mesmo assim, sempre me interessei muito por sua pessoa. Era ousada, sabe? Muito ousada. Muitas histórias estranhas se contavam sobre ela, coisas em que se envolvia.

— E como é que meu ta-ta-ta-tataravô reagia a isto?

— Creio que ele se preocupava demais — disse Lady Matilda. — Contudo, dizem que ele a adorava. Por falar nisto, Staffy, você alguma vez leu *O prisioneiro de Zenda*?

— *O prisioneiro de Zenda*?... Parece muito familiar.

— Claro que é familiar; é um livro conhecido.

— Sim, sim, eu sei que é um livro.

— Você não deve ter lido, eu acho. Não é de seu tempo. Mas quando eu era menina... era o primeiro romance que conhecíamos. Não existiam cantores *pop,* nem os Beatles. Só novelas românticas. Não podíamos ler novelas na parte da manhã quando éramos meninas. Só podíamos ler na parte da tarde.

— Que regras extraordinárias — disse Sir Stafford. — Por que era errado ler novelas pela manhã e não à tarde?

— Bem, pela manhã, sabe, as moças deviam estar fazendo alguma coisa útil. Sabe como é, arrumando as flores ou limpando as molduras de prata dos retratos. Todas essas coisas que as moças deviam fazer. Estudando um pouquinho com a governanta... essas coisas todas. De tarde podíamos nos sentar e ler livros de histórias, e *O prisioneiro de Zenda* era geralmente o primeiro que nos caía nas mãos.

— Uma história muito bonita, muito respeitável, não? Parece que me lembro de algo assim. Talvez eu o tenha lido. Muito inocente, imagino. Não era muito *sexy*?

— É claro que não. Não tínhamos livros *sexy*. Tínhamos romances. *O prisioneiro de Zenda* era muito romântico. Todas nós nos apaixonávamos. Normalmente, pelo herói, Rudolf Rassendyll.

— Parece que me lembro deste nome também. Um pouquinho extravagante, não é?

— Bem, até hoje acho o nome muito romântico. Eu devia ter uns 12 anos, acho. Você me lembrou do livro, sabe? Quando subiu a escada para olhar o retrato. Princesa Flávia — ela acrescentou.

Stafford Nye estava sorrindo para ela.

— A senhora parece muito jovem e rosada, e muito sentimental — disse ele.

— Bem, é assim que me sinto. As moças não têm mais este sentimento hoje em dia. Elas desmaiam por amor ou perdem os sentidos quando alguém toca um violão elétrico, ou canta numa voz estridente, mas não são mais sentimentais. Mas eu não estava apaixonada por Rudolf Rassendyll. Estava apaixonada pelo outro... o seu sósia.

— Ele tinha um sósia?

— Oh, sim, um rei. O rei da Ruritânia.

— Ah, é claro, agora me lembro. É por isto que a palavra Ruritânia me lembra alguma coisa: está sempre sendo usada. Sim, creio que li esse livro. Rudolf Rassendyll, sósia do rei, apaixonou-se pela princesa Flávia, com a qual o rei estava oficialmente noivo.

Lady Matilda deu mais alguns suspiros profundos.

— Sim, Rudolf Rassendyll herdara os cabelos ruivos de seus antepassados e numa parte do livro ele faz uma reverência para um retrato e diz alguma coisa sobre... não me lembro bem do nome agora... a condessa Amélia ou qualquer coisa assim, de quem ele herdara a semelhança e tudo o mais. Então, olhei para você e me lembrei de Rudolf Rassendyll na hora em que você foi olhar para o retrato de alguém que tinha sido sua antepassada para ver se ela lhe lembrava alguém que você conhece. Quer dizer que você está envolvido em algum romance, não está?

— Por que a senhora está dizendo isso?

— Bem, não há muitas tramas diferentes na vida. Reconhecemo-nas na medida em que se apresentam. É como em um livro de tricô. Deve haver uns 65 tipos de pontos diferentes. Bem, você reconhece um ponto em particular assim que o vê. O seu ponto no momento, eu diria, é a aventura romântica — ela suspirou. — Mas você não me vai contar nada, imagino.

— Não há nada a contar — disse Sir Stafford.

— Você sempre foi um mentiroso de marca maior. Bem, não tem importância. Traga-a aqui para me ver qualquer dia desses. É só do que eu gostaria, antes que os médicos consigam matar-me com algum tipo novo de antibiótico que tenham acabado de descobrir. As pílulas coloridas que tomei desta vez! Você nem acreditaria!

— Nem sei por que a senhora diz "ela" e "dela"...

— Não sabe? Oh, bem, reconheço uma "ela" quando chego perto de uma. Tem alguma "ela" sendo evasiva com você. O que me intriga é onde você a encontrou. Na Malásia, na mesa de conferências? Filha de embaixador ou filha de ministro? Secretária bonita na piscina da embaixada? Não, nenhuma se enquadra... No navio durante a volta? Não, não se usam mais navios hoje em dia. Avião, talvez.

— A senhora está ficando quente — disse Stafford sem conseguir evitar o comentário.

— Ah! — ela se empolgou. — Aeromoça?

Ele abanou a cabeça.

— Muito bem. Guarde seu segredo. Eu descubro, não se incomode. Sempre tive bom faro para as coisas que acontecem com você. E também para outras coisas. É claro que ando por fora de tudo hoje em dia, mas eu me encontro de tempos em tempos com meus velhos camaradas, e é muito fácil, você sabe, conseguir deles uma ou outra pista. As pessoas andam preocupadas... em toda parte, andam preocupadas.

— A senhora quer dizer que há um descontentamento geral... uma preocupação?

— Não, eu não quis dizer isto. Quero dizer que os figurões estão preocupados. Nossos horríveis governos estão inquietos. O queridíssimo e sonolento Ministério do Exterior está inquieto. Estão acontecendo coisas, coisas que não deviam acontecer. Tumultos.

— Tumultos estudantis?

— Oh, tumultos estudantis são apenas uma das flores desta árvore. E ela está florescendo por todos os lados e em todos os países, pelo menos é o que parece. Tem uma moça muito simpática que vem aqui e lê os jornais para mim todas as manhãs. Não consigo mais ler bem. Ela tem uma voz muito agradável. Escreve as cartas que eu dito e é uma moça muito gentil. Lê as coisas que me interessam e não as coisas que ela pensa que me interessam. Sim, todos estão inquietos, até onde sei. E isso, acredite, é uma informação que, de certa forma, vem de um amigo meu.

— Um de seus velhos camaradas militares?

— Ele é general de brigada, se é isto que você quer saber; está na reserva há muitos anos, mas continua por dentro das notícias. A juventude é o que você pode chamar de o estopim de tudo. Mas não é isto que está inquietando a todos. Eles — sejam *eles* quem forem — se infiltram através da juventude. Da juventude de todos os países. A juventude impetuosa. A juventude que canta seus lemas, lemas que parecem emocionantes, mas que geralmente ninguém sabe bem o que querem dizer. É tão fácil começar uma revolução. E isso é natural para a juventude. Todos os jovens sempre se rebelam. Você se rebela, você quer transformar tudo, você quer que o mundo seja diferente do que é hoje. Mas você está cego também. Há uma venda sobre os olhos dos jovens. Eles não podem ver aonde estão sendo levados. O que vai acontecer depois? O que virá pela frente? E quem está por detrás, instigando-os? Isto é que é realmente assustador. Você sabe que alguém está na frente levando o capim fresco para fazer o burrinho avançar e ao mesmo tempo há alguém lá atrás fustigando-o com um chicote.

— A senhora tem idéias tão estranhas!

— Não são apenas idéias, meu caro rapaz. Era isso o que as pessoas diziam sobre Hitler. Hitler e a juventude de Hitler. Mas foi uma preparação longa e cuidadosa. Foi uma guerra planejada em todos os detalhes. Era a quinta-coluna sendo implantada em países diferentes, preparando-os para os super-homens. Os super-homens eram a nata da nação germânica. Era isso que eles pensavam e nisso acreditavam apaixonadamente. Talvez haja alguém acreditando em algo parecido, agora. É uma doutrina que eles estarão prontos a aceitar... se lhes for oferecida de maneira inteligente.

— De quem a senhora está falando? Dos chineses ou dos russos? De quem?

— Não sei. Não tenho a menor idéia... mas há alguém, em algum lugar, que se está valendo da mesma cartilha. São as tramas outra vez. Tramas! Os russos? Atolados no comunismo, creio que atualmente eles já estejam fora de moda. Os chineses? Acho que esses perderam o caminho. Talvez por pensarem demais no Camarada Mao. Não sei quem são as pessoas que estão planejando essas coisas. Como já disse antes, o problema é o porquê e onde, e quando, e *quem*.

— Muito interessante.

— É tão assustador, essa mesma idéia sempre reaparecendo. A história se repetindo. O jovem herói, o super-homem louro que todos devem seguir — ela fez uma pausa e depois disse: — A mesma idéia, sabe? O Jovem Siegfried.

7

Uma advertência da tia-avó Matilda

Tia Matilda olhou para ele. Ela possuía um olhar arguto e perspicaz. Stafford Nye já percebera isso antes. Naquele momento, tornou a reparar.

— Então você já ouviu esse termo antes — disse ela. — Já ouviu.

— O que significa?

— Você não sabe? — ela ergueu as sobrancelhas.

— Juro por Deus que não sei de nada — disse Stafford como se fosse uma criança.

— Sim, as crianças geralmente falam assim, não é? — disse Lady Matilda. — Você está falando mesmo com toda a franqueza?

— Não sei mesmo de nada.

— Mas já ouviu isso antes?

— Sim. Alguém me disse isso.

— Alguém importante?

— Pode ser que seja. Eu suponho que seja importante. O que a senhora quer dizer com "alguém importante"?

— Bem, você anda metido ultimamente em várias missões oficiais, não anda? Tem representado este pobre e infeliz país da melhor maneira possível; imagino que não seja pior do que a maioria dos seus colegas, sentados em torno de uma mesa, discutindo. Não sei se isso dá algum resultado.

— Provavelmente nenhum — disse Stafford Nye. — Depois, a gente não tem muito otimismo quando vai para essas reuniões.

— Cada um dá o melhor que tem — corrigiu Lady Matilda.

— Um princípio muito cristão. Hoje em dia, se alguém dá o pior de si, às vezes consegue coisas bem melhores. O que isso tudo significa, tia Matilda?

— Não creio que *eu* saiba — disse a tia.

— Bem, muitas vezes a senhora sabe de muitas coisas.

— Não exatamente. Eu apenas ouço coisas aqui e ali.

— Sim?

— Ainda tenho alguns velhos amigos, você sabe. Amigos que sabem das coisas, que estão por dentro. É claro que a maior parte deles está praticamente surda como uma porta, ou meio cega, ou um pouquinho ruim da bola, ou não são mais capazes de andar sozinhos. Mas ainda há alguma coisa que funciona. Alguma coisa, eu diria, aqui em cima — deu um tapinha no alto da cabeça branca e bem penteada. — Há um bocado de tensão e desânimo por aí. Mais do que o comum. Essa é uma das informações que apanhei no ar.

— Não é sempre assim?

— Sim, sim, mas agora há um pouco mais do que o comum. Um desânimo ativo em vez de passivo, eu diria. Há muito tempo, como venho percebendo do lado de fora, e você, do lado de dentro, sentimos que está tudo meio confuso. Uma confusão muito grande. Mas agora chegamos a um ponto onde sentimos que algo precisa ser feito para sanar a confusão. Há nela um elemento de perigo. Há algo no ar... algo que está sendo fomentado. E não apenas neste país. Numa porção de países. Recrutaram um exército a seu serviço e o perigo é que esse exército só é servido por jovens. E é o tipo de gente que irá a qualquer lugar, fará qualquer coisa, infelizmente acreditará em tudo, desde que lhes prometam uma certa dose de deposições de governos, de estragos e de areia nas engrenagens, aí eles acreditarão que a causa deve ser boa e que o mundo será diferente. Não têm imaginação, é este o problema... são apenas destrutivos. A juventude criativa escreve poemas, escreve livros, provavelmente compõe música, pinta quadros como sempre fez.

Esses estão bem... Mas quando as pessoas aprendem a amar a destruição por si mesma, então uma liderança do mal terá sua oportunidade.

— A senhora diz "eles" e "deles". Quem são eles?

— Gostaria de saber — disse Lady Matilda. — Sim, gostaria de saber. Muito mesmo. Se ouvir algo de útil, lhe contarei. Talvez então você possa fazer algo a respeito.

— Infelizmente, *eu* não tenho ninguém para contar, quer dizer, ninguém para passar adiante.

— É verdade, não se pode confiar em qualquer um. Não se pode contar para qualquer pessoa. Não passe adiante para esses idiotas do governo ou que têm conexões com o governo, ou que esperam participar do governo quando esses que estão lá por cima se forem. Os políticos não têm tempo de olhar para o mundo em que vivem. Olham apenas para a região em que vivem e a vêem como uma vasta plataforma eleitoral. Eles se contentam com isso por enquanto. Fazem coisas que honestamente acreditam que tornarão a vida melhor, mas se surpreendem quando essas coisas não agradam, porque não eram as coisas que o povo queria que fizessem. E não se pode deixar de chegar à conclusão de que os políticos pensam que têm o divino poder de contar mentiras, desde que seja por uma boa causa. Não faz tanto tempo assim que o sr. Baldwin fez seu famoso comentário: — "Se eu tivesse dito a verdade, teria perdido a eleição". Os primeiros-ministros continuam a pensar assim. De vez em quando, nós temos um grande homem, graças a Deus. Mas é raro.

— Bem, o que a senhora sugere que se faça?

— Você está pedindo a minha opinião? A minha? Você sabe quantos anos eu tenho?

— Está chegando perto dos noventa — sugeriu seu sobrinho.

— Não sou tão velha assim — disse Lady Matilda, ligeiramente ofendida. — Pareço tanto assim, meu rapaz?

— Não, minha querida. A senhora parece ter 66, no máximo.

— Assim está melhor — disse Lady Matilda. — Não é a verdade. Mas é muito melhor. Se eu conseguir uma informação qualquer de meus queridos almirantes, ou de um velho general, ou mesmo de um marechal-do-ar... eles ouvem muita coisa, você sabe... eles também têm companheiros lá dentro e quando esses velhos rapazes se juntam falam muito. E assim as coisas se espalham. Sempre foram fofoqueiros e continuarão sendo, não importa a idade que tenham. O Jovem Siegfried. Só precisamos de uma pista para saber o que isto quer dizer... Não sei se é uma pessoa, ou uma senha, ou o nome de um clube, ou de um novo Messias, ou de um cantor *pop*. Mas esta expressão encobre algo. E há também o tema musical. Quase já não me lembro de meus dias wagnerianos — e, com sua voz enrouquecida, cantarolou uma melodia parcialmente reconhecível. — O chamamento da trompa de caça do Siegfried, não é? Arranje uma flauta. Será um gravador? Não é um daqueles discos redondos que você põe num gramofone... o que quero são aquelas coisas com que as crianças brincam na escola. Elas aprendem na aula. Fui a uma palestra outro dia. Nosso vigário explicou tudo. Muito interessante. Você sabe, a reconstituição da história dos instrumentos e dos tipos de flautas, trompas e cornetas que havia desde os tempos da rainha Elizabeth I. Umas grandes, outras pequenas, todos os sons e notas diferentes. Muito interessante. Formidável de ouvir, nos dois sentidos. Os próprios instrumentos e sua história. Sim. Bem, o que eu estava dizendo mesmo?

— A senhora me disse para arranjar um desses instrumentos, se não me engano.

— Sim, arranje uma flauta e aprenda a tocar o chamado da trompa de caça de Siegfried. Você é musical, sempre foi. Espero que possa fazer isso, não é?

— Bom, parece um papel muito pequeno a desempenhar na salvação do mundo, mas acho que poderei fazê-lo.

— E esteja com tudo preparado. Porque, sabe — ela bateu na mesa com a caixa de seus óculos —, você poderá precisar dela para impressionar certas pessoas em certas ocasiões. Poderia ser útil.

Elas o receberiam de braços abertos e você poderá então ficar sabendo de mais coisas.

— A senhora certamente tem muitas idéias — disse Sir Stafford com admiração.

— Que mais posso ter na minha idade? — disse sua tia-avó. — Não posso mais sair por aí. Não posso encontrar-me com as pessoas, não posso mais cuidar do jardim. A única coisa que posso fazer é sentar numa cadeira e ter idéias. Lembre-se disto quando tiver mais quarenta anos de idade.

— Uma das observações que fez me interessou.

— Só uma? — disse Lady Matilda. — É muito pouca coisa considerando-se que eu falei durante tanto tempo. O que foi?

— A senhora sugeriu que eu poderia ser capaz de impressionar as pessoas erradas com a minha flauta... foi isto mesmo que quis dizer?

— Bem, é um caminho, não é? As pessoas certas não importam. Mas as pessoas erradas... bem, precisamos descobrir certas coisas, não é? Você precisa penetrar nos fatos. Assim como faz um cupim — disse ela pensativa.

— Será necessário que eu faça rumores significativos à noite?

— Bem, de uma certa forma, sim. Tivemos cupins aqui uma vez, na ala esquerda da casa. Custou muito caro exterminá-los. Eu diria que deve ser igualmente caro endireitar o mundo.

— De fato, deve ser ainda mais caro — disse Stafford Nye.

— Não tem importância — disse Lady Matilda. — As pessoas nunca ligam em gastar uma grande quantidade de dinheiro. Impressiona-as. E quando se quer que as coisas sejam feitas com economia, você sabe que elas nem ligam. Nesta terra, eu digo. Somos as mesmas pessoas que sempre fomos.

— Que quer dizer com isso?

— Somos capazes de grandes realizações. Fomos formidáveis para formar um império, mas não fomos capazes de conservá-lo. Mas é verdade que não precisamos mais dele. E reconhecemos isso. Tornou-se difícil demais mantê-lo. Robbie me fez compreender isso — acrescentou ela.

— Robbie? — pareceu-lhe ligeiramente familiar.

— Robbie Shoreham. Robert Shoreham. É um velho amigo meu. Está paralítico do lado esquerdo. Mas ainda pode falar, e tem um aparelho auditivo razoavelmente eficaz.

— Além de ser um dos maiores físicos do mundo — disse Sir Stafford. — Então ele é um de seus velhos camaradas?

— Conheço-o desde menino — disse Lady Matilda. — Suponho que lhe causou surpresa o fato de nós sermos amigos, de termos muito em comum e de batermos longos papos juntos?

— Bem, eu não imaginaria nunca...

— Que tivéssemos assunto para conversas? É verdade que não entendo nada de matemática. Felizmente, quando eu era menina, uma moça nem tentava essas coisas. A matemática chegou naturalmente para Robbie quando ele tinha uns quatro anos de idade, creio. Hoje em dia, dizem que isto é muito natural. Ele tem muito sobre o que falar. Sempre gostou de mim porque eu era frívola e o fazia rir. E sou uma boa ouvinte também. E, realmente, ele diz coisas muito interessantes às vezes.

— Acredito — disse Stafford Nye, secamente.

— Vamos, não banque o superior. Molière casou-se com sua governanta, não foi?... — fez disso um sucesso... se é que foi Molière, quero dizer. Se um homem é freneticamente inteligente, ele não vai querer uma mulher que seja também freneticamente inteligente para conversar. Seria muito exaustivo. Vai preferir uma encantadora tolinha que possa fazê-lo rir. Eu não era feia quando moça — disse Lady Matilda, vaidosamente. — Sei que não tenho nenhuma distinção acadêmica, nem sou nada intelectual. Mas Robert sempre disse que eu tinha um bocado de senso comum e de inteligência.

— A senhora é uma criatura adorável — disse Sir Stafford Nye. — Gosto muito de vir aqui e sempre vou embora com as palavras que me diz *na memória*. E há muito mais coisas que poderia me dizer mas que, obviamente, não vai dizer.

— Só quando a hora certa chegar — disse Lady Matilda. — Mas sempre me interessei muito por você. De tempos em tempos, diga-me o que anda fazendo. Na semana que vem você vai jantar na embaixada americana, não vai?

— Como é que a senhora sabe? Eu fui convidado.

— E deve ter aceito o convite, imagino.

— Bem, é uma questão de obrigação — ele olhou para ela com curiosidade. — Como é que a senhora consegue ser tão bem informada?

— Oh, Milly me falou.

— Milly?

— Milly Jean Cortman. A mulher do embaixador americano. Uma criatura muito atraente. Miudinha, mas muito bonita.

— Oh, a senhora quer dizer Mildred Cortman.

— Ela foi batizada como Mildred, mas prefere ser chamada de Milly Jean. Estive conversando com ela pelo telefone sobre uma festa de caridade... Ela é o que costumávamos chamar de Vênus de Bolso.

— Uma definição bastante sedutora — disse Stafford Nye.

8

Um jantar na embaixada

Quando a sra. Cortman veio recebê-lo com a mão estendida, Stafford Nye lembrou-se do termo usado por sua tia-avó. Milly Jean Cortman era uma mulher entre os seus 35 e quarenta anos. Tinha feições delicadas, grandes olhos azuis acinzentados, uma cabeça perfeita com os cabelos tingidos de azul-cinzento, num tom particularmente atraente e que lhe ficava muito bem, graças à perfeição do penteado. Era muito popular em Londres. Seu marido, Sam Cortman, um homem forte e pesadão, ligeiramente enfadonho, sentia-se muito orgulhoso de sua esposa. Ele próprio era desses conversadores lentos e enfáticos. Muitas pessoas com quem conversava achavam difícil prestar atenção a certos pontos que explicava detalhadamente e que não tinham o menor interesse.

— De volta da Malásia, Sir Stafford? Deve ter sido muito interessante, se bem que eu não teria escolhido esta época do ano. Mas garanto-lhe que estamos todos muito satisfeitos com sua volta. Deixe-me ver... o senhor conhece Lady Aldborough e Sir John, e Herr von Roken, Frau von Roken. O sr. e a sra. Staggenham.

Eram todos mais ou menos conhecidos de Stafford Nye. Havia um holandês e sua esposa, que ele não conhecia ainda, pois acabavam de apresentar suas credenciais. Os Staggenham eram o ministro do Bem-estar Social e esposa. Um casal particularmente sem sal, era o que sempre pensara.

— E a condessa Renata Zerkowski. Creio que ela me disse que já o conhecia.

— Deve ter sido há um ano atrás. Creio que foi da última vez que estive em Londres — disse a condessa.

Ei-la outra vez! A passageira de Frankfurt novamente. Controlada, tranqüila, lindamente vestida num tom cinza azulado, com um toque de chinchila. Os cabelos presos para cima (uma peruca?) e uma cruz de rubi de desenho antigo em torno do pescoço.

— Signor Gasparo, conde Reitner, o sr. e a sra. Arbuthnot.

Cerca de 26 pessoas ao todo. Durante o jantar, Stafford Nye sentou-se entre a horrível sra. Staggenham e a sra. Gasparo. Renata Zerkowski estava exatamente à sua frente.

Um jantar na embaixada. Um jantar como tantos outros a que ele comparecera, sempre com o mesmo tipo de convidados. Vários membros do Corpo Diplomático, funcionários menos graduados, um ou dois industriais, um punhado de gente da sociedade, geralmente incluído por terem uma conversa agradável, natural, pessoas interessantes de se conhecer. Desta vez, porém, Stafford Nye achou que uns dois talvez saíssem do padrão. Mesmo enquanto estava ocupado em manter uma conversa com a Signora Gasparo, uma pessoa encantadora para se conversar, tagarela, ligeiramente namoradeira, seus pensamentos giravam da mesma forma que seus olhos em torno da mesa, mas de modo quase imperceptível. Ao olhar em volta, ninguém diria que ele estava tirando algumas conclusões. Fora convidado. Por quê? Por uma razão qualquer ou por nenhuma razão em particular. Talvez porque seu nome tenha vindo automaticamente à tona na lista que os secretários apresentam de tempos em tempos conferindo aqueles que devem ser convidados novamente. Ou como um homem solteiro ou uma mulher sem parceiro, convenientes para o bom equilíbrio da mesa. Ele sempre era chamado quando um extra era necessário.

— Oh, sim — diria uma anfitriã do Corpo Diplomático —, Stafford Nye está ótimo. Você o colocará perto de Madame Fulana ou de Lady Sicrana.

Talvez ele tivesse sido convidado apenas por um motivo parecido. E, no entanto, ficou cismado. Sabia por experiência que devia haver outro motivo. E assim seu olhar, com seu rápido traquejo social, seu ar de não estar olhando para nada em particular, estava ocupado.

Entre esses convidados havia alguém que, por qualquer razão, era importante. Alguém que fora convidado — não para completar a lista — pelo contrário, alguém que tivera a lista de convidados especialmente preparada para encaixar-se em torno dele — ou dela... Alguém muito importante. Ficou imaginando... imaginando quem poderia ser.

Cortman devia saber, é claro. Milly Jean, talvez. Nunca se sabe, com as mulheres. Algumas eram melhores diplomatas do que seus maridos. Algumas podiam ser julgadas por seu charme, sua adaptabilidade, sua presteza em agradar, sua falta de curiosidade. "Outras ainda", pensou ele pesaroso, "no que dizia respeito à profissão do marido, eram desastrosas". Anfitriãs que, apesar de terem trazido dinheiro ou prestígio a um casamento diplomático, eram, entretanto, capazes de a qualquer momento dizerem ou fazerem alguma coisa errada, criando uma situação infeliz. Para evitar esse tipo de situação seria necessário convidarem uma, ou mesmo duas pessoas do tipo chamado de "salvadores" profissionais.

Será que o jantar desta noite era meramente um acontecimento social? Seu olhar rápido e aguçado já dera, a esta altura, a volta da mesa separando uns dois convidados que ainda não conseguira analisar. Um homem de negócios americano. Agradável, mas não socialmente brilhante. Um professor de uma universidade do centro-oeste. Um casal, o marido alemão, a mulher inteiramente, quase agressivamente, americana. E muito bonita, também. "Sexualmente muito atraente", pensou Sir Stafford. Será que um deles era importante? Iniciais flutuaram na sua cabeça. FBI. CIA. O homem de negócios talvez fosse um homem da CIA que estivesse ali com um propósito. As coisas eram assim hoje em dia. Não eram mais como antigamente. Como é que se dizia mesmo? Seu *Grande Ir-*

mão está lhe vigiando. Bem, hoje em dia iam mais longe. Seu *Primo do Outro Lado do Atlântico* está de olho em você. Os grandes financistas da Europa Central estão lhe vigiando. Uma dificuldade diplomática fora colocada aqui para que *você* a observe! Oh, sim. Há uma porção de coisas por trás de tudo que se faz hoje em dia. Mas seria isto apenas uma nova fórmula, apenas uma nova moda? Poderia na verdade significar algo mais do que isso, algo mais vital, algo mais real? Como abordar os assuntos europeus hoje em dia? O Mercado Comum. Isso era razoável, tratava do comércio, da economia, do relacionamento entre os países.

Era esse o cenário a ser preparado. Mas por trás do cenário... Esperando a deixa... nos bastidores. Pronto para entrar em ação, se isso fosse exigido. O que estaria acontecendo? Acontecendo em todo o mundo e por trás das cortinas? Ficou imaginando.

Algumas coisas ele sabia, algumas coisas adivinhava, "outras coisas", pensou consigo mesmo, "não sei e ninguém quer que eu saiba".

Seus olhos pararam um instante na moça à sua frente, o queixo erguido, a boca levemente curvada num sorriso educado, e se encontraram com os dela. Aqueles olhos não lhe disseram nada, aquele sorriso não lhe disse nada. O que estaria fazendo ali? Estava em seu elemento, pertencia àquele ambiente, conhecia aquele mundo. Sim, ela estava como se fosse em casa. Será que ele poderia descobrir, pensou, sem muita dificuldade aonde ela figurava no mundo diplomático? Mas será que isso lhe diria qual era realmente o lugar dela?

A moça de calças compridas que repentinamente falara com ele no aeroporto de Frankfurt tinha um rosto impaciente, inteligente. Seria aquela a verdadeira ou seria esta conhecida social, ocasional, a verdadeira mulher? Seria uma dessas personagens um papel desempenhado? E, se assim fosse, qual deles? Poderia também haver mais que duas personagens. Será que...? Ele queria descobrir.

Ou o fato de ele ter sido convidado fora mera coincidência? Milly Jean estava se levantando. As outras senhoras levantaram-se com ela. Então, de repente, ouviram um barulho inesperado. Um clamor do lado de fora da casa. Gritos. Berros. O ruído de vidros quebrados numa janela. Tiros. Barulho. Sons, certamente tiros de revólver. A sra. Gasparo falou, agarrando o braço de Stafford Nye:

— De novo! — exclamou ela. — *Dio!* Novamente estes estudantes terríveis. É a mesma coisa em nossa terra. Por que eles atacam embaixadas? Lutam, resistem à polícia, marcham, berram coisas estúpidas, deitam-se nas ruas. *Si, si.* Nós temos a mesma coisa em Roma, em Milão... Nós temos a mesma peste em todos os lugares da Europa. Por que eles nunca estão satisfeitos, os jovens? O que eles querem?

Stafford Nye bebericou seu conhaque ouvindo o forte sotaque do sr. Charles Staggenham, que estava pontificando sem se apressar. A agitação diminuíra. Ao que parecia, a polícia afastara alguns dos cabeças-quentes. Era uma dessas ocorrências que teria sido considerada extraordinária e mesmo alarmante há algum tempo, mas que agora era vista como um fato comum.

— Uma força policial maior. É disto que precisamos. Uma força policial maior. Mais do que estes sujeitos possam agüentar. É a mesma coisa em todos os lados, dizem. Estava conversando com Herr Lurwitz outro dia. Eles têm os problemas e os franceses também. Nos países escandinavos não há tantos problemas. Mas o que eles querem — só confusão? Eu lhes garanto que se pudesse agir a meu modo...

Stafford Nye começou a pensar em outro assunto enquanto fingia prestar atenção ao que lhe dizia Charles Staggenham, que lhe explicava o que faria, o que de qualquer modo era facilmente previsível.

— Gritam sobre o Vietnã e tudo o mais. Que sabem eles sobre o Vietnã? Nenhum deles esteve lá, não é?

— Não creio que tenham estado — disse Stafford Nye.

— Um homem estava me contando outro dia que eles têm tido um bocado de problemas lá na Califórnia. Nas universidades... Se tivéssemos uma força policial razoável...

Neste momento, os homens juntaram-se às senhoras na sala de visitas. Stafford Nye, andando com sua desenvoltura elegante e com aquele ar de total falta de interesse nas coisas, que achava muito útil, sentou-se ao lado de uma loura muito falante. Ele a conhecia razoavelmente bem, e podia garantir que raramente dizia alguma coisa interessante, mas que possuía fartos conhecimentos sobre todas as criaturas que fossem de seu círculo de amizades. Stafford Nye não fazia perguntas diretas, mas, de repente, sem que a senhora percebesse como ele guiara o assunto para aquele determinado ponto, ele começou a ouvir alguns comentários sobre a condessa Renata Zerkowski.

— Ainda é muito bonita, não acha? Não vem muito aqui ultimamente. A maior parte do tempo está em Nova York, sabe, ou naquela ilha maravilhosa. O senhor deve conhecer, eu creio. Não é Minorca. Uma daquelas outras do Mediterrâneo. A irmã dela é casada com o rei do sabão, isto é, acho que ele é o rei do sabão. Não é grego, não. Ele é sueco, eu acho. Nada em dinheiro. E, é claro, ela passa muito tempo em um castelo nas Dolomitas, ou perto de Munique. Sempre foi muito musical. Ela disse que já o conhecia, não foi?

— Sim, creio que foi há uns dois anos.

— Oh, sim, creio que foi quando ela esteve aqui da última vez. Dizem que esteve metida naqueles assuntos da Tchecoslováquia. Ou seria nos problemas da Polônia? Oh, meu caro, é tão difícil saber! Todos esses nomes... Eles têm tantos zês e tantos kas. Muito esquisitos e difíceis de pronunciar. Ela é muito versada em letras, o senhor sabe. Tem sempre petições para as pessoas assinarem. Pedindo asilo para escritores ou qualquer coisa no gênero. Não que as pessoas levem isso muito em conta. Quero dizer, no que mais se pode pensar hoje em dia a não ser em como pagar os seus próprios impostos? O dinheiro que nos permitem levar nas viagens torna as coisas um pouquinho melhor, mas não muito. Isto é, primeiro temos que conseguir o dinheiro, não é?... antes de poder levá-lo para o exterior. Não sei como tem gente que consegue ter dinheiro nesta época, mas há um bocado de dinheiro por aí. Oh, sim, há um bocado de dinheiro por aí!

Ela olhou para a mão esquerda, onde estavam dois anéis solitários, um diamante e uma esmeralda, de maneira complacente, o que vinha comprovar que, ao menos com ela, alguém gastara muito dinheiro.

A noitada estava chegando ao fim. Ele ficou sabendo muito pouco sobre sua passageira de Frankfurt, além do que já sabia antes. Ficou sabendo que ela possuía uma fachada, que parecia multifacetada, se é que podemos empregar esse termo. Ela se interessava por música. Muito bem, ele a encontrara no Festival Hall. Gostava de esportes ao ar livre. Tinha parentes ricos que possuíam ilhas no Mediterrâneo. Dada a patrocinar causas literárias. Alguém de fato com boas relações, dentro do espectro social. Aparentemente não era muito politizada e, no entanto, devia na surdina ser filiada a algum grupo. Alguém que vivia pousando de galho em galho, de país em país. Passeando entre os ricos, os talentosos e também no mundo literário.

Pensou em espionagem por um ou dois minutos. Parecia a resposta mais adequada. E apesar de tudo a resposta não o satisfazia de todo.

A reunião continuou. Chegou o seu momento de ser requisitado pela dona de casa. Milly Jean era muito eficaz nesses assuntos.

— Estava querendo conversar com você há séculos. Gostaria que me falasse da Malásia. Sou uma boba a respeito desses lugares da Ásia, sabe? Eu os misturo todos. Diga-me, o que foi que aconteceu por lá? Houve algo interessante ou foi tudo chatíssimo?

— Eu acho que você já adivinhou a resposta.

— Bem, devia imaginar que fosse mesmo aborrecido. Mas talvez não lhe permitam contar essas coisas.

— Oh, sim, penso e digo o que quero. O assunto não me interessava mesmo, sabe?

— Por que foi então?

— Bem, sempre gostei de viajar, gosto de ver países novos.

— Você é muito curioso, às vezes. Na realidade a vida diplomática é mesmo muito enfadonha, não é? Eu não devia dizer isto. Só estou dizendo porque é para você.

Olhos tão azuis. Azuis como as campânulas azuis dos bosques. Eles se abriram um pouquinho mais e as sobrancelhas escuras se arquearam gentilmente, levantando-se ligeiramente nos cantos. Fazia com que seu rosto parecesse o de um lindo gato persa. Pôs-se a imaginar como Milly Jean seria. Sua voz suave tinha sotaque sulista. A linda cabecinha, o perfil que tinha a perfeição de uma moeda — como ela seria na realidade? "Nenhuma tola", pensou ele. Alguém que podia usar seu charme quando queria, que sabia usar as armas sociais quando necessário, que podia retrair-se tornando-se enigmática. Se queria conseguir alguma coisa de alguém tinha habilidade para fazê-lo. Ele percebeu a intensidade de seu olhar naquele instante. Será que queria alguma coisa dele? Ele não sabia. Não lhe parecia que fosse o caso. Ela falou:

— Você foi apresentado ao sr. Staggenham?

— Sim. Estive conversando com ele após o jantar. Não o conhecia.

— Dizem que é muito importante — disse Milly Jean. — Ele é o presidente do PBF, como você sabe.

— A gente precisa saber de tudo isto — disse Sir Stafford Nye. — PBF e DCV. LYH. Todo esse mundo de iniciais.

— Odioso — disse Milly Jean. — Odioso. Todas essas iniciais, não há mais personalidade, não há mais *gente*. Só iniciais. Que mundo odioso! É nisso que eu penso às vezes. Que mundo odioso. Queria que fosse diferente, muito, muito diferente...

Será que ela pensava mesmo assim? Por um momento ele pensou que talvez ela quisesse mesmo ser diferente. Interessante...

Grosvenor Square era a própria quietude. Havia estilhaços de vidro quebrado pelas calçadas. Havia também ovos e pedaços de metal brilhante e tomates amassados. Lá no alto, as estrelas pareciam pacíficas. Um carro atrás do outro dirigia-se à porta da embaixada e apanhava os convidados que voltavam para casa. A polícia estava nos quatro cantos da praça, porém sem ostentação. Tudo já sob controle. Um dos políticos convidados, ao sair, falou com um dos oficiais de polícia. Depois voltou e murmurou:

— Não houve muitas prisões. Oito. Estarão na Bow Street de manhã... mais ou menos o bando de sempre. Petronella estava aqui, é claro, e Stephen e seu grupo. Bem... A gente termina pensando que um dia desses eles vão se cansar.

— O senhor não mora muito longe daqui, não é? — disse uma voz no ouvido de Sir Stafford. Uma voz profunda de contralto. — Eu o deixarei em casa.

— Não, não. Eu posso muito bem andar até lá. São só uns dez minutos.

— Não será nenhum trabalho, eu lhe garanto — disse a condessa Zerkowski. Ela acrescentou: — Estou no hotel St. James's Tower.

— É muita gentileza.

Um carro alugado muito grande e muito caro a esperava. O motorista abriu a porta, a condessa Zerkowski entrou e Sir Stafford seguiu-a. Ela deu o endereço de Sir Stafford ao motorista. O carro saiu.

— Então você sabe onde eu moro? — perguntou ele.

— Por que não saberia?

Ele pôs-se a imaginar o que significava aquela resposta: "Por que não saberia?"

— É, por que não... — disse ele. — Você sabe de tantas coisas, não sabe? — Acrescentou: — Foi muito gentil em devolver meu passaporte.

— Pensei que podia livrá-lo de alguns inconvenientes. Seria melhor o senhor queimá-lo. Já devem ter-lhe providenciado um novo, eu calculo.

— Calculou corretamente.

— A capa de bandoleiro está guardada na gaveta de baixo de sua cômoda alta. Foi posta lá hoje à noite. Pensei que, se comprasse outra, o senhor não ficaria satisfeito e, na verdade, não seria possível encontrar uma outra igual.

— Para mim, ela agora tem ainda mais valor, depois de ter passado por certas... aventuras. — Ele acrescentou: — Cumpriu sua finalidade.

O carro seguia noite adentro.

A condessa Zerkowski falou:

— Sim, ela cumpriu sua finalidade, uma vez que eu estou aqui... viva.

Sir Stafford Nye não disse nada. Presumiu, sem saber se estava certo ou não, que ela queria que ele lhe fizesse perguntas, que a pressionasse, para saber mais sobre o que ela andara fazendo ou do que escapara. Ela queria que ele demonstrasse curiosidade, mas Sir Stafford Nye não ia demonstrar curiosidade. Estava mesmo se divertindo em não dar essa demonstração. Ouviu-a rir delicadamente. E, no entanto, ele achou que era um riso satisfeito, um riso de alegria e não um riso de deboche.

— Gostou da reunião? — ela perguntou.

— Uma boa festa, creio, como são todas as festas de Milly Jean.

— Conhece-a bem?

— Eu a conheci quando era uma menina em Nova York, antes de se casar. É uma Vênus de Bolso.

Ela olhou para ele com ar de surpresa.

— É assim que a define?

— Para dizer a verdade, não. Foi uma velha parenta minha que a definiu assim.

— Bem, não é uma descrição que se faça de uma mulher hoje em dia. Mas ajusta-se bem a ela, acho, ajusta-se muito bem. Só que...

— Só quê?

— Vênus é uma sedutora, não é? Também é ambiciosa?

— Você acha que Milly Jean é ambiciosa?

— Oh, sim. Acima de tudo.

— E você acha que ser a esposa do embaixador na Corte de St. James não é suficiente para satisfazer sua ambição?

— Oh, não — disse a condessa. — Isto é apenas o princípio.

Ele não respondeu. Estava olhando pela janela do carro. Começou a dizer alguma coisa mas parou. Reparou no olhar rápido que ela lhe dirigiu, mas ela também não disse nada. Foi somente quando eles estavam passando por uma ponte sobre o Tâmisa que ele falou:

— Então você não me está dando uma carona para casa e nem está indo para o hotel St. James's Tower. Estamos passando por cima do Tâmisa. Já nos encontramos aqui uma vez, atravessando a ponte. Para onde está me levando?

— Quer mesmo saber?

— Creio que sim.

— Sim, estou vendo que sim.

— Bem, na verdade você está em plena moda. Raptar é a última moda, não é? Você me raptou. Por quê?

— Porque, como da outra vez, preciso de você. — Ela acrescentou: — E outras pessoas precisam de você.

— De verdade?

— E vejo que isso não lhe agrada.

— Teria me agradado mais se você tivesse me consultado.

— Se eu lhe perguntasse, você viria?

— Talvez sim, talvez não.

— Sinto muito.

— Posso imaginar.

Viajaram em silêncio pela noite adentro. Não era uma viagem por uma região isolada: estavam na estrada principal. Aqui e ali os faróis iluminavam um nome ou uma sinalização, e Stafford Nye podia ver claramente onde passavam. Cruzavam o Surrey e entravam nos primeiros bairros residenciais de Sussex. De vez em quando, achava que o carro seguia por um desvio ou por uma estrada secundária que não lhe parecia ser o caminho mais direto, mas mesmo disso não podia ter certeza. Quase perguntou à sua companheira por que faziam isto, se era por medo de serem seguidos desde Londres. Mas ele estava firmemente decidido a manter uma política silenciosa. Era a vez dela falar, era a vez dela lhe dar as informações. Mesmo com as informações adicionais que conseguira, continuava a considerá-la uma personalidade enigmática.

Viajavam pelo campo depois de um jantar de cerimônia em Londres. Estavam, ele tinha certeza, em um dos tipos mais caros de carros de aluguel. Isto tinha sido planejado antes. De maneira limpa, nada duvidosa ou inesperada. Breve, imaginou ele, descobriria para onde estavam indo. A menos que estivessem indo para a costa. Isso também era possível, pensou. Haslemere, ele viu numa placa. Agora estavam contornando Godalming. Tudo muito claro e acima de suspeitas. Uma região rica e de subúrbios abastados. Bosques agradáveis, residências muito bonitas. Deram mais algumas voltas e finalmente o carro diminuiu a velocidade, parecendo estar chegando ao seu destino. Portões. Uma pequena casa de porteiro, toda branca, perto dos portões. Subiram uma alameda, ladeada por bem cuidados rododendros. Viraram em uma curva e se aproximaram de uma casa. — Estilo Tudor de novo-rico... — murmurou Sir Stafford Nye, por entre os dentes. Sua companheira voltou-lhe a cabeça, com ar de interrogação.

— Somente um comentário — disse Stafford Nye. — Não ligue. Calculo que estejamos chegando ao destino que você escolheu, não?

— E você não está gostando muito da aparência.

— Os jardins parecem bem cuidados — disse Sir Stafford, seguindo os faróis do carro enquanto este fazia uma curva. — Precisa-se de muito dinheiro para conservar assim um lugar destes. Diria que é uma casa confortável para se viver.

— Confortável, mas não bonita. O homem que vive aí prefere o conforto à beleza, eu diria.

— Talvez sabiamente — disse Sir Stafford. — E, no entanto, de certa maneira, ele é um apreciador da beleza, de certas formas de beleza.

Aproximaram-se de uma entrada muito bem iluminada. Sir Stafford desceu do carro e estendeu a mão para ajudar sua companheira. O motorista subiu os degraus e apertou a campainha. Olhou inquisitivamente para a senhora enquanto ela subia os degraus.

— Não vai precisar mais de mim esta noite, minha senhora?

— Não. Por hoje é só. Telefonaremos amanhã de manhã.

— Boa noite. Boa noite, senhor.

Ouviram-se passos do lado de dentro e a porta se abriu. Sir Stafford estava esperando uma espécie de mordomo, mas ao invés disso, apareceu uma arrumadeira alta como um granadeiro. "Cabelos grisalhos, lábios apertados, um ar de muita competência e de muita confiança", pensou Sir Stafford. Uma qualidade preciosa e difícil de conservar e de encontrar hoje em dia. Digna de confiança, capaz de ser contundente.

— Acho que estamos um pouco atrasados — disse Renata.

— O patrão está na biblioteca. Pediu que quando a senhora e o cavalheiro chegassem fossem ter com ele lá.

9

A casa perto de Godalming

Ela subiu a larga escadaria e os dois a seguiram. "Sim", pensou Stafford Nye, "uma casa muito confortável". Papel de parede com estampas tipo século XVIII, uma horrível escadaria de carvalho, mas com degraus baixos e agradáveis. Quadros sabiamente escolhidos, porém sem nenhum interesse artístico em particular. "A casa de um homem rico", pensou ele. Um homem não de mau gosto, mas de gostos convencionais. Tapetes espessos e de boa qualidade, num bonito tom de ameixa.

No primeiro andar, a arrumadeira com cara de granadeiro dirigiu-se à primeira porta. Abriu-a e recuou para deixá-los entrar, porém sem lhes anunciar os nomes. A condessa entrou primeiro e Sir Stafford Nye seguiu-a. Escutou o ruído suave da porta se fechando por detrás deles.

Havia quatro pessoas na sala. Sentado atrás de uma grande mesa toda recoberta de papéis, documentos, um ou dois mapas abertos e provavelmente outros papéis que deviam estar em discussão, estava um homenzarrão gordo com o rosto muito amarelo. Era um rosto que Sir Stafford Nye já vira antes, se bem que no momento não pudesse lembrar-se de onde. Um homem que conhecera casualmente, apesar de lembrar que fora numa reunião importante. Ele devia lembrar-se, sim, devia lembrar-se. Mas por que... por que não se lembrava do nome?

Com alguma dificuldade a figura sentada atrás da escrivaninha pôs-se de pé. Apertou a mão estendida da condessa.

— Você está de volta — disse ele —, esplêndido.

— Sim. Deixe-me apresentá-los, apesar de crer que já se conhecem. Sir Stafford Nye, sr. Robinson.

É claro. Na cabeça de Sir Stafford Nye algo estalou como uma máquina fotográfica. Isto também se enquadrava com um outro nome. Pikeaway. Dizer que ele sabia tudo sobre o sr. Robinson não era verdade. Sabia sobre o sr. Robinson apenas o que o sr. Robinson permitia que soubessem. Seu nome, até onde se sabia, *era* Robinson, mas, no entanto, podia ser qualquer nome de origem estrangeira. Nunca ninguém sugerira nada no gênero. Também o reconheceu por sua aparência. A testa alta, os melancólicos olhos escuros, a boca larga e generosa e os dentes impressionantes, muito brancos — dentes postiços, provavelmente —, mas de qualquer jeito dentes sobre os quais poderíamos dizer como em *Chapeuzinho Vermelho*: "São para te comer melhor, minha netinha!"

Ele sabia também o que representava o sr. Robinson. Apenas uma palavra o descrevia. O sr. Robinson representava o Dinheiro, com D maiúsculo. O dinheiro em cada um de seus aspectos. O dinheiro internacional, o dinheiro do mundo inteiro, as finanças internas, os bancos, os governos estrangeiros. Projetos industriais. Dinheiro não da maneira como o homem comum olharia para ele. Nunca ninguém pensava nele como um homem muito rico. Sem dúvida, era um homem muito rico, mas isto não era o mais importante. Era um daqueles que conseguem o dinheiro do grande clã dos banqueiros. Seus gostos pessoais poderiam até ser muito simples, mas Sir Stafford duvidava que fossem. Um razoável padrão de conforto, talvez mesmo luxo, seria o padrão de vida do sr. Robinson. Mas nada mais do que isto. E, no entanto, por detrás de todos estes negócios misteriosos, o poder do dinheiro.

— Ouvi falar do senhor há um ou dois dias — disse o sr. Robinson, enquanto se cumprimentavam —; foi o nosso amigo Pikeaway, sabe?

Tudo se encaixava, pensou Stafford Nye, porque agora ele se lembrava de que na única ocasião em que estivera com o sr.

Robinson, o coronel Pikeaway estava presente. Horsham, ele se lembrava, também lhe falara do sr. Robinson. Então agora tínhamos Mary Ann (ou a condessa Zerkowski?), o coronel Pikeaway sentado em sua própria sala cheia de fumaça, com os olhos semicerrados, sem que percebêssemos se estava pegando no sono ou se estava apenas acordando, e o sr. Robinson, com seu rosto grande e amarelado, além de muito dinheiro. Deu uma olhadela rápida nas três outras pessoas que estavam na sala, pois gostaria de saber quem eram e o que representavam... ou pelo menos tentar adivinhar quem eram.

Em dois casos, nem precisou adivinhar. O homem que estava sentado na cadeira alta perto da lareira, uma figura idosa emoldurada pelo espaldar da cadeira como se estivesse num quadro, era um rosto que fora muito conhecido em toda a Inglaterra. Na verdade, *ainda era* conhecido, apesar de raramente ser visto nos dias de hoje. Um homem doente, um inválido, um homem que fazia aparições muito rápidas que, dizia-se, causavam-lhe muito sofrimento físico e muitas dificuldades. Lord Altamount. Um rosto fino e emaciado, um nariz reto, cabelos grisalhos que nasciam ligeiramente afastados da testa e depois esvoaçavam para trás como uma grande juba cinzenta; as orelhas eram um tanto proeminentes e os cartunistas da época se aproveitaram disso. Um olhar penetrante que não só observava, como procurava saber... Neste momento ele estava olhando para Sir Stafford Nye. Estendeu a mão quando Stafford Nye encaminhou-se para ele.

— Não posso me levantar — disse Lord Altamount. Sua voz era fraca, a voz de um velho, uma voz que vinha de longe. — Minhas costas não me permitem. Chegou há pouco da Malásia, não foi, Stafford Nye?

— Sim.

— Valeu a pena a viagem? Creio que você acha que não. E, provavelmente, está certo também. No entanto, existem essas excrescências na vida, essas filigranas ornamentais que adornam as melhores mentiras diplomáticas. Estou contente por você ter vindo aqui ou de ter sido trazido esta noite. Foi coisa de Mary Ann, imagino?

"Então é assim que ele a chama e é isso o que pensa dela", pensou Stafford Nye consigo mesmo. Fora assim que Horsham a chamara. Sem dúvida, ela estava do lado deles. Quanto a Lord Altamount, do lado de quem ele estaria hoje? Stafford Nye pensou outra vez consigo mesmo: "Ele representa a Inglaterra. Sempre representará, até ser enterrado na abadia de Westminster ou nalgum mausoléu no campo, ou onde ele escolher. Tem sido a Inglaterra, conhece a Inglaterra, e eu diria que sabe o valor de cada político e de cada oficial do governo inglês, mesmo que nunca tenha falado com eles."

Lord Altamount disse:

— Este é o nosso colega, Sir James Kleek.

Stafford Nye não conhecia Kleek. Calculou que nunca ouvira falar dele. Um homem intranqüilo, irrequieto. Um olhar arguto, desconfiado, que nunca ficava muito tempo no mesmo lugar. Parecia ter a ansiedade contida de um cão de caça esperando a ordem de comando. Pronto para a largada a um olhar de seu mestre.

Mas quem seria o mestre? Altamount ou Robinson?

Os olhos de Stafford Nye dirigiram-se para o quarto homem. Ele se levantara da cadeira onde estivera sentado, perto da porta. Um bigode muito farto, sobrancelhas levantadas, atento, reservado, mantendo-se de uma certa maneira familiar e, entretanto, quase irreconhecível.

— Então você está aqui — disse Stafford Nye. — Como tem passado, Horsham?

— Muito contente em vê-lo aqui, Sir Stafford.

"Uma turma muito representativa", pensou Stafford Nye, num rápido olhar em torno.

Tinham trazido uma cadeira para Renata, perto da lareira e de Lord Altamount. Ela estendera uma das mãos — a mão esquerda, ele reparou — que Lord Altamount segurara entre as suas por um minuto, e depois soltara. Ele falou:

— Você tem corrido riscos, criança, você tem corrido muitos riscos.

Olhando para ele, ela respondeu:

— Foi o senhor quem me ensinou isso e acho que esta é a única maneira de viver.

Lord Altamount voltou a cabeça em direção a Sir Stafford Nye.

— Não fui quem lhe ensinou a escolher o homem certo. Você tem um lampejo de gênio para isso.

Olhando para Stafford Nye, ele continuou:

— Conheço sua tia-avó, ou ela é sua tia-bisavó?

— Tia-avó Matilda — disse Stafford Nye imediatamente.

— Sim, é essa mesma. Uma dessas forças vitorianas dos anos noventa. Ela própria deve estar perto dos noventa agora.

Continuou:

— Eu não a vejo com freqüência. Uma ou duas vezes por ano talvez. Mas a cada vez me espanta aquela vitalidade pura que ultrapassa as forças do seu corpo. Eles têm esse segredo, esses indomáveis vitorianos e eduardianos.

Sir James Kleek disse:

— Posso trazer-lhe uma bebida, Nye? O que deseja?

— Gim e tônica, se for possível.

A condessa recusou com um leve movimento de cabeça.

James Kleek trouxe a bebida para Stafford Nye e colocou-a na mesa mais próxima do sr. Robinson. Stafford Nye não iria falar primeiro. Os olhos escuros detrás da escrivaninha perderam a melancolia por um momento. Havia um certo brilho neles agora.

— Alguma pergunta? — disse ele.

— Perguntas demais — disse Sir Stafford Nye. — Não seria melhor uma explicação antes e as perguntas depois?

— É assim que prefere?

— Talvez possa simplificar as coisas.

— Bem, começaremos com uma simples explanação dos fatos. Você pode ter sido ou não convidado para vir até aqui. Se não foi, os fatos serão ligeiramente diferentes.

— Ele prefere sempre ser convidado — disse a condessa. — Pelo menos foi o que me disse.

— Naturalmente — disse o sr. Robinson.

— Eu fui seqüestrado — disse Stafford Nye. — Sei que está muito na moda. Um de nossos métodos mais modernos.

Ele manteve um tom levemente divertido.

— O que, certamente, lhe sugere uma pergunta — disse o sr. Robinson.

— Apenas duas palavras de três letras: *por quê?*

— Exatamente. Por quê? Admiro sua economia de palavras. Este é um grupo fechado — uma comissão investigativa. Um inquérito internacionalmente significativo.

— Parece interessante.

— É mais do que interessante. É dramático e urgente. Quatro maneiras diferentes de viver estão representadas aqui à noite nesta sala — disse Lord Altamount. — Nós representamos ramos diferentes. Eu me retirei da participação ativa nos negócios deste país, mas ainda sou uma autoridade a ser consultada. Fui consultado e convidado para presidir este inquérito particular para sabermos o que se passa neste ano da Graça de Nosso Senhor, porque algo está acontecendo. James também tem a sua tarefa especial. Ele é o meu braço direito. E também o nosso porta-voz. Explique o geral da situação, Jamie, para Sir Stafford.

Pareceu a Stafford Nye que o cão de caça estremeceu. Finalmente! Finalmente, eu posso falar e acabar logo com isto! Ele se inclinou um pouco em sua cadeira.

— Se acontecem certas coisas no mundo, você precisa procurar uma causa para elas. Os sinais exteriores são sempre facilmente visíveis, mas não são... ou pelo menos assim pensa o nosso presidente — inclinou-se para Lord Altamount — e também os srs. Robinson e Horsham. Tem sido sempre da mesma forma. Tome por exemplo uma força da natureza, uma grande queda d'água que lhe dará a potência de uma turbina. Veja a descoberta do urânio a partir da uraninita, que trará, no devido tempo, a força nuclear nunca sonhada ou cuja existência conhecêssemos. Quando se encontra carvão ou minerais, eles fornecem transportes, força, energia. Há sempre elementos que agem fornecendo alguma coisa. Mas por trás de cada elemento há *alguém que o controla*. É preciso conhecer quem está controlando os poderes que lentamente ganham ascendência sobre praticamente todos os países da Europa e, ainda mais além, em diversas partes da Ásia. Provavelmente pouco na África, mas bastante no continente americano, tanto no Norte como no Sul. É preciso estar por dentro dos acontecimentos para descobrir qual a força motriz que está ocasionando isso tudo. Uma delas é o *dinheiro*.

Ele acenou com a cabeça na direção do sr. Robinson.

— O sr. Robinson aqui presente sabe mais acerca de dinheiro do que qualquer outra pessoa no mundo, creio.

— É muito simples — disse o sr. Robinson. — Há grandes movimentos fervilhando. Deve haver dinheiro por trás deles. Nós precisamos descobrir de onde está vindo esse dinheiro. Quem está operando com ele? De onde o tiram? Para onde o enviam? Por quê? É bem verdade o que James disse: eu sei um bocado sobre dinheiro! Tanto ou mais do que qualquer outro homem vivo hoje em dia. E há ainda o que podemos chamar de tendências. São palavras que usamos muito ultimamente! Tramas, tendências... há inúmeras palavras que usamos. Elas não querem dizer sempre a mesma coisa, mas estão relacionadas umas com as outras. Uma tendência, poderíamos dizer, para a rebelião está surgindo. Olhe para o passado, para a história. Você encontrará isso tudo ali, como uma tabela periódica, repetindo-se num padrão. Um desejo de rebelião, os meios para a rebelião, as formas que a rebelião toma. Não é nada característico de nenhum país em especial. Se surge em um país, surgirá em outros com maior ou menor intensidade. É isso que o senhor queria dizer, não é, senhor? — Ele virou-se para Lord Altamount: — Foi mais ou menos como o senhor me expôs o problema.

— Sim, você está abordando o tema muito bem, James.

— É um padrão, um padrão que surge e parece inevitável. Podemos reconhecê-lo onde quer que o encontremos. Houve um período em que o ímpeto para as cruzadas varreu os países. Por toda a Europa as pessoas embarcavam para libertar a Terra Santa. Tudo muito simples, um padrão perfeitamente definido de um determinado comportamento. Mas *por que* eles iam? Isso é o interessante na história, o senhor sabe. Ver por que esses desejos e esses padrões acontecem. A resposta nem sempre é materialista. Todo tipo de coisa pode causar rebeliões, um desejo de liberdade, de liberdade de expressão, de liberdade de cultos religiosos, outra vez uma série de padrões muito interligados. Levou pessoas a emigrar para outros países, a fundar novas religiões, freqüentemente tão repletas de tiranias como as religiões que deixaram para trás. Mas em tudo isso, se estudarmos atentamente, se as investigações necessárias forem feitas, veremos o que deu origem a esses e a muitos outros — usarei a mesma palavra — padrões. De certa forma é como uma doença provocada por vírus. O vírus pode ser levado, pelo mundo afora, através dos mares, por cima das montanhas. Pode se propagar e contaminar. Aparentemente se propaga mesmo que não tenha sido posto em movimento. Mas ninguém pode ter certeza, mesmo agora, de que isso tenha sido sempre assim. Pode ter havido motivos. Causas que fazem as coisas acontecerem. Podemos ir além. Há *pessoas*. Uma pessoa, dez pessoas, algumas centenas de pessoas que têm capacidade de ser ou de movimentar uma causa. Portanto, não é para o *processo final* que temos de olhar, mas para as primeiras pessoas que lançaram a causa em movimento. Tivemos os cruzados, tivemos os entusiastas de religiões, tivemos os ideais de liberdade, tivemos todos os padrões, mas devemos olhar mais para trás ainda. Devemos penetrar no âmago da questão. Nas visões, nos sonhos. O profeta Joel o sabia quando escreveu: — "Os velhos sonharão, os jovens terão visões". E destes dois, qual o mais poderoso? Os sonhos não são destrutivos. Mas as visões podem abrir novos mundos e podem também destruir os mundos que já existem...

James Kleek voltou-se bruscamente para Lord Altamount.

— Não sei se há alguma ligação, senhor — disse ele —, mas o senhor me contou uma vez uma história sobre alguém da embaixada em Berlim. Uma mulher.

— Oh, aquilo? Sim, achei interessante naquela época. Sim, existe uma conexão com o que você disse agora. Uma das esposas da embaixada, esperta, inteligente, bem educada. Ela estava ansiosa para ir pessoalmente ouvir o *Führer* falar. Estou falando, é claro, de um tempo que precedeu imediatamente a guerra de 1939. Estava curiosa em saber do que a oratória era capaz. Por que todos ficavam tão impressionados? E ela foi. Quando voltou, falou: "É extraordinário. Eu não acreditaria se não tivesse visto. É claro que não compreendo alemão muito bem, mas fiquei entusiasmada também. E agora compreendo por que todos ficam. Quer dizer, as idéias dele eram maravilhosas... elas nos entusiasmaram. As coisas que ele disse! Isto é, você termina sentindo que *não pode haver* outra maneira de pensar, que todo um novo mundo surgirá se todos o seguirem. Oh, eu não sei explicar direito. Vou escrever tudo de que me lembrar e, amanhã, quando eu lhe trouxer para ler, o senhor compreenderá melhor do que se eu apenas tentar explicar o efeito que causou."

— Eu lhe disse que era uma idéia muito boa. Ela apareceu no dia seguinte e falou: "Não sei se o senhor vai acreditar em mim. Comecei a escrever as coisas que ouvi, as coisas que Hitler disse. O que elas *significavam*... mas... foi assustador... *não havia nada para se escrever, eu não fui capaz de me lembrar de uma única frase ou de uma única sentença empolgante*. Escrevi algumas das palavras, mas elas não parecem ter o mesmo significado depois que as escrevi. Elas são apenas... oh, elas são apenas palavras sem sentido. Eu não entendo."

— Isto nos mostra um dos grandes perigos do qual nem sempre nos recordamos, *mas que existem*. Existem pessoas capazes de comunicar a outras um entusiasmo impetuoso, uma forma visionária de vida e de acontecimentos. Podem fazer isso apesar de não ser realmente pelo que *dizem*, nem pelas *palavras* que você *ouve*, nem mesmo pela idéia apresentada. É algo mais. É o poder magnético que pouquíssimos homens possuem de provocar uma mudança, de produzir e criar uma visão. Talvez pelo seu magnetismo pessoal, um tom de voz; talvez por alguma emanação que sai direto de sua própria *carne*. Eu não sei, *mas isso existe*.

— Essas pessoas têm poder. Os grandes mestres da religião tinham esse poder, e, da mesma maneira, espíritos malignos *também o possuem*. A fé pode ser baseada em certos movimentos, em coisas a serem realizadas, coisas que resultarão em um novo paraíso e em um novo mundo, e as pessoas acreditarão nisso e trabalharão e lutarão por isso e até mesmo morrerão por isso.

Ele baixou a voz ao dizer:

— Jan Smuts pôs isto numa frase. Disse que a liderança, além de uma grande força criativa, pode ser *diabólica*.

Stafford Nye mexeu-se em sua cadeira.

— Compreendo o que o senhor quer dizer. É muito interessante tudo o que disse. É possível até que possa ser verdade.

— Mas você acha que é exagerado, é claro.

— Não creio que eu pense assim — disse Stafford Nye. — Coisas que nos parecem exageradas não são, em geral, exageradas. São apenas coisas que nunca ouvimos antes ou nas quais nunca pensamos. E por nos parecerem tão pouco familiares, dificilmente podemos fazer outra coisa com elas além de aceitá-las como são. Por falar nisso, posso fazer uma pergunta simples? O que se pode fazer a respeito?

— Se suspeitamos que algo parecido está acontecendo, precisamos investigar — disse Lord Altamount. — Devemos agir como o mangusto de Kipling: desencavar. Descobrir de onde vem o dinheiro, e de onde vêm as idéias, e também, se é que posso falar assim, de onde vem a *força motriz*. Quem dirige a máquina? Há os chefes regionais, você sabe, assim como há um comandante-em-chefe. É isto que estamos tentando fazer. Gostaríamos de que você se juntasse a nós e nos ajudasse.

Foi uma das raras ocasiões em sua vida em que Sir Stafford Nye foi realmente pego de surpresa. Fosse o que fosse o que sentira em outras ocasiões, sempre conseguira ocultar suas reações. Mas desta vez fora diferente. Olhou para cada um dos homens ali na sala. Para o sr. Robinson, o rosto amarelo e impassível mostrando a boca cheia de dentes; para Sir James Kleek, um falador um tanto ousado (assim Sir Stafford o julgou), mas que obviamente tinha sua utilidade; o cachorrinho do patrão, pensou consigo mesmo. Olhou para Lord Altamount, o espaldar da cadeira alta emoldurando sua cabeça. A luz estava fraca na sala. Dava-lhe o ar de um santo em um nicho de alguma catedral. Ascético. Século XIV. Um grande homem. Sim, Altamount fora um dos grandes homens do passado. Stafford Nye não tinha dúvidas a respeito, mas agora ele era um homem muito velho. Daí, supôs, a necessidade de um Sir James Kleek e a confiança nele depositada por Lord Altamount. Olhou para a criatura calma e enigmática que o trouxera, a condessa Renata Zerkowski, aliás Mary Ann, aliás Daphne Theodofanus. Seu rosto não lhe revelava nada. Ela nem mesmo olhava em sua direção. Seus olhos pararam por fim em Henry Horsham, do departamento de Segurança.

Ligeiramente surpreso, reparou que Henry Horsham estava sorrindo para ele.

— Escute aqui — disse Stafford Nye, deixando de lado a linguagem formal, e falando como se fosse um garoto de colégio, de uns 18 anos: — Onde eu entro nisso tudo? O que *eu* sei? Francamente, nunca me distingui em minha própria profissão, vocês sabem! Ninguém me tem em alta conta lá no ministério. Nem nunca tiveram.

— Nós sabemos disso — disse Lord Altamount.

Foi a vez de Sir James Kleek rir e foi o que ele fez.

— Talvez tenha sido até melhor — disse ele, e acrescentou com ar encabulado ao perceber o franzir de sobrancelhas de Lord Altamount —, desculpe, senhor.

— Esta é uma comissão investigativa — disse o sr. Robinson. — Não está em pauta o que você fez ou deixou de fazer no passado, ou qual a opinião que os outros têm sobre você. O que estamos fazendo é recrutar gente para formar uma comissão investigativa. No momento, não somos muitos. Nós lhe estamos pedindo para participar porque achamos que você possui certas qualidades que podem ajudar na investigação.

Stafford Nye voltou a cabeça na direção do homem do departamento de Segurança.

— Que você acha, Horsham? — disse ele. Não posso acreditar que esteja de acordo com eles.

— Por que não? — disse Henry Horsham.

— Verdade? Quais são as minhas "qualidades", como vocês as chamam? Nem eu próprio, francamente, acredito nelas.

— Você não é um adorador de heróis — disse Horsham. — É isso. E é do tipo que percebe as mistificações. Não julga ninguém pelo julgamento que fazem de si mesmo ou pela avaliação de terceiros. Você julga as pessoas de acordo com seu próprio ponto de vista.

Ce n'est pas un garçon sérieux. As palavras passaram pela cabeça de Sir Stafford Nye. Uma razão curiosa pela qual ser escolhido para um trabalho difícil e rigoroso.

— Preciso avisar-lhes — disse ele — que meu defeito principal, aquele do qual freqüentemente me acusam e que já me custou diversos bons postos, é certamente bem conhecido... Não sou, eu diria, um camarada suficientemente sério para levar a cabo um trabalho dessa importância.

— Acredite ou não — disse Horsham —, esta é uma das razões por que eles o querem. Estou certo, não estou, meu senhor? — olhou para Lord Altamount.

— Serviço público! — disse Lord Altamount. — Deixe que lhe diga: uma das maiores desvantagens da vida pública é quando alguém que ocupa uma posição de destaque se leva a sério demais. Sentimos que você não será assim. Pelo menos — completou ele — é o que Mary Ann pensa.

Sir Stafford Nye virou a cabeça. Então aqui estamos de novo: ela deixou de ser uma condessa. Tornou a ser Mary Ann.

— Desculpe perguntar — disse ele —, mas quem é você realmente? Quero dizer, você é mesmo uma condessa?

— Absolutamente. *Geboren*, como dizem os alemães. Meu pai era um homem de linhagem, um excelente esportista, um esplêndido atirador, e tinha um castelo muito romântico, apesar de bastante dilapidado, na Baviera. Ainda está lá, o castelo. Quanto a isso, eu tenho conexões com uma boa parte do mundo europeu que ainda é terrivelmente sofisticado quando se trata de berço. Uma condessa pobre e falida tem um lugar mais importante à mesa do que uma americana rica e dona de uma fortuna fabulosa em dólares.

— E Daphne Theodofanus? Aonde ela entra?

— Um nome útil para um passaporte. Minha mãe era grega.

— E Mary Ann?

Foi quase o primeiro sorriso que Stafford Nye viu no rosto dela. Ela olhou para Lord Altamount e depois para o sr. Robinson.

— Talvez — disse ela — porque eu sou uma espécie de pau-para-toda-obra: vou a muitos lugares, procuro um monte de coisas, levo outras de um país para outro, escondo coisas debaixo do tapete, faço qualquer serviço, vou a qualquer lugar, quebro qualquer galho — olhou novamente para Lord Altamount. — Não é isso, tio Ned?

— Isso mesmo, minha querida. Mary Ann é quem você é e sempre será para nós.

— Você estava levando alguma coisa naquele avião? Isto é, levando alguma coisa importante de um país para outro?

— Sim. Sabiam que eu estava levando algo. Se você não me tivesse ajudado, se não tivesse bebido uma cerveja, possivelmente envenenada, e não me tivesse emprestado sua capa de bandoleiro tão vistosa como disfarce, bem, acidentes, às vezes, acontecem... Eu não estaria aqui agora.

— O que você estava levando... ou será que eu não devia perguntar? Existem coisas que não devo saber?

— Há uma quantidade de coisas que você não saberá nunca. Há um bocado de coisas que não terá permissão para perguntar. Acho que esta pergunta eu posso responder. Se me permitirem.

Novamente ela olhou para Lord Altamount.

— Confio em seu tirocínio — disse Lord Altamount. — Continue.

— Dê logo o serviço — disse o irreverente James Kleek.

O sr. Horsham falou:

— Suponho que o senhor precisa saber. *Eu* não lhe poderia dizer, porque sou da Segurança. Pode falar, Mary Ann.

— Uma só frase. *Eu estava trazendo uma certidão de nascimento. Só isso.* Não lhe vou dizer mais nada e não adianta fazer outras perguntas.

Stafford Nye olhou para a assembléia à sua volta.

— Muito bem. Estou de acordo. Fico muito orgulhoso por ter sido convidado. Para onde vamos agora?

— Você e eu — disse Renata — sairemos daqui amanhã. Vamos para o continente. Talvez você tenha lido, ou ouvido falar, que um festival de música está sendo realizado na Baviera. É um negócio novo que vem sendo realizado de uns dois anos para cá. Tem um nome muito complicado em alemão que quer dizer: "Companhia dos Jovens Cantores", e é financiado pelo governo de vários países. Concorre com os festivais tradicionais e com as produções de Bayreuth. A maior parte das músicas é moderna... novos jovens compositores que têm a chance de apresentar suas composições. Apesar de ser tido em alta conta por alguns, é inteiramente repudiado e desprezado por muitos.

— Sim, já li algo a respeito — disse Stafford Nye. — Nós vamos a esse festival?

— Já temos cadeiras compradas para dois espetáculos.

— Esse festival tem algum significado especial em nossa investigação?

— Não — disse Renata. — Iremos apenas pelo que você poderia chamar de uma questão de conveniência. Iremos por uma razão ostensiva e verdadeira e sairemos de lá, no devido tempo, para nosso próximo compromisso.

Ele olhou em torno.

— Instruções? Receberei ordens de serviço? Receberei instruções?

— Não nos termos em que está pensando. Vocês estarão indo em uma viagem de exploração. Aprenderão coisas durante a viagem. Irá com seu próprio nome, sem saber mais do que sabe no momento. Irá como um amante da música, como um diplomata ligeiramente desapontado por ter talvez tido a decepção de não ocupar em sua terra o cargo que pretendia. Fora isso, é melhor não saber mais nada. É mais seguro.

— É esse o resumo das atividades por agora? Alemanha, Baviera, Áustria, o Tirol... só essa parte do mundo?

— É um dos centros de interesse.

— Mas não é o único?

— Não, nem mesmo o principal. Há outros locais no globo, todos variando em interesse e importância. Até onde vai a importância de cada um deles é o que nós precisamos descobrir.

— E eu não devo saber, nem devo ser informado, sobre nada a respeito desses outros centros?

— Apenas de maneira superficial. Um deles, que nós julgamos ser o mais importante de todos, tem seu quartel-general na América do Sul, há outros dois com sedes nos Estados Unidos, um na Califórnia e o outro em Baltimore. Existe um na Suécia, um na Itália. Estão se tornando muito ativos nos últimos seis meses. Portugal e Espanha também têm pequenos centros. Paris, é claro. Há outros locais interessantes apenas "começando a produzir", poderíamos dizer. Sem estarem completamente desenvolvidos.

— Quer dizer, a Malásia ou o Vietnã?

— Não. Esses já fazem parte do passado. Serviram como uma boa onda para as violências e os protestos estudantis e para muitas outras coisas. O que se está promovendo agora, você precisa compreender, é uma crescente organização da juventude por toda a parte, contra todas as formas de governo, contra os costumes de seus pais, muitas vezes contra a religião na qual foram criados. Há um culto insidioso à licenciosidade, há um culto crescente à violência. Não à violência como um meio de se ganhar dinheiro, mas à violência por amor da violência. Esse aspecto é muito destacado e as razões para tal são que a violência é a mais importante de todas as coisas e a mais significativa.

— A licenciosidade é importante?

— É apenas uma maneira de viver, nada mais. Ela conduz a certos abusos, não indevidamente.

— E sobre as drogas?

— O culto às drogas tem sido deliberadamente cultivado e fomentado. Vastas somas de dinheiro têm sido ganhas com isso, mas isso não é — pelo menos é o que pensamos — inteiramente ligado a motivos financeiros.

Todos olharam para o sr. Robinson, que lentamente abanou a cabeça.

— Não — disse ele —, pelo menos não é o que parece. Muitas pessoas têm sido presas e levadas à justiça. Traficantes de drogas são perseguidos. Mas há mais do que apenas o tráfico de drogas por trás de tudo. O tráfico é somente um meio, um meio maligno de se conseguir dinheiro. Mas significa mais do que um meio de fazer fortuna.

— Mas quem... — Stafford Nye não continuou.

— Quem, e o quê, e por quê, e onde? As quatro perguntas. Esta é a sua missão, Sir Stafford — disse o sr. Robinson. — É isso que precisa descobrir. O senhor e Mary Ann. Não vai ser fácil, e uma das coisas mais difíceis no mundo, lembre-se, é guardar os próprios segredos.

Stafford Nye olhou com interesse para a gorda cara amarela do sr. Robinson. Talvez o segredo da dominação do sr. Robinson no mundo financeiro fosse apenas aquele. Seu segredo era que ele guardava seu segredo. Sua boca abriu-se novamente num sorriso. Os dentes brilharam.

— Se você sabe de alguma coisa — disse ele — será sempre uma grande tentação mostrar que sabe, falar sobre o fato, em outras palavras. Não é que você queira fornecer informações, não que lhe tenham oferecido dinheiro por estas informações. É apenas porque você quer demonstrar o quanto é importante. Sim, é muito simples. Para falar a verdade — disse o sr. Robinson, semicerrando os olhos —, tudo no mundo, é tão, tão *simples*. É isso que as pessoas não compreendem.

A condessa levantou-se e Stafford Nye seguiu seu exemplo.

— Espero que vocês durmam bem e com conforto — disse o sr. Robinson. — Esta casa, creio, é razoavelmente confortável.

Stafford Nye murmurou que estava certo de que assim era e, nesse ponto, logo obteve a confirmação. Deitou a cabeça no travesseiro e pegou no sono imediatamente.

Livro II

Em busca de Siegfried

I

A mulher do Schloss

Saíram do Teatro do Festival Juvenil para o ar fresco da noite. Abaixo deles, num declive do terreno, havia um restaurante iluminado. Ao lado da colina havia um outro, um pouco menor. Os restaurantes pouco variavam de preço, apesar de nenhum dos dois ser barato. Renata usava um vestido de noite de veludo preto e Sir Stafford Nye estava de gravata branca e traje a rigor completo.

— Uma platéia muito distinta — murmurou Stafford Nye para sua companheira. — Deve haver um dinheirão por aqui. E é uma platéia principalmente de jovens. Não imagino como eles podem pagar tudo isso.

— Oh! isto pode ser arranjado... isto *foi* arranjado.

— Uma ajuda de custo para a elite da juventude? Algo assim?

— Sim.

Caminharam até o restaurante que ficava no alto da colina.

— O intervalo para o jantar é de uma hora, não é?

— Tecnicamente é uma hora. Na realidade é uma hora e quinze.

— Essa platéia — disse Stafford Nye —, a maior parte dela, quase toda, eu diria, gosta mesmo de música.

— A maior parte deles, sim. É importante que seja assim.

— Que quer dizer... é importante?

— O entusiasmo precisa ser genuíno. Dos dois lados da balança — acrescentou ela.

— Que quer dizer exatamente com isso?

— Aqueles que praticam e organizam a violência precisam amar a violência, precisam querê-la, ansiar por ela. O toque de êxtase em cada movimento, esfaqueando, ferindo, destruindo. E é a mesma coisa com a música. Os ouvidos precisam apreciar cada momento de harmonia e de beleza. Não pode haver fingimento nesse jogo.

— Pode-se desempenhar os dois papéis, isto é, você pode combinar a violência *e* o amor pela música e pelas artes?

— Nem sempre é fácil, acho eu, mas é possível. Há muitos que podem. É mais seguro, no entanto, se não houver dois papéis a desempenhar.

— É melhor sermos simples, como diria nosso gordo amigo sr. Robinson? Deixe os amantes da música amarem a música, deixe os praticantes da violência amarem a violência. É isto que você quer dizer?

— Acho que sim.

— Estou me divertindo muito. Os dois dias que passamos aqui, as duas noites de música a que assistimos. Não gostei de todas as músicas porque acho que meus gostos musicais não são muito modernos. Achei as roupas muito interessantes.

— Você está falando do ponto de vista da produção?

— Não, não, estou falando da platéia, na realidade. Você e eu, os caretas, os antiquados... Você, condessa, em seu vestido de noite, eu com minha gravata branca e a cauda da casaca. Não é uma roupa muito cômoda, nunca foi. E os outros, as sedas e os veludos, as camisas com golas de rendas verdadeiras, bem que notei... os veludos espessos, os penteados e todo o luxo da *avant-garde*, o luxo do século XVIII ou, pode-se mesmo dizer, da era elizabetana, ou dos quadros de Van Dyck.

— Sim, você tem razão.

— Entretanto, não estou mais perto da razão de tudo *isto*. Não *aprendi* nada. Não descobri nada.

— Não seja impaciente. Este é um espetáculo milionário, patrocinado, prestigiado, pedido, talvez mesmo exigido, pela juventude e oferecido por...

— Por quem?

— Ainda não sabemos. Mas saberemos.

— Fico satisfeito de ver que você tem tanta certeza.

Entraram no restaurante e sentaram. A comida era boa, apesar de muito simples. Uma ou duas vezes falaram com um conhecido ou um amigo. Duas pessoas que reconheceram Sir Stafford Nye demonstraram prazer e surpresa ao vê-lo. Renata tinha um círculo maior de amizades, pois conhecia mais estrangeiros. "Mulheres bem-vestidas, um ou dois homens, provavelmente um alemão e um austríaco", pensou Stafford Nye, "um ou dois americanos". Trocaram apenas palavras vazias. De onde vinham ou para onde iam, alguma crítica e apreciação das músicas. Ninguém perdeu muito tempo pois o intervalo para a refeição não era muito longo.

Voltaram aos seus assentos para as duas músicas finais. Um poema sinfônico, *Desintegração em alegria*, de um jovem compositor, Solukonov, e depois a solene grandeza da *Marcha dos Meistersingers*.

Saíram outra vez para o frescor da noite. O carro, que ficara à disposição deles todos os dias, esperava-os para levá-los de volta ao pequeno mas muito exclusivo hotel numa rua da aldeia. Stafford Nye deu boa noite a Renata. Ela lhe falou bem baixinho:

— Quatro da manhã — disse ela. — Esteja pronto.

Ela foi direto para o quarto e fechou a porta.

Ele ouviu um leve bater de dedos na porta precisamente ao faltarem três minutos para as quatro horas da manhã. Abriu a porta, já pronto.

— O carro está à nossa espera — disse ela. — Vamos.

Almoçaram numa pequena taverna nas montanhas. O tempo estava bom, as montanhas maravilhosas. De vez em quando, Stafford Nye perguntava a si mesmo o que ele estava fazendo ali. Compreendia cada vez menos sua companheira de viagens. Ela falava pouco. Quando deu por si, estava observando o perfil dela. Para onde ela o estava levando? Qual seria sua verdadeira razão? Finalmente, quando o sol estava quase se pondo, ele disse:

— Para onde estamos indo? Posso perguntar?

— Pode perguntar, sim.

— Mas você não vai responder?

— Posso responder. Posso dizer-lhe muitas coisas, mas será que elas significarão algo? Parece-me que se você for para onde estamos indo sem que eu prepare seu espírito com explicações (que agora não significariam nada), suas primeiras impressões terão mais vigor e mais significado.

Ele a olhou pensativo. Ela usava um casaco de *tweed*, orlado de pele, roupas elegantes para viagem, bem talhadas e provavelmente estrangeiras.

— Mary Ann — disse pensativamente.

Havia um leve tom de pergunta nas palavras.

— Não — disse ela —, agora não.

— Ah, você ainda é a condessa Zerkowski.

— No momento, eu ainda sou a condessa Zerkowski.

— Você está na sua terra natal?

— Mais ou menos. Passei a infância nesta parte do mundo. Uma boa parte do ano costumávamos vir aqui passar o outono num Schloss, a poucos quilômetros daqui.

Ele sorriu e falou lentamente:

— Que palavra bonita. Schloss, o castelo. Parece tão sólido.

— Os castelos não andam muito sólidos hoje em dia. Estão se desintegrando.

— Esta é a região de Hitler, não é? Não estamos muito longe de Berchtesgaden, estamos?

— Fica perto daqui, a nordeste.

— Seus amigos, seus conhecidos... eles aceitavam Hitler, acreditavam nele? Talvez não devesse fazer-lhe essas perguntas.

— Eles não gostavam dele nem do que pregava. Mas diziam: "*Heil* Hitler." Aceitavam o que acontecia em seu país. Que mais se poderia fazer naquela época?

— Estamos indo em direção às Dolomitas, não estamos?

— Você se importa onde estamos ou para onde vamos?

— Bem, esta é uma viagem de exploração, não é?

— Sim, mas não é uma exploração geográfica. Estamos indo ver uma pessoa.

— Você me faz sentir... — Stafford Nye olhou para a paisagem das montanhas altaneiras quase alcançando o céu — ...como se estivéssemos indo visitar o Velho da Montanha.

— O Mestre dos Assassinos, você quer dizer, que mantinha seus seguidores sob a ação de drogas para que eles morressem por ele de todo o coração, para que matassem por ele, mesmo sabendo que poderiam morrer em seguida, mas acreditando também que isso os transportaria imediatamente para o Paraíso Muçulmano... com lindas mulheres, ópio e sonhos eróticos... para uma felicidade perfeita e sem fim.

Ela fez uma pausa por um minuto e continuou:

— Encantadores! Acho que sempre existiram desde tempos remotos. Pessoas que fazem com que os outros acreditem nelas mesmo a ponto de morrer por elas. Não falo apenas dos assassinos. Os cristãos também morriam.

— Os mártires sagrados? Lord Altamount?

— Por que você fala em Lord Altamount?

— Eu o vi dessa forma... de repente... naquela noite. Esculpido em pedra... numa catedral do século XIII, talvez.

— Um de nós terá de morrer. Talvez mais de um.

Ela o cortou.

— Há uma outra coisa em que penso às vezes. Um verso do Novo Testamento. Lucas, eu acho. Cristo, na Última Ceia, dizendo a seus seguidores: "Vocês são meus companheiros e amigos, *e, no entanto, um de vocês é um demônio*." Então é bem provável que um dos *nossos* seja um demônio.

— Você acha possível?

— Tenho quase certeza. Alguém em quem acreditamos e confiamos mas que, ao ir dormir de noite, não está sonhando com a bem-aventurança e sim com as trinta moedas de prata, e que acorda sentindo o seu peso na palma da mão.

— Amor ao dinheiro?

— Ambição seria mais correto. Como reconhecer um demônio? Como se pode *saber*? Um demônio misturado à multidão seria excitante... se destacaria... exerceria a liderança.

Ela ficou em silêncio por um instante e depois falou numa voz pensativa:

— Tive uma amiga no Corpo Diplomático que me contou sobre uma conversa que teve com uma senhora alemã, na qual lhe disse como ficou comovida ao assistir à representação da *Paixão* em Oberammergau. Mas a alemã respondeu com despeito: "Vocês não podem compreender. *Nós*, alemães, não precisamos de Jesus Cristo! Nós temos nosso Adolf Hitler conosco. Ele é muito maior que qualquer Jesus que já tenha vivido." Era uma mulher como outra qualquer, e simpática. Mas dizia o que estava sentindo. Milhares de pessoas sentiam isso. Hitler era um feiticeiro. Ele falava e todos o ouviam... e aceitavam o sadismo, as câmaras de gás, as torturas da Gestapo.

Ela deu de ombros e depois falou na sua voz normal:

— De qualquer forma é estranho que você tenha dito isso justamente agora.

— Que foi que eu disse?

— Sobre o Velho da Montanha. O Mestre dos Assassinos.

— Você não está querendo dizer que *existe* mesmo um Velho da Montanha?

— Não. Não um Velho, mas talvez exista uma Velha da Montanha.

— A Velha da Montanha. Como é ela?

— Você a verá esta noite.

— O que vamos fazer à noite?

— Freqüentar a sociedade — disse Renata.

— Faz muito tempo que você não é Mary Ann.

— Você vai ter de esperar até fazermos outra viagem de avião.

— Imagino que deve ser muito ruim para o moral da gente — disse Stafford Nye pensativamente — viver assim tão alto no mundo.

— Você está falando socialmente?

— Não. Geograficamente. Se você vive num castelo no alto de uma montanha, olhando para o mundo lá em baixo, bem, acabará pensando que as pessoas lá embaixo são desprezíveis. Você está no alto, você é o máximo. Devia ser o que Hitler sentia em Berchtesgaden, deve ser o que muitas pessoas sentem quando escalam montanhas e olham para baixo e vêem seus companheiros nos vales.

— Você precisa ser cuidadoso hoje à noite — Renata avisou-o. — Será uma noite cheia de melindres.

— Alguma instrução?

— Você é um homem revoltado. Revoltado contra as instituições, contra o mundo convencional. Você é um rebelde, mas um rebelde disfarçado. Pode fazer isso?

— Tentarei.

A paisagem crescia em grandeza. O enorme carro fazia curvas e mais curvas subindo a estrada, passando através de vilarejos nas montanhas, às vezes mostrando paisagens estonteantes, com luzes brilhando num rio e as torres das igrejas aparecendo ao longe.

— Para onde estamos indo, Mary Ann?

— Para o Ninho de uma Águia.

A estrada chegou à última curva. Entrou numa floresta. Stafford viu de relance cervos e outros pequenos animais. Ocasionalmente, passavam por homens com casacos de couro e armas na mão. "Deviam ser guardas", pensou. E, de repente, viram-se à frente de um enorme castelo erguido sobre um penhasco. Uma parte dele, reparou, estava parcialmente em ruínas, apesar de um bom pedaço ter sido restaurado e reconstruído. Era ao mesmo tempo maciço e magnífico, mas não havia nada de novo na mensagem que ele transmitia. Representava o poder, o poder do passado, o poder de eras muito antigas.

— Foi, originalmente, o grão-ducado de Liechtenstolz. O castelo foi construído pelo grão-duque Ludwig em 1790 — disse Renata.

— Quem vive nele agora? O atual grão-duque?

— Não. Eles já se foram há muito tempo. Estão extintos.

— E quem vive nele então?

— Alguém que possui poder atualmente — disse Renata.

— Dinheiro?

— Sim. Muito dinheiro.

— Será que encontraremos o sr. Robinson, vindo antes de avião para nos receber?

— A última pessoa que você veria aqui seria o sr. Robinson, eu lhe garanto.

— Uma pena — disse Stafford Nye. — Gostei do sr. Robinson. Ele me pareceu formidável, não acha? Quem é ele realmente? Qual é sua nacionalidade?

— Não acredito que alguém saiba. Cada um diz uma coisa. Uns dizem que ele é turco, outros que é armênio, outros que é holandês, outros ainda que é simplesmente inglês. Alguns dizem que sua mãe era uma escrava circassiana, uma grã-duquesa russa, uma begum indiana e por aí vai. Ninguém sabe. Uma pessoa me disse que a mãe dele era uma srta. McLellan, da Escócia. Também pode ser verdade, acho.

Pararam debaixo de um enorme pórtico. Dois empregados de libré desceram a escadaria. Suas reverências eram ostensivas ao cumprimentar os hóspedes. Tiraram a bagagem do carro: eles tinham um bocado de bagagem. Stafford Nye ficara intrigado quando lhe recomendaram trazer tanta roupa, mas começava a compreender que de tempos em tempos iria precisar delas. Hoje à noite, pensou ele, precisaria de roupas formais. Umas poucas perguntas e sua companheira fez que sim, roupas formais.

Encontraram-se antes do jantar, chamados pelo som de um imenso e sonoro gongo. Chegando ao vestíbulo, esperou um pouco que ela descesse as escadas. Renata usava uma roupa formalíssima, um vestido longo e elegante, de veludo vermelho e com rubis em torno do pescoço, e também uma tiara. Um criado deu um passo à frente e os guiou. Abrindo uma porta, anunciou:

— A condessa Zerkowski, Sir Stafford Nye.

"Aqui estamos, espero que desempenhando bem nosso papel", pensou Stafford Nye.

Olhou com satisfação para os botões de safira e diamantes no peito de sua camisa. Um instante depois perdeu o fôlego com a cena que viu. Esperava tudo, menos isto. Era uma sala enorme, em estilo rococó; cadeiras, sofás e cortinas dos mais finos brocados e veludos. Nas paredes havia quadros e, apesar de não reconhecer todos de uma vez, notou imediatamente — pois gostava muito de pintura — um Cézanne, um Matisse, possivelmente um Renoir. Quadros de um valor inestimável.

Sentada em uma imensa cadeira, tal como um trono, estava uma mulher enorme. "Uma baleia", pensou Stafford Nye, não havia realmente outra palavra para descrevê-la. Grande, gorda, parecendo um queijo, imersa em banha. O queixo não era duplo, nem triplo, era quase quádruplo. Trajava um vestido de cetim laranja engomado. Na cabeça uma tiara de brilhantes trabalhada como uma coroa. As mãos, pousadas nos braços de brocado da poltrona, eram também enormes. Mãos grandes, gordas, imensas, com dedos igualmente gordos, grandes, disformes. Em cada dedo um anel solitário. "E em cada anel", pensou, "uma pedra preciosa". Um rubi, uma esmeralda, uma safira, um diamante, uma pedra verde-clara que ele não conhecia, um crisópraso talvez, uma pedra amarela que, se não fosse um topázio, era um diamante amarelo. Ela era horrível, pensou. Mergulhava em sua própria gordura. O rosto era uma massa gordurosa, branca, imensa, vincada, pegajosa. E, neste rosto, como se fossem duas pequeninas uvas-passa num bolo, dois olhinhos muito pretos. Olhos muito astutos, olhando para o mundo, avaliando tudo, examinando-o, olhando para ele e não para Renata, pois já conhecia Renata. Renata estava ali obedecendo a uma ordem, com hora marcada. Não havia outra explicação. Mas Renata fora obrigada a *trazê-lo* aqui. Pôs-se a imaginar por quê. Não podia adivinhar o motivo, mas tinha quase certeza de que fora assim. Ela o estava *analisando*, *medindo*. Era ele o que ela queria? Será que —

era assim que estava pensando — será que era ele o que o cliente tinha encomendado?

"Preciso me certificar do que realmente quer", pensou. "Preciso me esforçar ao máximo, senão..." Senão, ele podia bem imaginar, ela levantaria aquela mão gorda e cheia de anéis e diria para um dos musculosos criados a seus pés: "Levem-no e joguem-no das ameias." — "Ridículo", pensou Stafford Nye. "Essas coisas não acontecem mais hoje em dia. Onde estou? Em que tipo de espetáculo, de baile de máscaras ou de peça teatral estou tomando parte?"

— Você chegou com muita pontualidade, criança.

Era uma voz rouca, asmática, que outrora tivera talvez um outro tom de força, possivelmente mesmo de beleza. Isso já acabara, no entanto. Renata deu um passo à frente, fez uma ligeira reverência. Pegou na mão gorda e nela depositou um beijo cerimonioso.

— Permita-me apresentar-lhe a Sir Stafford Nye. A condessa Charlotte von Waldsausen.

A gorda mão estendeu-se em sua direção. Ele se inclinou e cumprimentou-a no estilo estrangeiro. Então ela disse algo que o surpreendeu.

— Conheço sua tia-avó.

Ele ficou surpreso e logo percebeu que ela se divertira com isso. Percebeu também que ela esperava que ele se surpreendesse. Ela riu, um riso estranho, áspero, nada atraente.

— Digamos que eu a conheci. Há muitos anos. Estivemos juntas na Suíça, em Lausanne, quando éramos meninas. Matilda. Lady Matilda Baldwen-White.

— Que ótima notícia levarei para ela — disse Stafford Nye.

— Ela é mais velha do que eu. Goza de boa saúde?

— Para a idade dela, tem muito boa saúde. Vive no campo, muito tranqüilamente. Tem artrite, reumatismo.

— Ah, sim, todas as doenças da idade avançada. Deve tomar injeções de procaína. É isto que os médicos receitam aqui nesta altitude. Fazem muito bem. Ela sabe que você veio me visitar?

— Imagino que não tenha a mínima idéia — disse Sir Stafford Nye. — Ela sabe apenas que vim assistir a esse Festival de Música Moderna.

— Que deve ter apreciado, espero.

— Oh, imensamente. O teatro é maravilhoso, não acha?

— Um dos melhores. Faz o velho teatro do Festival de Bayreuth parecer uma escola polivalente! Sabe quanto custou a construção daquele teatro?

Ela mencionou uma soma de muitos milhões de marcos. A soma tirou o fôlego de Sir Stafford Nye, mas ele não fez questão de esconder o fato. Ela ficou satisfeita com o efeito que causara.

— Com dinheiro — disse ela —, se uma pessoa sabe, se tem bastante habilidade, se sabe discriminar, o que o dinheiro não pode fazer? Sempre traz o que há de melhor.

Disse as últimas palavras com muito prazer, um modo de estalar os lábios que ele achou ao mesmo tempo desagradável e um tanto ou quanto sinistro.

— Posso ver isso aqui — disse ele olhando em torno da sala.

— Gosta de arte? Sim, vejo que gosta. Ali, naquela parede, está o melhor Cézanne que existe no mundo. Alguns dizem que... ah, esqueci o nome agora, aquele que está no Metropolitan em Nova York... é melhor. Não é verdade. O melhor Matisse, o melhor Cézanne, os melhores desta magnífica escola de arte estão aqui. Aqui em meu refúgio nas montanhas.

— É maravilhoso — disse Stafford Nye. — É realmente maravilhoso.

Começaram a servir bebidas. A Velha da Montanha não bebeu nada, reparou Sir Stafford. Era possível, pensou ele, que ela não quisesse correr riscos com sua pressão arterial devido ao seu vasto peso.

— Onde você conheceu essa criança? — perguntou o imenso Dragão.

Seria uma armadilha? Ele não sabia, mas tomou uma decisão.

— Na embaixada americana, em Londres.

— Ah, sim, ouvi falar. E como está... ah, esqueci seu nome agora... ah, sim, Milly Jean, nossa herdeira sulista? Muito atraente, não acha?

— Encantadora. Ela faz muito sucesso em Londres.

— E como está aquele pobre chato, Sam Cortman, o embaixador dos Estados Unidos?

— Um homem muito sério, tenho certeza — disse Stafford Nye, polidamente.

Ela deu um risinho.

— Ah... você tem muito tato, não tem? Bem, de qualquer forma ele se comporta como deve. Faz o que deve fazer um bom político. E é divertido ser embaixador em Londres. Foi ela quem conseguiu isto para ele, Milly Jean. Ah, ela podia conseguir para ele uma embaixada em qualquer lugar no mundo, com aquela bolsa recheada que tem. O pai dela é dono de metade do petróleo do Texas, tem terras, minas de ouro, tudo. Um homem grosseiro, singularmente feio... E ela, como é? Uma gentil e delicada aristocrata. Sem ostentação, sem bancar a rica. É muita esperteza da parte dela, não acha?

— Às vezes isso não apresenta dificuldade — disse Sir Stafford Nye.

— E você? Você é rico?

— Quem dera que eu fosse.

— O Ministério das Relações Exteriores hoje em dia não é muito, como dizer, compensador, não é?

— Bem, não colocaria assim a questão... Afinal, a gente vai a muitos lugares, conhece pessoas interessantes, vê o mundo, vê um pouco do que se passa por aí.

— Um pouco, sim, mas não vê tudo.

— Seria muito difícil.

— Algum dia você desejou ver... digamos... ver o que se passa por trás dos bastidores?

— Às vezes a gente faz uma idéia — manteve a voz descomprometida.

— Ouvi dizer que isso é verdade, que você muitas vezes tem idéias diferentes sobre as coisas. Talvez não sejam as idéias convencionais?

— Houve épocas em que fui considerado a ovelha negra da família — disse Stafford Nye, e riu.

A velha Charlotte deu uma gargalhada.

— Você não se importa de confessar certas coisas de vez em quando, hein?

— Pra que fingir? Todo mundo percebe quando se quer esconder alguma coisa.

Ela olhou para ele.

— Que pretende da vida, meu rapaz?

Ele deu de ombros. Novamente, precisava tocar tudo de ouvido.

— Nada — disse.

— Vamos, vamos, quer que eu acredite nisso?

— Sim, a senhora pode acreditar. Não sou ambicioso. Será que pareço ambicioso?

— Não, admito que não.

— Só peço um pouco de diversão, viver confortavelmente, comer, beber com moderação, ter amigos que me distraiam.

A velha inclinou-se para a frente. Seus olhos se abriram e fecharam umas três ou quatro vezes. E desta vez ela falou com uma voz diferente. Era um tom quase sibilado.

— Você pode odiar? Você seria capaz de odiar?

— O ódio é uma perda de tempo.

— Compreendo, compreendo. Não há mostras de descontentamento em seu rosto. É verdade o que diz. De qualquer forma, penso que você está pronto a seguir um caminho que o levará a um certo lugar, e que você o percorrerá sorrindo, como se não se importasse com o que faz. Mas, ao mesmo tempo, no final, se tiver os conselheiros certos, a ajuda certa, atingirá o que almeja, se for capaz de querer.

— Quanto a isto — disse Stafford Nye —, quem não é capaz de querer? — balançou a cabeça lentamente para ela. — A senhora vê longe — disse ele. — A senhora vê muito longe.

Os criados abriram a porta.

— O jantar está servido.

O procedimento era totalmente formal. Havia quase um toque de realeza. As grandes portas do fim da sala se abriram de par em par, revelando uma sala de jantar brilhantemente iluminada, com o teto decorado e três enormes candelabros. Duas mulheres de meia-idade se aproximaram da condessa von Waldsausen, uma de cada lado. Elas usavam vestidos de noite, tinham o cabelo grisalho cuidadosamente penteado e cada uma trazia um broche de diamantes. Assim mesmo, para Sir Stafford Nye, elas lembravam vagamente duas sentinelas. "Não eram apenas guardas de segurança", pensou ele, "mas igualmente enfermeiras especializadas para cuidar da saúde, da toalete e de outros detalhes íntimos da existência da condessa Charlotte". Depois de respeitosas reverências, elas passaram um braço de cada lado do ombro e do cotovelo da mulher que estava sentada. Com treino de uma longa experiência, ajudadas pelo máximo de esforço que a condessa podia fazer, elas a ergueram de uma maneira muito digna.

— Agora, vamos jantar.

Com suas duas atendentes, ela os encaminhou para a sala de jantar. De pé parecia mais ainda um monte de geléia tremelicante, mas ainda assim era formidável. Não se podia pensar nela apenas como numa mulher gorda e velha. Era alguém, sabia que era alguém, fazia questão de ser alguém. Ele e Renata seguiram atrás das três.

Ao entrar pelos portais da sala de jantar, ele sentiu como se estivessem entrando em um salão de banquetes, e não apenas numa sala de jantar. Jovens rapazes louros, altos e bonitos, faziam as vezes de uma guarda pessoal. Usavam uma espécie de uniforme. Quando Charlotte entrou no salão, ouviu-se um som forte. Todos ergueram suas espadas ao mesmo tempo. Cruzaram-nas sobre as cabeças formando uma passagem e, deixando de lado as criadas, Charlotte avançou sozinha por esse corredor, muito espigada, até uma vasta cadeira esculpida com folheados a ouro e revestida de brocados dourados, que ficava à cabeceira da mesa. "Parecia uma procissão de casamento", pensou Stafford Nye. Um casamento naval ou militar. Neste caso, estritamente militar — mas faltava um noivo.

Eram todos rapazes de físico avantajado. Nenhum deles, reparou Sir Stafford, teria mais de trinta anos. Eram bonitões, sua boa saúde era evidente. Não sorriam, estavam completamente sérios; eram — ele procurou uma palavra para descrevê-los —, sim, eram dedicados. Talvez não fosse uma procissão militar e sim religiosa. Os criados de mesa apareceram, velhos criados de outros tempos, pensou ele, do passado do Schloss, de um tempo antes da guerra de 1939. Parecia uma gigantesca representação histórica. Uma superprodução. E reinando sobre tudo isto, sentada numa poltrona ou num trono, ou no que você quisesse chamar aquela cadeira, não estava uma rainha nem uma imperatriz, mas uma mulher velha, notável sobretudo por seu excesso de peso e por sua feiúra intensa e extraordinária. Quem era ela? Que estava fazendo ali? Por quê?

Por que toda essa farsa, essa guarda de honra, essa guarda de segurança, talvez? Outros convidados chegaram à mesa. Eles reverenciavam a monstruosidade que presidia o trono e sentavam-se em seus lugares. Usavam vestidos e roupas formais para noite. Ninguém foi apresentado a ninguém.

Stafford Nye, depois de tantos anos de prática em julgar as pessoas, classificou-os. Tipos diferentes. Uma boa quantidade de tipos diferentes. Advogados, tinha certeza. Vários advogados. Possivelmente contadores e financistas; um ou dois oficiais do Exército à paisana. "Faziam parte da gente da casa", pensou ele, "mas faziam parte também, no antigo sentido feudal do termo, daqueles que sentavam 'na outra parte da mesa'".

A comida chegou. Uma imensa cabeça de javali em *aspic*, pratos de caça, um refrescante *sorbet* de limão, um monumental edifício de confeitaria — um super mil-folhas que parecia a mais rica e inacreditável de todas as tortas.

A mulher enorme comeu, comeu vorazmente, como se estivesse faminta, apreciando a comida. De lá de fora chegou um novo som. O barulho de um poderoso motor de carro esporte. Passou pelas janelas como um raio branco. Ouviu-se um grito dentro da sala, vindo da guarda de honra. O grito forte de "*Heil! Heil! Heil* Franz!"

A guarda de rapazes deslocou-se com a facilidade de uma manobra militar treinada de cor. Todos os outros ficaram de pé. Apenas a velha dama permaneceu imóvel e sentada, a cabeça alta, em seu trono. Nesse momento, Stafford observou uma nova excitação que percorreu a sala. Os outros convidados, ou os membros da casa — fossem lá o que fossem —, desapareceram como ratos pelos buracos das paredes. Os rapazes louros tornaram a formar uma fileira; com as espadas para o alto, saudaram a patroa, que abaixou a cabeça em assentimento. Embainharam as espadas, deram meia volta depois de recebida a permissão e saíram marchando do salão. Os olhos dela os seguiram e, depois, dirigiram-se a Renata e a Stafford Nye.

— Que acharam deles? — perguntou ela. — Meus meninos, meu regimento da juventude, minhas crianças. Sim, são as minhas crianças. Você tem alguma palavra para descrevê-los?

— Creio que sim — disse Stafford Nye. — Magníficos. — Ele dirigiu-se a ela como a uma rainha: — Magníficos, senhora.

— Ah! — ela baixou a cabeça. Sorriu, as rugas multiplicando-se em todo o seu rosto, fazendo-a parecer um crocodilo.

Uma mulher terrível, pensou ele, uma mulher terrível, impossível, dramática. Será que isso tudo estava realmente acontecendo? Não podia acreditar. Que poderia ser isto além de outro dos espetáculos do festival?

As portas abriram-se novamente. O grupo de super-homens jovens e louros tornou a entrar. Dessa vez, não levantaram as espadas, dessa vez cantavam. Cantavam com um tom de voz belíssimo e incomum.

Depois de ouvir durante tantos anos música *pop*, Stafford Nye sentiu um incrível prazer em ouvi-los. Eram vozes treinadas. Não eram gritos roufenhos. Treinadas por mestres da arte da canção.

Não tinham permissão para forçar a voz, não desafinavam nunca. Podiam ser os Heróis do Novo Mundo, mas o que cantavam não era novo. Era uma música que já ouvira antes. Era um arranjo de Preislied. Devia haver alguma orquestra escondida nalguma galeria por cima do salão. Era um arranjo ou adaptação de diversos temas wagnerianos. Passou do Preislied para os ecos distantes da música do Reno.

O Corpo de Elite formou novamente um corredor por onde se esperava a passagem de alguém. Dessa vez não era a velha imperatriz. Ela estava sentada em seu trono, esperando também por essa entrada.

Finalmente ele chegou. A música mudou quando entrou na sala. Cantavam agora a melodia que Stafford Nye conhecia de cor. A música do Jovem Siegfried. A trompa de caça de Siegfried, saudando sua juventude e seu triunfo, seu poder sobre o novo mundo que ele viera conquistar.

Pelo vão da porta, marchando entre as fileiras daqueles que eram claramente seus seguidores, entrou um dos rapazes mais bonitos que Stafford Nye vira em sua vida. Cabelos dourados, olhos azuis, perfeitamente bem proporcionado, como se fosse criado pela mão de um mágico, parecia saído de um mundo mitológico. Mito, herói, ressurreição, renascimento, tudo estava ali. Sua beleza, sua força, sua incrível segurança e arrogância.

Passou pelas fileiras duplas da guarda, até chegar ao pé da medonha figura da matrona sentada em seu trono. Dobrou um joelho, levou a mão dela aos lábios e, então, pondo-se de pé, estendeu o braço em saudação e deu o grito que Stafford já ouvira dos outros. "*Heil*!" Apesar de seu alemão não ser muito bom, Stafford Nye pensou distinguir as outras sílabas: "*Heil* à grande mãe!"

Depois o jovem e belo herói olhou para os dois lados. Houve um leve ar de reconhecimento ao encarar Renata, mas sem demonstrar interesse. Mas quando seu olhar fixou-se em Stafford Nye mostrou um interesse bem definido. "Cautela", pensou Sir Stafford. Cautela! Ele precisava representar bem o seu papel agora. Representar o papel que esperavam que representasse. Apenas... que diabo de papel era esse? Que fazia ali? O que ele e aquela moça deveriam estar fazendo ali? Por que tinham vindo?

O herói falou.

— Ora, ora! — disse ele —, temos hóspedes! — E acrescentou sorrindo com a arrogância de um homem que se sabe superior a qualquer outra pessoa no mundo: — Bem-vindos, convidados, bem-vindos ambos!

De algum lugar dos confins do castelo, um grande sino começou a repicar. Não havia nada fúnebre em seu som, mas emanava um ar de disciplina. Parecia o sino de um mosteiro chamando para a Santa Missa.

— Precisamos ir dormir agora — disse a velha Charlotte. — Dormir. Amanhã nos veremos às onze horas da manhã.

Ela olhou para Renata e para Sir Stafford Nye.

— Serão levados a seus quartos. Espero que durmam bem.

Era uma despedida real.

Stafford Nye viu Renata erguer o braço na saudação fascista, mas não foi dirigida a Charlotte e sim ao rapaz de cabelos dourados. Imaginou ouvi-la dizer: "*Heil* Franz Joseph!" Copiou seu gesto e também disse "*Heil*!"

Charlotte falou-lhes outra vez.

— Gostariam de começar o dia amanhã com uma cavalgada na floresta?

— Nada me daria mais prazer — disse Stafford Nye.

— E você, minha criança?

— Eu também gostaria.

— Muito bem. Cuidarei disso. Muito boa noite a vocês. Fiquei muito satisfeita com a visita. Franz Joseph, dê-me seu braço. Vamos para a sala chinesa. Temos muita coisa a discutir, e você amanhã precisa sair muito cedo.

Os criados escoltaram Renata e Stafford Nye até os seus aposentos. Nye hesitou um instante na entrada do quarto. Seria possível trocar uma ou duas palavras com ela agora? Resolveu que não.

Enquanto estivessem dentro das paredes do castelo precisavam agir com cautela. Nunca se sabe... em cada quarto podiam ter instalado microfones.

Mais cedo ou mais tarde, no entanto, ele teria que fazer perguntas. Certas coisas despertaram em sua mente uma nova e sinistra apreensão. Estava sendo persuadido, envolvido em alguma coisa. Mas o quê? E por quem?

Os quartos eram bonitos, um tanto opressivos. Os ricos cortinados de cetins e veludos, alguns muito antigos, exalavam um leve perfume de decrepitude, um tempero de especiarias. Ficou imaginando se Renata vinha muito ali.

2

A juventude e a beleza

Depois de tomar o café da manhã em uma pequena sala no andar de baixo, ele encontrou Renata à sua espera. Os cavalos esperavam junto ao pórtico.

Ambos tinham trazido roupas de montaria. Tudo que eles pudessem vir a necessitar fora inteligentemente antecipado.

Montaram e saíram pela estrada que conduzia ao castelo. Renata falou alguma coisa com o palafreneiro.

— Ele perguntou se gostaríamos que nos acompanhasse, mas disse que não valia a pena. Conheço muito bem todas as trilhas aqui por perto.

— Sei. Você já esteve aqui antes?

— Não muito nos últimos anos. Quando eu era menina conhecia estes lugares muito bem.

Ele a olhou atentamente. Ela não devolveu o olhar. Ao cavalgar ao lado dela, observou-lhe o perfil — o nariz fino e aquilino, a cabeça orgulhosamente pousada sobre um pescoço delicado. Ela montava muito bem, reparou.

Mas, ao mesmo tempo, não sabia por que, havia naquele dia um certo desconforto em sua mente. Ele não tinha certeza...

Seu pensamento voou até o aeroporto de Frankfurt. A mulher que chegara perto dele. O copo de cerveja sobre a mesa... Nada demais naquilo que acontecera — nem naquela hora, nem depois. Um risco que ele aceitara correr. Por que, então, agora que tudo terminara, estava sentindo aquela estranha sensação de desconforto?

Deram um pequeno galope seguindo uma trilha na floresta. Uma linda propriedade, bosques maravilhosos. À distância ele viu alguns veados. Um paraíso para um esportista, um paraíso dos tempos antigos, um paraíso que talvez contivesse... quem sabe? Uma serpente? Tal qual o paraíso primitivo com a sua serpente. Puxou as rédeas e os cavalos recomeçaram a caminhar. Ele e Renata estavam sozinhos — não havia microfones, nem paredes que escutassem... Chegara a hora das perguntas.

— Quem é ela? — perguntou com urgência na voz. — O que ela é?

— É fácil responder. Tão fácil que é quase inacreditável.

— Então? — disse ele.

— Ela é petróleo. Minas de ouro na África do Sul. Armamentos na Suécia. Depósitos de urânio no norte. Desenvolvimento nuclear, vastas extensões de cobalto. Ela é todas essas coisas.

— E eu, no entanto, nunca ouvira falar nela, não sabia seu nome, não sabia...

— Ela não quer que as pessoas saibam.

— Mas pode-se guardar isso em segredo?

— Facilmente, se você tem bastante petróleo e cobre, depósitos nucleares, armamentos, e todo o resto. O dinheiro pode anunciar mas também pode guardar segredos, esconder as coisas.

— Mas quem é ela *na realidade*?

— Seu avô era americano. Era dono de estradas de ferro, acho. Um dos donos da Chicago daqueles tempos. É como se voltássemos à história para rever seu passado. Ele se casou com uma alemã. Você já deve ter ouvido falar dela, imagino. Costumavam chamá-la a Grande Belinda. Armas, navios, todo o poderio industrial da Europa. Ela era a herdeira do pai.

— Entre os dois, uma fortuna incalculável — disse Stafford Nye. — E assim... o poder. É isso que você está me contando?

— Sim. Mas ela não herdou apenas uma fortuna, sabe? Também fez dinheiro. Herdou o cérebro do pai e se tornou uma grande financista. Tudo em que punha a mão se multiplicava. Multiplicava-se em somas incríveis de dinheiro e ela as investia. Seguindo conselhos, usando o julgamento de outras pessoas, mas quase sempre preferindo seu próprio julgamento. E sempre prosperando. Sempre aumentando sua fortuna até que foi ficando fabulosa demais para ser crível. Dinheiro gera dinheiro.

— Entendo. A riqueza *sempre* aumenta quando chega a quantidades extraordinárias. Mas... o que ela *quer*? O que ela já *tem*?

— Você acabou de dizer. Poder.

— E ela vive aqui? Ou vive em...?

— Ela visita a América e a Suécia. Oh, sim, ela viaja, mas não muito. É aqui que prefere ficar, no centro de uma enorme teia como uma imensa aranha controlando todos os seus fios. Os fios de suas finanças. E muitos outros fios também.

— Quando você diz outros fios...?

— Artes. Música, pintura, literatura. Seres humanos... jovens seres humanos.

— Sim. Isso eu percebi. Aqueles quadros, uma coleção maravilhosa.

— Há galerias na parte de cima do Schloss. Há Rembrandt e Giotto e Raphael, e há caixas de jóias... algumas das mais maravilhosas jóias do mundo.

— E tudo pertencendo a uma velha gorda e feia. Será que ela está satisfeita?

— Ainda não, mas está caminhando para isso.

— Para onde ela vai, o que ela quer?

— Ela adora a juventude. É esta a sua forma de poder. O controle da juventude. O mundo está cheio de uma juventude rebelada hoje em dia. Isto tem sido patrocinado. Psicologia moderna, pensamento moderno, escritores e outros que ela financia e controla.

— Mas como pode...? — ele a interrompeu.

— Não lhe posso dizer, porque eu mesma não sei. É uma ramificação enorme. Num certo sentido, ela está por trás de muitas coisas, sustenta diversas obras de caridade curiosas, ardentes filantropos e idealistas, cria inúmeras subvenções para estudantes, artistas e escritores.

— E ainda assim você diz que as coisas ainda não estão...

— Não, ainda não está tudo pronto. Estão planejando uma grande sublevação. Eles acreditam nisto, no novo céu e na nova terra. É o que vem sendo prometido pelos líderes da humanidade há mais de mil anos. É prometido pelas religiões, prometido por aqueles que apóiam os Messias, prometido por aqueles que voltam para ensinar as leis, como Buda. É o prometido pelos políticos. O paraíso fácil em que acreditam os assassinos, e que o Mestre dos Assassinos prometeu a seus seguidores, e que, de seu ponto de vista, deu a eles.

— Ela também está por trás das drogas?

— Claro. Mas sem convicção, é lógico. Apenas como um meio para ter as pessoas sob seu jugo. É uma forma também de destruir as pessoas. Os mais fracos. Aqueles que ela julga que não servem, apesar de terem parecido promissores. Ela nunca usa drogas... ela é forte. Mas as drogas destroem as pessoas fracas mais facilmente e mais naturalmente do que qualquer outra coisa.

— E a força? O que me diz da força? Você não pode conseguir tudo só pela propaganda.

— Não, é claro que não. A propaganda é o primeiro estágio e por trás dela estão sendo preparadas pilhas de armamentos. Armas que vão para países subdesenvolvidos e de lá para outros lugares. Tanques, fuzis e armas nucleares que vão para a África, para os mares do Sul e para a América do Sul. Na América do Sul há uma grande concentração. Forças de rapazes e moças preparando-se e treinando. Fantásticos depósitos de armamentos... meios de guerra química...

— Mas é um pesadelo! Como você sabe de tudo isso, Renata?

— Em parte porque me contaram, por informações que recebi, e em parte porque fui um dos instrumentos dessas provisões.

— Mas *você*! Você e *ela*?

— Há sempre algo idiota por trás de todos os grandes projetos — ela riu de repente. — Uma vez, sabe, ela se apaixonou por meu avô. Foi uma história tola. Ele morava nesta parte do mundo. Tinha um castelo há alguns quilômetros daqui.

— Era um homem de gênio?

— Absolutamente. Apenas um bom esportista. Bonito, dissoluto e muito atraente para as mulheres. E assim, por causa disso, num certo sentido ela é minha protetora. E sou um de seus convertidos ou escravos! Trabalho para ela. Procuro pessoas para ela. Obedeço às suas ordens em diferentes partes do mundo.

— De verdade?

— Que quer dizer com isso?

— Nem eu mesmo sei — disse Stafford Nye.

Mas ficara pensando. Olhou para Renata e pensou outra vez no aeroporto. Ele estava trabalhando *para* Renata, estava trabalhando *com* Renata. Fora ela que o trouxera a este castelo. Quem lhe dera as ordens para trazê-lo aqui? A grande e gorda Charlotte no meio de sua teia de aranha? Em certos meios diplomáticos, ele tinha uma reputação, a fama de ser meio maluco. Poderia ser útil para esta gente, mas de uma maneira pequena e mesquinha. E ele pensou de repente, bastante perturbado... e Renata??? Correra um risco por ela no aeroporto de Frankfurt. Mas tinha acertado. Deu tudo certo. Nada lhe acontecera. Mas de qualquer forma, quem é *ela*? O *que* é ela? Não sabia. Não podia ter *certeza*. Ninguém podia ter. No mundo de hoje ninguém pode ter certeza de *ninguém*. Absolutamente de ninguém. Talvez tivessem dado a ela a ordem de pescá-lo. De trazê-lo na palma da mão e talvez todo aquele negócio de Frankfurt tivesse sido cuidadosamente planejado. Ajustava-se a seu temperamento aventureiro, e daria confiança em relação a ela. Permitiria que confiasse nela.

— Vamos dar outro galope — disse ela. — Os cavalos estão andando a passo há muito tempo.

— Eu ainda não perguntei onde *você* se encaixa em tudo isto.

— Eu recebo ordens.

— De quem?

— Há uma oposição. Sempre há uma oposição. Há pessoas que suspeitam do que anda acontecendo, de como o mundo está mudando, por causa do dinheiro, da riqueza, dos armamentos, do idealismo, muitas palavras inflamadas de poder e do que vai acontecer. Há pessoas que dizem que isso *não* pode acontecer.

— E você está com eles?

— Eu digo que estou.

— O que quer dizer com isto, Renata?

Ela repetiu:

— *Eu digo que estou.*

— Aquele rapaz da noite passada...

— Franz Joseph?

— É este o nome dele?

— É o nome pelo qual é conhecido.

— Mas ele tem outro nome, não tem?

— Você acha?

— Ele é o Jovem Siegfried, não é?

— Você o viu assim? Percebeu o que ele é, o que representa?

— Creio que sim. Juventude heróica. Juventude ariana, sempre a idéia de uma juventude ariana nesta parte do mundo. Ainda há essa idéia. Uma super-raça, os super-homens. Eles devem ser de ascendência ariana.

— Oh, sim, isto vem desde os tempos de Hitler. Nem sempre é muito divulgado, e, em outras partes do mundo, não é tão acentuado. Na América do Sul, como lhe disse, existe um dos maiores centros. No Peru e na África do Sul, também.

— E que faz o Jovem Siegfried? Que faz ele além de bancar o bonitão e beijar a mão de sua protetora?

— Oh, é um ótimo orador. Fala, e seus seguidores o acompanharão até a morte.

— Isso é verdade?

— Ele acredita que sim.

— E você?

— Acho que poderia acreditar. — Ela acrescentou: — A oratória é muito perigosa, você sabe. O que uma voz pode fazer, o que as palavras podem fazer, e não especialmente as palavras convincentes. Apenas a *maneira* de dizê-las. A voz dele soa como um sino, as mulheres choram, gritam e desmaiam quando ele se dirige a elas. Você verá por si mesmo.

— Reparou na guarda pessoal de Charlotte ontem à noite? Todos muito bem-vestidos... as pessoas adoram vestir-se bem hoje em dia. Vê-se isso em todas as partes do mundo, variando de acordo com o lugar; alguns com cabelos compridos e enormes barbas, as moças com seus longos vestidos brancos, falando de paz e de beleza, e do mundo maravilhoso que é o mundo da juventude e que será deles quando tiverem destruído o suficiente do velho mundo. O país original dos jovens era a oeste do mar da Irlanda, não era? Um lugar muito simples, um país diferente e só de jovens, diferente do que estão planejando agora... Areias prateadas, ensolaradas e canções sobre as ondas...

— Mas agora queremos a Anarquia, quebrar e destruir tudo. Somente a anarquia pode beneficiar aqueles que marcham atrás dela. É assustador, mas também é maravilhoso... por causa de sua violência, porque será conseguido através da dor e do sofrimento...

— Então é assim que você vê o mundo de hoje?

— Às vezes.

— E o que devo *eu* fazer a seguir?

— Seguir o seu guia. Eu sou o seu guia. Como Virgílio e Dante, eu o levarei ao inferno, eu lhe mostrarei os filmes sádicos parcialmente copiados da velha SS, a crueldade, a dor e a violência tão adoradas. E lhe mostrarei os grandes sonhos de um paraíso de paz e de beleza. Você não saberá quem é quem e o que é o quê. Mas você precisa tomar uma decisão.

— Posso confiar em você, Renata?

— Depende de você. Se quiser pode fugir de mim, ou pode ficar comigo e ver o novo mundo. O novo mundo que está sendo criado.

— Figuras de papelão — disse Stafford Nye, violentamente.

Ela olhou para ele com ar de interrogação.

— Como Alice no País das Maravilhas. As cartas, as cartas do baralho subindo para o ar. Voando. Reis, e damas, e valetes. E todas essas coisas — continuou ele.

— Você quer dizer... que quer dizer exatamente?

— Quero dizer que isso não é real. Que toda esta encenação é uma farsa.

— Em um certo sentido, sim.

— Todos fantasiados, representando, trabalhando numa peça. Estou chegando perto do significado, não estou?

— De uma certa forma, sim, de outra, não...

— Há uma coisa que gostaria de lhe perguntar porque me intrigou. A grande Charlotte mandou que você me trouxesse aqui... por quê? Que sabe ela de mim? Que uso pensou que pode fazer de mim?

— Não sei exatamente... possivelmente uma espécie de eminência parda... trabalhando por trás dos bastidores. Isso seria útil para ela.

— Mas ela não sabe nada a meu respeito!

— Ora! — de repente ela teve um acesso de riso. — É tão ridículo, realmente... as mesmas tolices repetindo-se outra vez.

— Eu não entendo você, Renata.

— Não...você não entende porque é simples demais. O sr. Robinson entenderia.

— Poderia ter a gentileza de me explicar de que você está falando?

— É a mesma velha história outra vez... *"Não é você que conta. São as pessoas que você conhece"*. Sua tia-avó Matilda e a Grande Charlotte estiveram na escola juntas...

— Você quer dizer...

— Cresceram juntas.

Ele olhou para ela. E então jogou a cabeça para trás e explodiu em uma gargalhada.

3

O bobo da corte

Deixaram o castelo ao meio-dia depois de se despedirem de sua anfitriã. Seguiram pela estrada sinuosa, deixando para trás o Schloss no alto de seu penhasco e, após muitas horas de viagem, chegaram aos contrafortes das Dolomitas — um anfiteatro nas montanhas onde reuniões, concertos e encontros de vários Grupos da Juventude se sucediam.

Renata trouxera-o ali, fora seu guia, e agora, sentado na pedra, ele observava e ouvia o que se passava à sua volta. Entendera um pouco mais sobre o que conversara pela manhã. Essa grande massa reunida, animada como todas as multidões se animam, seja para ouvir um pastor evangelista no Madison Square Garden em Nova York, ou à sombra de uma igreja galesa, ou num estádio de futebol, ou numa manifestação convocando um ataque a embaixadas, à polícia, às universidades e a tudo o mais.

Ela o trouxera ali para que ele aprendesse o significado daquela única expressão: "O Jovem Siegfried."

Franz Joseph, se era este mesmo o seu nome, dirigia-se à multidão. Sua voz subindo, baixando, com aquela estranha e curiosa qualidade excitante, seu apelo emocional, dominara a massa gemente, quase lamuriante, de moças e rapazes. Cada palavra que dissera estava prenhe de significados, possuía um incrível apelo. A massa respondia como um coro. Sua voz tinha sido a batuta do maestro. E, no entanto, que dissera aquele menino? Qual a mensagem do Jovem Siegfried? Não havia palavras que ele recordasse, mas sabia que tinha sido envolvido, que prometera coisas, que seu entusiasmo fora despertado. Terminara. A multidão postara-se em volta da plataforma de pedra, chamando, gritando. Algumas das moças berravam de entusiasmo. Algumas tinham desmaiado. Que mundo o de hoje, pensou ele. Tudo despertava emoções o tempo todo. Disciplina? Contenção? Nada disso valia mais hoje em dia. Nada mais importava a não ser *sentir*.

"Que tipo de mundo", pensou Stafford Nye, "resultará disso?".

Sua guia tocou-lhe o braço e eles se afastaram da multidão. Descobriram o carro que os servia e o motorista levou-os por estradas que obviamente conhecia muito bem, até uma pequena hospedaria numa vila perto da montanha, onde haviam reservado quartos para eles.

Caminharam para fora da hospedaria por uma trilha batida, subindo a montanha até que encontraram um lugar para se sentarem.

Por uns cinco minutos ficaram calados olhando para o vale até que Renata falou:

— Então?

— Que quer perguntar-me?

— Que pensa você até agora do que lhe mostrei?

— Não estou convencido — disse Stafford Nye.

Ela deu um suspiro, um suspiro profundo e inesperado.

— Era isto que eu esperava que você dissesse.

— Nada disso é verdade, não é? É um espetáculo gigantesco. Um espetáculo preparado por um produtor... por um grupo completo de produtores, talvez.

Aquela mulher monstruosa paga ao produtor, contrata o produtor. Nós não vimos o produtor. Hoje só vimos o principal astro do espetáculo.

— Que acha dele?

— Ele também não é real — disse Stafford Nye. — É apenas um ator. Um ator de primeira classe, esplendidamente dirigido.

Um som surpreendeu-o. Era Renata rindo. Ela se levantou de onde estava. De repente parecia excitada, feliz e ao mesmo tempo ligeiramente irônica.

— Eu sabia — disse ela. — Eu sabia que você ia perceber. Eu sabia que você tinha os pés no chão. Você sempre soube, não foi, você sempre soube o que encontrava pela vida. Você reconhece as farsas, você capta as coisas e as pessoas pelo que elas realmente são. Não é preciso ir a Stratford e ver peças de Shakespeare para saber qual é o papel talhado para você... os reis e os grandes homens sempre têm um truão... o bobo da corte que conta ao rei a verdade, que se utiliza do bom senso e se diverte com as coisas que as outras pessoas levam a sério.

— Então é isto que eu sou? Um bobo da corte?

— Você mesmo não percebe? É isto que nós queremos... É disso que precisamos. "Papelão", você disse. "Cartas de baralho". Um vasto, bem produzido, esplêndido *simulacro*! E você tem toda a razão. Mas o povo foi enganado. Eles pensam que é algo maravilhoso, ou algo diabólico, ou então pensam que é algo terrivelmente importante. Claro que não é... apenas... apenas alguém tem de descobrir como *mostrar* ao povo que tudo aquilo é uma *tolice*. Apenas uma estúpida *tolice*. É isto que eu e você vamos fazer.

— Sua idéia é que no final nós desmascararemos tudo isso?

— Parece improvável, concordo. Mas você sabe que quando o povo se apercebe que nada daquilo é real, que é apenas uma imensa tramóia, bem...

— Você está propondo uma pregação evangélica de bom senso?

— É claro que não — disse Renata. — Ninguém nos ouviria, não acha?

— Pelo menos no momento.

— Não. Nós precisamos dar-lhes evidências... fatos... a verdade...

— E teremos tudo isso?

— Sim. O que eu trouxe comigo de Frankfurt... aquilo que você me ajudou a levar a salvo para a Inglaterra...

— Eu não compreendo...

— Ainda não. Mas você saberá depois. Por agora, temos um papel a desempenhar. Estamos prontos e preparados, ansiando para sermos doutrinados. Idolatramos a juventude. Somos seguidores e crentes do Jovem Siegfried.

— *Você* pode fazer isto, sem dúvida. Eu já não tenho tanta certeza quanto a mim. Nunca fiz muito sucesso como adorador de coisa nenhuma. O bobo da corte não dá para isto. É um debochado. Ninguém apreciaria nada parecido por agora, não acha?

— É claro que não. Não. Você não vai mostrar agora essa parte de sua personalidade. Exceto, é lógico, quando falar sobre seus chefes e superiores, os políticos e os diplomatas, o Ministério das Relações Exteriores, as instituições, todas essas coisas. Aí você pode ser amargo, malicioso, chistoso, ligeiramente cruel.

— Continuo sem ver o meu papel nesta cruzada mundial.

— É um dos mais antigos de todos, aquele que todos compreendem e apreciam. Especial para você. Feito sob medida. Você nunca foi muito apreciado no passado, mas o Jovem Siegfried e tudo o que ele significa o encherão da esperança de uma recompensa. Porque você lhe dará todas as informações que ele quer sobre seu país, ele lhe prometerá lugares e poder nesse país quando chegarem os bons tempos.

— Você insinua que esse movimento é mundial. É verdade?

— Claro que é. Como um daqueles furacões, aqueles que têm nomes. Flora e Aninha. Vêm lá do sul, ou do norte, ou do leste, ou do oeste; vêm de qualquer lugar e destroem tudo. É isso que todos eles querem. Na Europa, Ásia e América. Talvez na África, se bem que não haja muito entusiasmo por lá. Esses ainda estão engatinhando no que se refere ao poder e à má administração e a outras coisas. Oh, sim, é mesmo um movimento mundial. Movido pela juventude e com toda a intensa vitalidade da juventude. Eles não têm conhecimentos e não têm experiências, mas possuem visão e vitalidade e são muito bem financiados. Rios e rios de dinheiro. Existe materialismo demais, então pedimos outra coisa e a conseguimos. Mas como foi baseada no ódio, ela não nos levará a lugar algum. Não pode levantar vôo. Você não se lembra que em 1919 todo mundo saía por aí com a cara mais apaixonada, dizendo que o comunismo era a resposta para tudo? Que a doutrina marxista produziria um novo paraíso para uma nova terra? Tantas e tão nobres idéias vagando por aí. Mas, veja você, quem vai desenvolver essas idéias? São sempre os mesmos seres humanos que sempre existiram. Você pode criar um terceiro novo mundo agora, ou pelo menos todos pensam assim, mas esse terceiro novo mundo terá as mesmas pessoas deste primeiro mundo ou do segundo novo mundo ou de qualquer outro mundo que você queira inventar. E quando você dispõe dos mesmos seres humanos para organizar as coisas, eles as organizarão da mesma maneira que sempre organizaram. Basta olhar para a história.

— Será que alguém ainda se preocupa em olhar para a história?

— Não. Preferem, ao invés disso, olhar para um futuro imprevisível. A ciência foi, por algum tempo, a resposta para todas as perguntas. As teses freudianas e o sexo desreprimido seriam a próxima resposta para a miséria humana. Não existiriam mais pessoas com problemas mentais. Se alguém dissesse que os hospícios ficariam ainda mais cheios como resultado da total falta de repressão, ninguém acreditaria.

Stafford Nye interrompeu-a:

— Quero saber uma coisa — disse ele.

— O que é?

— Para onde vamos agora?

— América do Sul. E possivelmente via Paquistão e Índia. E iremos certamente aos Estados Unidos. Há um bocado de coisas acontecendo por lá e são muito interessantes. Especialmente na Califórnia...

— Universidades? — Stafford Nye suspirou. — A gente fica cansado das universidades. Elas se repetem tanto.

Ficaram sentados em silêncio durante alguns minutos. A luz estava diminuindo, mas um dos picos da montanha mostrava-se suavemente avermelhado.

Stafford Nye falou numa voz nostálgica:

— Se pudéssemos ter um pouco mais de música *neste momento*... sabe de que eu gostaria?

— Mais Wagner? Ou já se libertou de Wagner?

— Não... você tem razão... mais Wagner. Eu teria Hans Sachs sentado em baixo de sua velha árvore, dizendo sobre o mundo: "Loucos, loucos, todos loucos..."

— Sim... é bem expressivo. É uma música encantadora, também. Mas *nós não somos* loucos. Somos lúcidos.

— Eminentemente lúcidos — disse Stafford Nye. — Essa vai ser a nossa dificuldade. Há mais uma coisa que gostaria de saber.

— O quê?

— Talvez você não me conte. Mas *preciso* saber. Será que teremos alguma diversão enquanto tentamos desestruturar toda essa loucura?

— Claro que sim. Por que não?

— Loucos, loucos, todos loucos... mas nós nos divertiremos muito. Será que nossas vidas serão longas, Mary Ann?

— Provavelmente não — disse Renata.

— É esse o espírito. Estou com você, minha camarada e minha guia. Será que conseguiremos um mundo melhor como resultado de nossos esforços?

— Não creio, mas ao menos será um mundo mais bondoso. No momento está cheio de crenças sem nenhuma bondade.

— Tem razão! — disse Stafford Nye. — Vamos em frente!

Livro III

Em casa e no exterior

I

Conferência em Paris

Cinco homens estavam sentados numa sala em Paris. Era uma sala que já abrigara inúmeros momentos históricos. Um grande número deles. Esta reunião era de certa forma muito diferente das outras, mas nem por isso deixava de ser menos histórica.

Monsieur Grosjean presidia a reunião. Era um homem preocupado, fazendo o melhor que podia para amenizar as situações com elegância, e usando o charme que tantas vezes o auxiliara no passado. Não achou que isso o estivesse ajudando muito hoje. O Signor Vitelli chegara da Itália de avião há uma hora. Seus gestos eram febris, suas maneiras desorientadas.

— Vai além de tudo — ele estava dizendo —, vai além de tudo que se possa imaginar.

— Esses estudantes — disse Monsieur Grosjean —, não estamos todos sofrendo?

— Isso é mais do que os estudantes. Vai além dos estudantes. Pode ser comparado a quê? Um enxame de abelhas. Um cataclismo da natureza, intensificado. Aumentado a um ponto que ninguém conseguiria imaginar. Eles avançam. Têm metralhadoras. Em algum lugar conseguiram aviões. Pretendem ocupar todo o Norte da Itália. Mas é uma loucura! São apenas crianças, nada mais! E, no entanto, têm bombas, explosivos. Somente em Milão são mais numerosos do que a polícia. O que podemos fazer, eu lhes pergunto? Os militares? O Exército também está sublevado. Dizem que estão com os *jovens*. Dizem que não há mais esperanças no mundo a não ser na anarquia. Falam de algo que chamam de Terceiro Mundo, mas isso não pode acontecer.

Monsieur Grosjean suspirou.

— É muito popular entre os jovens — disse ele — a anarquia. A fé na anarquia. Sabemos disso desde os dias da Argélia, conhecemos todos os problemas que nosso país sofreu e também nosso império colonial. E o que podemos fazer? Os militares? No fim, terminam apoiando os estudantes.

— Os estudantes, ah, os estudantes! — disse Monsieur Poissonier.

Ele era um dos membros do governo francês e para quem a palavra "estudante" era o mesmo que excomunhão. Se lhe houvessem perguntado, teria dado preferência a um surto de gripe asiática ou mesmo a uma epidemia de peste bubônica. Em seu modo de ver as coisas, qualquer das duas pragas era preferível às atividades estudantis. Ah, um mundo sem estudantes! Era com isso que Monsieur Poissonier sonhava às vezes. Eram sonhos lindos. Infelizmente não eram muito freqüentes.

— Quanto aos magistrados — disse Monsieur Grosjean —, que foi que aconteceu com as nossas autoridades judiciais? A polícia... bem, a polícia ainda se mantém fiel, mas o judiciário, esse não impõe sentenças aos jovens que lhes são levados a julgamento, jovens que destruíram propriedades, não só do governo como propriedades particulares... qualquer tipo de propriedade. E vocês gostariam de saber por que não fazem nada? Tenho feito diversas investigações ultimamente. A chefia de polícia sugeriu-me uma série de coisas. É preciso um aumento, dizem eles, no padrão de vida das autoridades judiciárias, especialmente nas áreas de província.

— Vamos, vamos — disse Monsieur Poissonier —, você precisa ter cuidado com o que diz.

— *Ma foi*, por que preciso ter cuidado? As coisas precisam ser transparentes. Nós já tivemos fraudes antes, fraudes gigantescas e no momento há muito dinheiro em circulação. Dinheiro sim, e não sabemos de onde vem, mas a chefia me disse, e eu acredito, que estão começando a ter idéia de *para onde vai* esse dinheiro. Será que vamos ficar contemplando um estado corrupto financiado por uma fonte externa?

— Na Itália também — disse o Signor Vitelli —, na Itália, ah, posso contar-lhes muita coisa. Sim, posso contar-lhes do que suspeitamos. Mas quem, quem está corrompendo o nosso mundo? Um grupo de industriais, um grupo de figurões? Como é possível?

— Esse negócio tem de parar — disse Monsieur Grosjean. — Precisamos tomar uma atitude. Ação militar. Ação da Força Aérea. Estes anarquistas, esses vagabundos vêm de todas as classes. Devem ser punidos.

— O controle com gás lacrimogêneo tem tido bastante sucesso — disse Monsieur Poissonier, meio em dúvida.

— Gás lacrimogêneo não é o suficiente — disse Monsieur Grosjean. — Dá o mesmo resultado que mandar esse bando de estudantes descascar um monte de cebolas. Eles vão chorar. De que serve isso?

Monsieur Poissonier falou com a voz estremecida:

— Você não está sugerindo o uso de armas nucleares, está?

— Armas nucleares? *Quel blague!* Que podemos fazer com armas nucleares? Que será do solo da França, que será do nosso ar se usarmos armas nucleares? Podemos destruir a Rússia, sabemos disso. E sabemos também que a Rússia pode destruir-nos.

— Você não está sugerindo que grupos de estudantes, marchando em demonstrações, podem destruir nossas forças e nossa autoridade?

— É exatamente o que estou sugerindo. Tenho recebido avisos sobre essas coisas. Sobre estocagem de armas e várias formas de guerra química e coisas assim. Recebi relatórios de alguns de nossos eminentes cientistas. Os segredos são conhecidos. Estoques —, guardados secretamente —, de armas de guerra foram roubados. O que vai acontecer agora, eu lhes pergunto? Que vai acontecer?

A pergunta foi respondida inesperadamente e com uma rapidez maior do que a calculada por Monsieur Grosjean. A porta se abriu e a principal secretária aproximou-se do chefe, o rosto demonstrando a urgência do comunicado. Monsieur Grosjean olhou para ela com desprazer.

— Não lhe disse que não queria ser interrompido?

— Sim, senhor presidente, mas é algo inusitado... — abaixou-se e murmurou no ouvido do chefe. — O marechal está aqui. Ele pediu para ser recebido.

— O marechal? Você quer dizer...

A secretária balançou vigorosamente a cabeça diversas vezes para confirmar o que dizia. Monsieur Poissonier olhou para seu colega perplexo.

— Ele pediu para entrar. Não aceitará uma recusa.

Os dois outros homens olharam primeiro para Grosjean e depois para o agitado italiano.

— Não seria melhor — disse Monsieur Coin, ministro dos Negócios Interiores — se...

Ele se interrompeu no "se" quando a porta foi aberta e um homem entrou. Um homem muito conhecido. Um homem cuja palavra não fora apenas lei, estivera mesmo acima da lei em toda a França durante muitos anos. Vê-lo neste momento foi uma surpresa indesejável para os homens que estavam ali sentados.

— Ah, eu os saúdo, caros colegas — disse o marechal. — Vim ajudá-los. Nosso país está em perigo. Precisamos agir, agir imediatamente! Vim colocar-me à disposição! Tomarei toda a responsabilidade pela atuação durante a crise. Talvez haja perigo. Eu sei que há, mas a honra está acima do perigo. A salvação da França está acima do perigo. Assim marcham agora. Uma imensa horda de estudantes, de criminosos que saíram das cadeias, alguns deles por crimes de homicídio. Homens que atearam incêndios. Gritam nomes. Cantam. Clamam pelo nome de seus mestres, de seus filósofos, daqueles que os lideram nessa trilha da insurreição. Aqueles que levarão a França à ruína a não ser que alguma coisa seja feita. Vocês ficam aqui sentados, falando, deplorando o que acontece. É preciso fazer mais do que isto. Mandei chamar dois regimentos.

Alertei a Força Aérea, enviei mensagens cifradas para nossos vizinhos aliados, para meus amigos na Alemanha, pois ela também é nossa aliada nesta crise!

As desordens precisam ter um fim! Rebelião! Insurreição! Perigo para homens, mulheres, crianças, propriedades! Avançarei para abafar a insurreição, para falar a eles como um pai, seu líder. Esses estudantes, mesmo esses criminosos, são meus filhos, são a juventude da França. Falarei com eles. Eles me ouvirão, os governos serão revistos, seus estudos poderão ser reiniciados sob seus próprios auspícios. Suas bolsas de estudo têm sido insuficientes, suas vidas estão privadas de beleza, de liderança. Venho para prometer tudo isso. Falo em meu próprio nome. Falarei também em nome de vocês, em nome do governo. Vocês fizeram o melhor que puderam, atuaram da maneira que sabiam. Mas é preciso uma liderança mais forte. É preciso a *minha* liderança. Irei agora. Tenho listas de telegramas cifrados para enviar. Certos artefatos nucleares dissuasivos podem ser usados em locais desertos, numa ação de resultados modificados e, apesar de causarem terror ao povo, nós saberemos que não trarão realmente nenhum perigo. Já pensei em tudo. Meu plano será posto em ação. Venham, meus fiéis amigos, acompanhem-me.

— Marechal, não podemos permitir... o senhor não pode expor-se ao perigo. Nós precisamos...

— Não ouvirei nada do que estão dizendo. Seguirei minha missão, meu destino.

O marechal dirigiu-se para a porta.

— Meus oficiais estão aí fora. Minha guarda de segurança selecionada. Irei agora falar com esses jovens rebeldes, com essa linda flor de beleza e terror, para dizer-lhes aonde está o seu dever.

Desapareceu porta afora com a grandeza de um astro de teatro desempenhando seu papel favorito.

— *Bon Dieu*, ele está mesmo falando a sério! — disse Monsieur Poissonier.

— Vai arriscar a vida — disse o Signor Vitelli. — Quem sabe? Ele é um bravo, um homem corajoso. É galante, sim, mas o que lhe acontecerá? No espírito em que os jovens estão agora, podem até matá-lo.

Um suspiro satisfeito escapou dos lábios de Monsieur Poissonier. Pode ser verdade, pensou ele. Sim, pode até ser verdade.

— É possível, sim — disse ele. — Sim, podem até matá-lo.

— Ninguém pode desejar isto, é claro — disse Monsieur Grosjean cautelosamente.

Era o que Monsieur Grosjean desejava. Ele almejava por isso, apesar de um pessimismo natural que o levava a pensar que as coisas nunca acontecem da maneira que a gente deseja que aconteçam. Na verdade, ele se deparou com uma outra perspectiva bem pior. Era bem possível, e de acordo com as tradições do passado do marechal que, de uma forma ou de outra, ele conseguisse induzir uma boa parte daqueles sanguinários e excitadíssimos estudantes a escutarem o que dizia, a confiarem em suas promessas e a terminarem por exigir sua volta ao poder que exercera no passado. Eram coisas que já tinham acontecido uma ou duas vezes na carreira do marechal. Seu magnetismo pessoal era tanto que muitos políticos tinham sido derrotados por ele quando menos esperavam.

— Precisamos detê-lo — gritou ele.

— Sim, sim — disse o Signor Vitelli —, o mundo não pode perdê-lo.

— O meu medo — disse Monsieur Poissonier — é que ele tem muitos amigos na Alemanha, muitos contatos, e vocês sabem que, em matéria de manobras militares, os alemães são rápidos. Não vão deixar escapar esta oportunidade.

— *Bon Dieu, Bon Dieu!* — exclamou Monsieur Grosjean, enxugando a testa. — Que devemos fazer? Que podemos fazer? Que barulho é este? Ouvi tiros, não foi?

— Não, não — disse Monsieur Poissonier tranqüilizador. — É o barulho das bandejas de café na cantina o que você está ouvindo.

— Há uma citação que gostaria de fazer — disse Monsieur Grosjean, que era um amante de dramas —, se ao menos pudesse lembrar-me... Uma citação de Shakespeare: "Ninguém me livrará deste..."

— "padre turbulento"... — completou Monsieur Poissonier. — É de uma peça de Becket.

— Um louco como o marechal é pior que um padre. Um padre pelo menos é inofensivo, apesar de até Sua Santidade, o Papa, ter recebido ainda ontem uma delegação de estudantes. *Abençoou-os*. Chamou-os de seus filhos.

— Foi um gesto cristão, apenas — disse Monsieur Coin com ar de dúvida.

— Pode-se ir longe demais até mesmo com gestos cristãos — disse Monsieur Grosjean.

2

Conferência em Londres

Na sala de reuniões do nº 10 da Downing Street, o primeiro-ministro, sr. Cedric Lazenby, estava sentado à cabeceira da mesa e olhava para seus oficiais de gabinete sem nenhum prazer. A expressão de seu rosto era definitivamente sombria, o que de certa forma proporcionava-lhe um certo alívio. Estava começando a pensar que apenas na intimidade de sua sala de reuniões podia relaxar seu rosto numa expressão infeliz, abandonando aquela que apresentava ao mundo: a de um sábio e animado otimismo, que tão bem lhe servira nas várias crises políticas de sua vida.

Olhou para Gordon Chetwynd, cujo cenho estava franzido; para Sir George Packham, que, evidentemente, estava preocupado, pensando e imaginando coisas como sempre; para a impassividade militar do coronel Munro; para o marechal-do-ar Kenwood, um homem de lábios apertados que não se importava em demonstrar sua profunda desconfiança dos políticos. Havia também o almirante Blunt, um homem enorme, que tamborilava os dedos na mesa esperando uma oportunidade desde que chegara.

— Isto não está nada bom — estava dizendo o marechal-do-ar. —Temos que admitir. Quatro de nossos aviões foram seqüestrados na última semana. Foram levados para Milão. Deixaram os passageiros lá e seguiram para outro local. Na verdade, para a África. Tinham pilotos à espera. Negros.

— O Poder Negro — disse o coronel Munro pensativo.

— Ou o Poder Vermelho? — sugeriu Lazenby. — Sinto, sabem, que todas as nossas dificuldades devem vir das doutrinações russas. Se ao menos pudéssemos entrar em contato com os russos... Penso realmente que se fizéssemos uma visita pessoal no mais alto nível...

— Pare por aí, primeiro-ministro — disse o almirante Blunt. — Não vá começar outra vez a implicar com os russos. Tudo que *eles* querem no momento é ficar fora desta confusão. Eles não têm tido tantos problemas com seus estudantes como nós. Sua única preocupação é ficar de olho nos chineses para ver o que estão preparando.

— Tenho a impressão de que uma influência pessoal...

— Fique por aqui e cuide de seu próprio país — disse o almirante Blunt[1]. Bem de acordo com seu nome, e com sua vontade, disse-o bruscamente.

— Não será melhor ouvirmos um relatório acurado do que está realmente acontecendo? — Gordon Chetwynd olhou para o coronel Munro.

— Vocês querem fatos? Muito bem. Mas eles são difíceis de engolir. Presumo que queiram não apenas detalhes, mas um apanhado global do que está acontecendo aqui e no resto do mundo.

— Exatamente.

— Bem, na França o marechal ainda está no hospital. Duas balas no braço. O inferno se desencadeou nos círculos políticos. Várias regiões do país estão sob o controle do que chamam de tropas do Poder Jovem.

— Você quer dizer que eles têm armas? — disse Gordon Chetwynd num tom horrorizado.

— Eles têm um monte de armas — disse o coronel. — Não sei realmente onde as conseguem. Há diversas teorias. Um grande carregamento de armas foi enviado da Suécia para a África Ocidental.

---

[1] *Blunt* em inglês quer dizer brusco. (N.T.)

— E o que isto tem a ver com o caso? — disse o sr. Lazenby. — Quem se importa? Deixe-os terem todas as armas que quiserem lá na África Ocidental. Podem ficar dando tiros uns nos outros.

— Bem, há um ponto curioso sobre isso, pelo menos até onde vai o nosso Serviço de Inteligência. Eis aqui uma lista dos armamentos que foram enviados para a África Ocidental. O interessante é que foram enviados para lá, e depois foram novamente enviados para outro lugar. Foram aceitos, a chegada foi confirmada, não sabemos se foram pagos, mas foram enviados para fora do país antes que se passassem cinco dias. Foram despachados, reenviados para outro lugar.

— Mas qual é a idéia?

— Parece — disse Munro — que nunca se destinaram realmente à África Ocidental. Foram pagos e enviados para outro país. É possível que da África tenham ido para o Oriente Próximo. Para o Golfo Pérsico, para a Grécia e para a Turquia. Da mesma forma, uma encomenda de aviões foi expedida para o Egito. Do Egito foram enviados para a Índia e da Índia foram para a Rússia.

— Eu pensei que você tivesse dito que eles tinham *vindo* da Rússia.

— E da Rússia foram para Praga. É tudo uma loucura.

— Não entendo — disse Sir George — a gente fica imaginando...

— Em algum ponto parece haver uma organização central dirigindo os suprimentos de diversas coisas. Aviões, armamentos, bombas, não só explosivas como as usadas em guerra bacteriológica. Todos esses carregamentos estão sendo enviados para as mais inesperadas direções. São entregues por vias cruzadas para locais onde há problemas e utilizados pelos líderes e seus regimentos — se vocês quiserem chamá-los assim — do Poder Jovem. A maior parte vai para as mãos dos líderes de pequenos movimentos de guerrilhas, anarquistas confessos que pregam a anarquia, que utilizam — se bem que eu duvide que sejam pagos algum dia — alguns dos mais modernos e atuais modelos.

— Você quer dizer que estamos em face de algo assim como uma guerra mundial? — Cedric Lazenby estava chocado.

O homem suave de rosto asiático, sentado na extremidade inferior da mesa e que ainda não falara, ergueu o rosto num sorriso tipicamente mongol e disse:

— É nisso que somos forçados a acreditar agora. Nossas observações nos dizem...

Lazenby interrompeu-o.

— Vocês têm de parar de fazer observações. As Nações Unidas precisam pegar em armas e acabar com isto.

O rosto tranqüilo permaneceu imóvel.

— Isto seria contra os nossos princípios — disse ele.

O coronel Munro levantou e continuou com seu relatório:

— Há lutas em várias partes de diversos países. O Sudeste da Ásia clama pela independência há muito tempo e deve haver quatro ou cinco pontos de conflito na América do Sul, Cuba, Peru, Guatemala e outros. Quanto aos Estados Unidos vocês já sabem, Washington foi quase reduzida a cinzas — o Oeste foi tomado pelas forças armadas do Poder Jovem —, Chicago está sob Lei Marcial. Sabem o que houve com Sam Cortman? Foi abatido na noite passada, nos degraus da embaixada americana, aqui em Londres.

— Ele deveria estar aqui hoje — disse Lazenby. — Ia fornecer-nos suas opiniões sobre a situação.

— Não creio que fossem de muita ajuda — disse o coronel Munro. — Era um camarada bastante simpático, mas não muito esperto.

— Mas quem está por *trás* disso tudo? — a voz de Lazenby alteou-se irritada. — Podem ser os russos, é claro... — Olhou para os outros esperançoso. Ainda se via em um vôo para Moscou.

O coronel Munro balançou negativamente a cabeça.

— Duvido — disse ele.

— Um apelo pessoal... — disse Lazenby. Seu rosto iluminou-se de esperança. — Uma esfera totalmente nova de influência. Os chineses...?

— Nem os chineses — disse o coronel Munro. — Mas vocês sabem que existe um grande ressurgimento do neofascismo na Alemanha.

— Você não está pensando que os alemães poderiam realmente...

— Não creio, na verdade, que estivessem por trás de tudo isso, mas quando você diz possivelmente... sim, creio que eles poderiam facilmente estar envolvidos. Já fizeram isso uma vez, lembrem-se. Prepararam as coisas durante muitos anos, planejaram tudo, aprontaram tudo, esperando apenas pela ordem de agir. São bons planejadores. Um trabalho de equipe excelente. Eu os admiro, vocês sabem. Não posso deixar de admirá-los.

— Mas a Alemanha parece estar em tão boa paz e tão bem governada.

— Sim, é claro, até certo ponto. Mas vocês sabem que a América do Sul está praticamente cheia de alemães, de jovens neofascistas e que eles têm lá uma imensa organização, a Federação da Juventude. Chamam-se a si próprios de super-arianos ou algo assim. Vocês sabem, mais ou menos a mesma velha conversa, suásticas e saudações. Quem os dirige é chamado de o Jovem Wotan ou o Jovem Siegfried, ou qualquer coisa assim. Uma besteirada ariana.

Uma batida na porta e a secretária entrou.

— O professor Eckstein está aqui, senhor.

— É melhor fazê-lo entrar — disse Cedric Lazenby. — Se alguém pode nos dizer alguma coisa sobre as últimas descobertas a respeito de armas, eis o homem. Talvez tenhamos algo debaixo da manga que possa em breve pôr fim a todas estas tolices.

Além de ser um viajante profissional para países estrangeiros no papel de pacificador, o sr. Lazenby tinha um incurável estoque de otimismo, apesar de raramente ser recompensado pelos resultados.

— Poderíamos usar alguma boa arma secreta — disse o marechal-do-ar esperançoso.

O professor Eckstein, considerado por muitos como o maior cientista britânico, quando era olhado pela primeira vez parecia totalmente sem importância. Era um homenzinho de suíças antiquadas e uma tosse asmática. Parecia alguém eternamente ansioso em pedir desculpas pela própria existência. Fazia ruídos assim como "ah", "rruumff", "mrrr", assoava o nariz, tossia asmaticamente outra vez e apertava as mãos com timidez quando era apresentado a alguém. Ele já conhecia vários dos que estavam ali e a esses cumprimentava com um aceno nervoso de cabeça. Sentou-se na cadeira que lhe indicaram e olhou distraidamente à sua volta. Levou a mão à boca e pôs-se a roer as unhas.

— Os chefes de todos os ministérios estão aqui — disse Sir George Packham. — Estamos todos ansiosos em saber sua opinião sobre o que deve ser feito.

— Oh! — disse o professor Eckstein — feito? Sim, sim, feito?

Houve um silêncio.

— O mundo está caminhando a passos largos para o caminho da anarquia — disse Sir George.

— Parece que sim, não é? Pelo menos, pelo que tenho lido nos jornais. Não que eu confie em jornais. Realmente, as coisas que os jornalistas inventam. Nunca têm a menor exatidão em seus depoimentos.

— Ouvi dizer que o senhor fez descobertas muito importantes ultimamente, professor — disse Cedric Lazenby para encorajá-lo.

— Ah, sim, fizemos mesmo. Fizemos mesmo — o professor Eckstein animou-se um pouquinho. — Conseguimos um bocado de um terrível material para guerra química. Se quiséssemos um dia usá-lo. Micróbios, vocês sabem, guerra biológica, gases que podem ser distribuídos junto com o gás comum, poluição de ar e envenenamento dos reservatórios de água. Se vocês quisessem, creio, poderíamos matar metade da população da Inglaterra em três dias. — Esfregou as mãos. — É isto que vocês querem?

— Não, não! Oh, Deus, é claro que não! — O sr. Lazenby pareceu horrorizado.

— Bem, foi só o que quis dizer, vocês sabem. A questão não é termos ou não armas letais suficientes. Temos até demais. Tudo que temos é mortal *demais*. A dificuldade seria conseguirmos conservar alguém vivo, até nós mesmos. Todos lá de cima, vocês sabem. Bem... *nós*, por exemplo — deu um sorriso sibilado, quase feliz.

— Mas não é isso que nós *queremos* — insistiu Lazenby.

— Não se trata do que vocês *querem*, trata-se do que nós *temos*. Tudo que temos é tremendamente mortal. Se quiserem que todas as pessoas com menos de trinta anos sejam riscadas do mapa, calculo que possa fazer isto. É claro que um bocado dos mais velhos também irá desaparecer. É difícil separar uns dos outros, não é? Pessoalmente eu seria contra. Temos alguns pesquisadores jovens muito bons. Sangüinários mas muito espertos.

— Que está acontecendo de errado com o mundo? — perguntou Kenwood de repente.

— É este o problema — disse o professor Eckstein. — Não sabemos. Lá onde trabalhamos, não sabemos nada, apesar de *sabermos* muita coisa. Hoje em dia sabemos de muita coisa sobre a Lua, sabemos muito sobre biologia, podemos transplantar corações e fígados; cérebros, muito em breve, espero, se bem que não tenha certeza de como irá *funcionar*. Mas não sabemos quem está fazendo *isto*. Alguém, não tenham dúvidas. É o tipo de coisa que tem alguém poderoso por trás. Oh, sim, está crescendo de todas as maneiras. Vocês sabem: ondas de crimes, tráfico de drogas, tudo isso. Um grupo poderoso, dirigido por um punhado de cérebros astutos, por trás dos bastidores. Já aconteceu num ou outro país, mais geralmente numa escala européia. Mas agora está avançando um pouco mais para o outro lado do globo, para o hemisfério sul. Chegará até o Círculo Antártico antes que a reunião termine, eu creio. — Ele pareceu satisfeito com seu diagnóstico.

— Pessoas de má-fé...

— Bem, o senhor pode pôr nestes termos se quiser. Má-fé apenas pela má-fé, ou má-fé por dinheiro e poder. É difícil, sabem, chegarmos ao *âmago* de tudo. Nem esses pobres coitados o sabem. Eles querem a violência e gostam da violência. Não gostam do mundo, não gostam de nossas atitudes materialistas. Detestam a nossa maneira nojenta de ganhar dinheiro, detestam as mentiras que pregamos. Não gostam de ver a pobreza. Querem um mundo melhor. Bem, pode-se fazer um mundo melhor, talvez, se pensássemos o bastante e por mais tempo. Mas o problema é: se insistimos em destruir tudo primeiro, vamos precisar botar outra coisa no lugar. "A natureza não aceita o vácuo", é um ditado muito velho mas verdadeiro. Vejam só, é como um transplante de coração. Você tira o coração de alguém, mas tem que botar outro no lugar. Um que funcione. E é preciso arranjar outro coração *antes* de tirar o que está defeituoso. Para falar com franqueza, acho que um bocado dessas coisas estaria melhor se fossem deixadas de lado, mas ninguém quer me ouvir, imagino. E de qualquer jeito, não é assunto meu.

— Um gás? — sugeriu o coronel Munro.

O professor Eckstein alegrou-se.

— Bem, temos todas as espécies de *gases* estocados. É bom que saibam que alguns deles são razoavelmente inofensivos. Leves desestimulantes, eu diria. Temos todos *esses* — sorriu como um balconista satisfeito.

— Armas nucleares? — sugeriu o sr. Lazenby.

— Nem queira brincar com *isso*! O senhor por acaso está querendo uma Inglaterra radioativa, ou um continente radioativo?

— Então o senhor não nos pode ajudar — disse o coronel Munro.

— Pelo menos até que alguém descubra um pouco mais sobre tudo o que está acontecendo — disse o professor Eckstein. — Bem, sinto muito. Mas preciso insistir em avisar-lhes que os projetos em que estamos trabalhando atualmente, em sua maior parte, são *perigosos*. — Ele frisou bem a palavra. — *Realmente* perigosos.

Olhou ansioso para todos, como um tio nervoso olharia para um grupo de crianças que tivesse uma caixa de fósforos para brincar e que poderiam facilmente atear fogo na casa.

— Bem, muito obrigado, professor Eckstein — disse o sr. Lazenby, mas não parecia muito agradecido.

O professor, calculando corretamente que estava liberado, sorriu para todos e saiu da sala.

Lazenby mal esperou que a porta se fechasse para demonstrar seus sentimentos.

— São todos iguais, esses cientistas — disse amargamente. — Nunca trazem uma solução prática. Nunca apresentam uma idéia sensata. Tudo que são capazes de fazer é dividir o átomo... para depois dizerem que *nós* não podemos mexer nisso!

— Como se já não tivéssemos feito isso antes — disse o almirante Blunt, outra vez bruscamente. — Tudo que queremos é algo doméstico e caseiro, assim como um herbicida seletivo que pudesse... — ele se interrompeu de repente. — Que diabos...?

— Sim, almirante? — disse polidamente o primeiro-ministro.

— Nada... apenas me lembrei de uma coisa. Não consigo lembrar do que...

O primeiro-ministro suspirou.

— Tem mais algum cientista esperando na ante-sala? — perguntou Gordon Chetwynd, olhando esperançoso para seu relógio de pulso.

— Acredito que o velho Pikeaway esteja aí fora — disse Lazenby. — Ele tem um mapa, ou um desenho, ou um quadro qualquer que nos quer mostrar...

— O que é?

— Não sei. Para mim parecem ser umas bolhas — disse o sr. Lazenby vagamente.

— Bolhas? Por que bolhas?

— Não sei. Bem — suspirou ele —, é melhor dar uma espiada.

— Horsham também está aí...

— Talvez ele tenha algo de novo para contar — disse Chetwynd.

O coronel Pikeaway entrou. Trazia uma coisa enrolada, que desenrolou com a ajuda de Horsham e que, com alguma dificuldade, foi colocada de pé para que todos pudessem ver.

— Não está desenhado na escala exata ainda, mas já lhes dá uma idéia aproximada — disse o coronel Pikeaway.

— E o que quer dizer, se é que quer dizer algo?

— Bolhas? — murmurou Sir George. Ocorreu-lhe uma idéia. — É um gás? Um novo gás?

— É melhor você explicar, Horsham — disse Pikeaway. — Você tem uma idéia geral.

— Sei apenas o que me disseram. É um diagrama grosseiro de uma associação de controle mundial.

— Controlada por quem?

— Por grupos que possuem ou que controlam as fontes de poder... a matéria-prima do poder.

— E as letras do alfabeto?

— Significam o nome de uma pessoa ou o nome de código para um grupo especial. São círculos que se entrecruzam e que a esta altura já cobrem todo o globo.

O círculo marcado com um "A" corresponde aos armamentos. Alguém, ou algum grupo, controla os armamentos. Explosivos, armas, rifles. Por todo o mundo as armas têm sido produzidas de acordo com um plano, despachadas ostensivamente para países subdesenvolvidos, países atrasados, países em guerra. Mas elas não ficam nos lugares para onde são enviadas. São quase que imediatamente reenviadas para outros lugares. Para guerrilhas no continente sul-americano — para desordens e lutas nos Estados Unidos — para os depósitos do Poder Negro — para vários países da Europa.

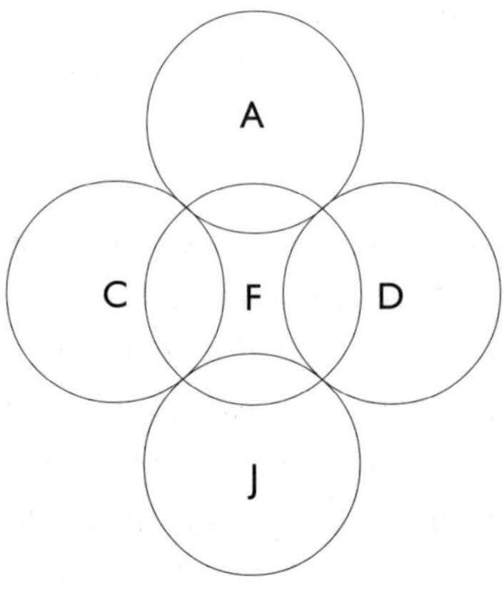

O "D" representa as drogas. Uma rede de traficantes mantém vários depósitos e entrepostos. Todos os tipos de drogas, desde as variedades mais inofensivas até aquelas que realmente matam. O quartel-general parece estar localizado no Oriente e passa pela Turquia, Paquistão, Índia e Ásia Central.

— Eles ganham dinheiro com isto?

— Fabulosas somas de dinheiro. Mas é muito mais do que uma associação de traficantes. Tem um lado muito mais sinistro. Está sendo usado para terminar com a juventude mais fraca, digamos, para transformar os jovens em completos escravos. Escravos que só possam viver, existir e trabalhar para seus patrões com um suprimento de drogas.

Kenwood assobiou.

— Que coisa horrível, hein? Vocês sabem quem são esses traficantes?

— Alguns deles, sim. Mas apenas a arraia-miúda. Não os verdadeiros controladores. Os quartéis-generais das drogas estão, até onde sabemos, na Ásia Central e no Oriente. De lá saem dentro dos pneus dos automóveis, em sacos de cimento, dentro de concreto, em todos os tipos de máquinas e bens industrializados. São enviados para todas as partes do mundo e são distribuídos como mercadoria comum para as áreas a que são destinados.

O "F" significa Finanças. Dinheiro! Uma teia de aranha de dinheiro no centro de tudo. Vocês precisariam ir até o sr. Robinson para que ele lhes explicasse sobre o dinheiro. De acordo com um pequeno relatório que tenho aqui, o dinheiro está vindo em grande quantidade da América e existe também um centro na Baviera. Há uma vasta reserva na África do Sul, baseada em ouro e diamantes. A maior parte do dinheiro está sendo enviada para a América do Sul. Um dos principais controladores, se é que podemos chamá-la assim, é uma mulher muito poderosa e talentosa. Está muito velha atualmente: deve estar perto da morte. Mas ainda é muito forte e muito ativa. O nome dela é Charlotte Krapp. O pai dela era o dono das imensas indústrias Krapp na Alemanha. Ela própria é grande gênio financeiro e operava em Wall Street. Acumulou riqueza sobre riqueza investindo em todas as partes do mundo. Ela é dona de transportes, dona de maquinaria, dona de indústrias. Todas essas coisas. Vive em um enorme castelo na Baviera, de onde envia rios de dinheiro para diferentes partes do mundo.

O "C" representa Ciências: os novos conhecimentos das guerras químicas e biológicas. Vários jovens cientistas desertaram... Há um núcleo deles nos Estados Unidos, eu imagino, devotos e dedicados às causas da anarquia.

— Lutando pela anarquia? É uma contradição em termos. Pode existir tal coisa?

— Você acredita na anarquia quando é jovem. Você quer um mundo novo, e para começar é necessário destruir o velho, assim como quem derruba uma casa velha para construir uma nova em cima. Mas se você não sabe para onde vai, se você não sabe para onde está sendo compelido a ir, ou mesmo empurrado, como será esse mundo novo e onde ficarão os crentes quando lá chegarem? Alguns deles serão escravos, outros estarão cegos pelo ódio, outros pela violência e o sadismo, que são pregados e praticados. Alguns deles, e que Deus os proteja!, ainda idealistas, ainda acreditando, como o povo acreditava na França durante a Revolução Francesa, que aquela revolução traria prosperidade, paz, felicidade e contentamento para o povo.

— E o que *estamos* fazendo contra tudo isso? Que nos propomos a fazer contra isso? — foi o almirante Blunt quem falou.

— O que estamos fazendo contra isso? Tudo o que podemos. Eu asseguro, a todos que estão aqui, que nós estamos fazendo tudo o que podemos. Temos pessoas trabalhando em todos os países. Temos agentes, investigadores, pessoas que colhem informações e que as trazem para cá...

O ANEL

F — A Grande Charlotte — Baviera.

A — Eric Olafsson — Suécia, Industrial, Armas.

D — Dizem ser conhecido pelo nome de Demetrius — Smyrna, drogas.

C — Dr. Sarolensky — Colorado, Estados Unidos, físico-químico, apenas suspeito.

J — Uma mulher. Usa o nome-código Juanita. Dizem que é perigosa. Não sabemos seu nome verdadeiro.

— O que é muito necessário — disse o coronel Pikeaway. — Primeiro precisamos *saber*... saber quem é quem, quem está conosco e quem está contra nós. E, depois disso tudo, precisamos ver se podemos fazer algo, se é que algo pode ser feito.

O nome que demos a esse diagrama é O Anel. Aí está uma lista com o que sabemos sobre os líderes do Anel. Os que estão assinalados por interrogação são aqueles dos quais sabemos apenas o nome ou o nome pelo qual são conhecidos. Ou, por outro lado, apenas suspeitamos de que sejam as pessoas que queremos.

3

Tia Matilda resolve se tratar

I

— Talvez uma estação de águas, o que o senhor acha? — aventurou Lady Matilda.

— Uma estação de águas? — repetiu o dr. Donaldson.

Por um momento ele pareceu um tanto espantado, perdendo aquele ar de onisciência médica que, é claro, pensou Lady Matilda, era uma das ligeiras desvantagens do fato de ter um médico assistente jovem, ao invés de um daqueles velhos espécimes com quem estavam acostumados desde sempre.

— Era assim que costumávamos chamar antigamente — explicou Lady Matilda. — Quando eu era moça, o senhor sabe, ia-se para uma estação de águas. Marienbad, Carlsbad, Baden-Baden, e todo o resto. Outro dia li a respeito desse novo lugar no jornal. Muito moderno e muito na moda. Dizem que está cheio de novas idéias e de coisas assim. Não que eu acredite muito em novidades, mas também não tenho medo delas. Quer dizer, provavelmente são iguais às velhas coisas. Águas com gosto de ovos podres e a última novidade em dietas e caminhadas para o tratamento, ou então beber as águas, ou seja lá que nome dão a isso hoje em dia, sempre em horas inconvenientes, de manhã bem cedo. E calculo que façam massagens. Antigamente era com algas marinhas. Mas esse lugar fica lá pelas montanhas. Não sei bem se é na Baviera ou na Áustria. Por isso, imagino que não sejam algas. Musgo aveludado, talvez; parece nome de cachorro. E quem sabe não tem alguma água mineral gostosa junto com a sulfurosa com gosto de ovo, não é? Ouvi dizer que as instalações são magníficas. A única coisa que me deixa nervosa nesses lugares modernos é que não têm corrimãos. Escadarias de mármore por todo lado, mas nada para a gente firmar a mão.

— Acho que sei de que lugar a senhora está falando — disse o dr. Donaldson. — Tem havido muita publicidade nos jornais.

— Bem, o senhor sabe que quando se chega à minha idade — disse Lady Matilda — a gente gosta de experimentar coisas novas. Realmente, acho que servem apenas para nos divertir. Na verdade não ajuda a saúde da gente, mas o senhor não acha que seja má idéia, não é, dr. Donaldson?

O dr. Donaldson olhou para ela. Ele não era assim tão jovem como Lady Matilda o rotulava. Estava chegando perto dos quarenta, e era um médico de muito tato e sutileza, sempre tentando mimar seus velhos pacientes, até onde fosse possível, desde que não houvesse perigo em fazerem algo prejudicial à saúde.

— Tenho certeza de que não lhe fará mal algum — disse ele. — Pode ser uma idéia muito boa. É claro que as viagens são um pouquinho cansativas, mas hoje em dia a gente vai de avião rápido, e facilmente.

— Rápido, sim; facilmente, não — disse Lady Matilda. — Rampas e escadas rolantes. Entrar e sair de ônibus, do aeroporto para o avião, e do avião para outro aeroporto, e do aeroporto para outro ônibus. Tudo isso, o senhor bem sabe. Mas ouvi dizer que há cadeiras de rodas nos aeroportos.

— É claro que há. Excelente idéia. Sobretudo se me prometer que não vai abusar e ficar andando para todo lado...

— Eu sei, eu sei — disse sua paciente, interrompendo-o. — O senhor me entendeu. O senhor é mesmo um homem muito compreensivo. A gente sempre tem um certo orgulho e, enquanto pode arrastar-se com a ajuda de uma bengala ou de um ligeiro arrimo, não vai querer ficar parecendo uma aleijada ou uma inválida. Seria mais fácil se eu fosse um homem — brincou ela. — Isto é, a gente pode enrolar uma perna numa daquelas ataduras enormes e acolchoadas, e arranjar as coisas como se a gente tivesse gota. Quero dizer, ter gota vai muito bem com o sexo masculino. Ninguém vai pensar mal deles. Os velhos amigos vão pensar que eles andaram abusando um pouquinho demais do vinho do Porto, porque estão habituados com essa idéia, apesar de achar que isso não é verdade. O vinho do Porto *não* é a causa da gota. Sim, usarei a cadeira de rodas e poderei voar até Munique ou outro lugar qualquer. Lá é possível arranjar um automóvel ou coisa que o valha.

— A senhora levará a srta. Leatheran junto, não é?

— Amy? Oh, é claro! Não posso passar sem ela. De qualquer forma, o senhor acha que mal não me fará, não é?

— Acho que lhe vai fazer muito bem.

— O senhor é *mesmo* muito gentil.

Os olhos de Lady Matilda cintilaram daquele jeito com o qual ele já estava ficando familiarizado.

— O senhor está pensando que isto vai me divertir e me alegrar, poder ir a um lugar diferente, ver caras novas, e é lógico que tem razão. Mas eu gostaria de acreditar que estou fazendo uma Cura, se bem que não tenha nada para curar. Não tenho mesmo, não é? Quer dizer, a não ser a idade. Infelizmente, não há cura para a velhice, ela só faz aumentar, não é?

— O importante é o seguinte: a senhora acha que pode se divertir? Bem, eu acho que se divertirá. Quando se cansar, por falar nisso, ao fazer alguma coisa, pare imediatamente.

— Beberei a água, mesmo que ela tenha gosto de ovo podre. Não porque goste, mas porque penso que pode me fazer bem. Mas é pela espécie de mortificação. É assim que as velhas de nossas aldeias costumavam fazer. Sempre queriam remédios fortes, bem escuros, cor de púrpura ou vermelho vivo, com gosto forte de hortelã. Achavam que eram muito mais eficazes do que uma simples pilulazinha ou um vidrinho que parecia estar apenas cheio d'água sem nenhum corante exótico.

— A senhora sabe muita coisa a respeito da natureza humana — disse o dr. Donaldson.

— O senhor é muito gentil comigo — disse Lady Matilda. — Eu lhe sou muito agradecida. Amy!

— Sim, Lady Matilda?

— Traga-me um atlas, sim? Quero achar onde ficam a Baviera e os países ali por perto. Deixe ver agora... um atlas. Deve haver um na biblioteca, creio. Deve haver alguns atlas antigos por aí, alguns de 1920 ou coisa parecida. Estou pensando se não temos nenhum mais atual.

— Atlas — disse Amy, pensando.

— Se não tiver, você pode comprar um e trazê-lo amanhã de manhã. Vai ser difícil porque todos os nomes são diferentes, os países são diferentes, e eu não saberei onde estou. Mas você vai me ajudar a descobrir. Procure uma lente de aumento também, viu? Eu me lembro que estava lendo na cama outro dia e que, provavelmente, ela escorregou entre a cama e a parede.

Seus pedidos levaram um tempinho para serem atendidos, mas o atlas novo, a lente de aumento e o velho atlas para as comparações foram finalmente trazidos por Amy, simpática como era, pensou Lady Matilda; era extremamente prestativa.

— Vejamos, cá está. Parece que ainda se chama Monbrügge ou coisa parecida. Deve ser no Tirol ou na Baviera. Parece que tudo mudou de lugar, com nomes diferentes...

II

Lady Matilda deu uma olhada em torno de seu quarto na *Gasthaus*. Era bem decorado. E muito caro. Reunia conforto a uma aparência tal de austeridade que poderia levar as pessoas a se sentirem obrigadas a um regime de exercícios, dietas e, provavelmente, dolorosas sessões de massagens. A mobília, pensou ela, era interessante. Servia a todos os gostos. Na parede havia um enorme cartaz emoldurado, escrito em gótico. O alemão de Lady Matilda não era tão bom quanto nos tempos de sua meninice, mas o texto falava, ao que parece, de um dourado e encantador retorno à juventude. Não apenas a juventude tinha o futuro nas mãos, como os velhos estavam sendo delicadamente doutrinados a sentir que eles próprios poderiam conhecer as delícias de uma segunda primavera.

Havia conselhos agradáveis para aqueles que quisessem seguir a doutrina por intermédio dos vários caminhos que atraíam diferentes classes de pessoas. (Sempre presumindo que elas tivessem bastante dinheiro para pagar.) Na mesa de cabeceira havia uma Bíblia igual às que Lady Matilda tantas vezes encontrara, ao lado da cama, quando em viagens pelos Estados Unidos. Pegou-a com aprovação, abriu-a ao acaso e apontou o dedo para um verso qualquer. Leu-o, concordando, satisfeita, e fez uma anotação rápida num caderninho de notas que estava sobre a mesa de cabeceira. Ela fizera isso muitas vezes em sua vida — era sua maneira de obter conselhos divinos rapidamente:

Eu já fui jovem e agora sou velho, e, no entanto,
Nunca vi os justos no desamparo.

Continuou pesquisando o quarto. Bem à mão, mas não muito à vista, estava um *Almanaque Gotha*, modestamente colocado na prateleira inferior da mesa de cabeceira. Um dos mais valiosos livros para aqueles que querem familiarizar-se com a nata da sociedade, recuando várias centenas de anos, mas que era ainda observado e anotado e conferido por todos os de linhagem aristocrática interessados no assunto. "Vai ser bem útil", pensou ela, "posso aprender muito com ele".

Perto da mesa, ao lado do fogareiro de porcelana de época, havia algumas edições de brochuras de certas pregações e doutrinas dos profetas do mundo moderno. Aqueles que há bem pouco tempo gritavam no vazio estavam aqui para serem estudados e aprovados pelos seus jovens seguidores, com halos na cabeça, estranhas roupagens e corações zelosos: Marcuse, Guevara, Lévi-Strauss, Fanon.

Se por acaso ela fosse bater um papo com a juventude dourada seria melhor dar uma lida naquilo também.

Neste instante ouviu-se uma leve batida na porta, que se entreabriu, e o rosto da fiel Amy apareceu. "Amy", pensou Lady Matilda de repente, "pareceria exatamente um carneiro quando tivesse mais uns dez anos". Um carneiro simpático, fiel e gentil. "No momento", Lady Matilda pensou com certo prazer, "ela ainda se parecia com um gordo e gentil cordeirinho cheio de cachinhos de lã, olhos mansos e pensativos, e capaz de soltar agradáveis baás em vez de outros balidos".

— Espero que a senhora tenha dormido bem.

— Sim, minha querida, dormi maravilhosamente. Você trouxe?

Amy sempre sabia o que ela queria. Deu-lhe um papel.

— Ah, a minha dieta. Vamos ver — Lady Matilda bisbilhotou um pouquinho e depois disse: — Como é incrivelmente repulsiva! Como é esta água que devo beber?

— Não tem um gosto muito bom.

— Não, eu não esperava mesmo que tivesse. Volte daqui a meia hora. Queria que você me pusesse uma carta no correio.

Empurrando a bandeja do café da manhã, ela foi até a escrivaninha. Pensou durante uns minutos e depois escreveu a carta.

— Acho que vai dar certo — murmurou ela.

— Desculpe, Lady Matilda, não entendi.

— Estava escrevendo para aquela velha amiga de quem lhe falei.

— Aquela que a senhora disse que faz uns cinqüenta ou sessenta anos que não vê?

Lady Matilda confirmou com a cabeça.

— Espero... — Amy falou timidamente. — Isto é, quero dizer... eu... faz tanto tempo. As pessoas têm a memória curta hoje em dia. Espero que ela se lembre da senhora.

— É claro que se lembra — disse Lady Matilda. — As pessoas que a gente não esquece são aquelas que conhecemos quando tínhamos de dez a vinte anos. Fixam-se para sempre na memória. Você se lembra dos chapéus que elas usavam, da maneira como riam, lembra de seus defeitos e de suas boas qualidades e de tudo sobre elas. Agora veja: alguém que conheci há vinte anos, simplesmente não consigo lembrar-me quem seja. Nem quando são citados, nem quando eu os vejo. Oh, sim, ela vai lembrar-se de *mim*. E de tudo que aconteceu em Lausanne. Ponha a carta no correio. Vou fazer meu dever de casa.

Ela apanhou o *Almanaque Gotha* e voltou para a cama, onde fez um estudo muito sério sobre vários itens que julgou úteis. Algumas relações familiares e vários outros parentescos proveitosos. Quem casara com quem, quem vivera onde, quais os infortúnios que aconteceram. Não que a pessoa que ela tinha em mente pudesse estar no *Almanaque Gotha*. Mas ela vivia naquela parte do mundo, viera para cá deliberadamente morar em um Schloss que pertencera originalmente a nobres famílias e absorvera o respeito local e a adulação destinada àqueles que tinham berço. A um bom berço, mesmo prejudicado pela pobreza, ela, como Lady Matilda tão bem sabia, não tinha nenhum direito. Teve de se arranjar com dinheiro. Oceanos de dinheiro. Incríveis quantidades de dinheiro.

Lady Matilda Cleckheaton não tinha dúvidas de que ela, a filha de um oitavo duque, seria convidada para algum tipo de festividade. Café, talvez, e deliciosos bolinhos de creme.

III

Lady Matilda Cleckheaton deu entrada num dos grandes salões de recepção do Schloss. Fora uma viagem de 25 quilômetros. Ela se vestira com certo apuro, apesar da censura de Amy. Amy raramente dava sua opinião, mas estava ansiosa para que sua patroa tivesse sucesso em qualquer empreendimento e, dessa vez, deu sua opinião com moderada insistência.

— A senhora não acha que seu vestido vermelho está na verdade um pouquinho *gasto*, se entende o que digo? Isto é, bem embaixo das mangas e também uns dois ou três lugares mais brilhantes...

— Eu sei, minha querida, eu sei. É um vestido usado, mas mesmo assim é um modelo de *Patou*. Está velho, mas custou caríssimo. Não estou querendo parecer rica ou extravagante. Sou membro empobrecido de uma família aristocrática. Qualquer pessoa com menos de cinqüenta anos sem dúvida me desprezaria. Mas quem eu vou visitar viveu muitos anos numa parte do mundo onde os ricos esperam o jantar ser servido, enquanto a anfitriã está à espera de uma empobrecida mulher idosa, mas de impecável descendência. Tradições de família são coisas que não perdemos facilmente. São absorvidas, mesmo quando estamos de passagem em novas vizinhanças. Por falar nisso, na mala grande você vai encontrar meu boá de plumas.

— A senhora vai usar um boá de pluma?

— Vou sim. É de plumas de avestruz.

— Oh, Deus, deve ser muito velho!

— É, mas guardei com muito cuidado. Você verá: Charlotte logo o reconhecerá. Ela vai pensar que uma das famílias mais tradicionais da Inglaterra está reduzida a usar roupas velhas cuidadosamente guardadas durante anos. E vou usar meu velho casaco de pele de foca, também. Ele está um pouquinho gasto, mas foi um casaco magnífico em seus tempos.

Assim enfeitada, ela seguiu em frente. Amy acompanhou-a como uma dama de companhia, não muito na moda, mas bem-vestida.

Matilda Cleckheaton estava preparada para o que viu. Uma baleia, Stafford lhe dissera. Uma baleia rebolante, uma velha medonha sentada em uma sala, e rodeada por quadros que valiam uma fortuna. Erguendo-se com alguma dificuldade de uma poltrona em forma de trono, que poderia figurar em um palco representando algum palácio de um príncipe fabuloso de qualquer época antes da Idade Média.

— Matilda!

— Charlotte!

— Ah! Depois de tantos anos. Como parece estranho!

Trocaram palavras de saudação e de prazer falando um pouco em alemão e um pouco em inglês. O alemão de Lady Matilda era ligeiramente errado. Charlotte falava alemão muito bem, e um excelente inglês, apesar de ter um sotaque gutural muito acentuado e, às vezes, um inglês com sotaque americano. "Ela estava mesmo", pensou Lady Matilda, "esplendidamente medonha!". Por um momento, sentiu uma certa ternura pelos tempos passados, mas refletiu no momento seguinte que Charlotte fora uma menina detestável. Ninguém gostava realmente dela e ela própria também não gostava de ninguém. Mas há sempre laços muito fortes, digam o que disserem, nas lembranças dos dias de escola. Se Charlotte gostara ou não dela, Matilda não sabia. Mas ela se lembrava que Charlotte certamente a adulara muito, como se dizia naquela época. Provavelmente sonhara em se hospedar num palácio de um duque inglês. O pai de Lady Matilda, apesar de ser da mais digna das linhagens, fora um dos mais pobres de todos os duques da Inglaterra. Suas terras foram mantidas graças ao casamento rico que fizera com uma mulher a quem ele tratou com a máxima cortesia, e que se divertira aborrecendo-o sempre que surgia uma ocasião. Lady Matilda tivera a sorte de ser filha de seu segundo casamento. Sua mãe era extremamente agradável e também uma atriz de sucesso, que soube representar o papel de duquesa muito melhor do que qualquer duquesa de verdade o faria.

Elas trocaram reminiscências dos dias passados, das torturas que causaram em alguns de seus professores, dos casamentos felizes e infelizes de algumas de suas colegas. Matilda citou certas alianças de famílias selecionadas do *Almanaque Gotha* — "mas é lógico que deve ter sido um casamento horrível para Elsa. Um dos Bourbon de Parma, não era? Sim, sim, a gente sempre sabe no que isso pode dar. Muito triste".

Trouxeram o café, um café delicioso, bandejas de mil-folhas e deliciosos bolinhos de creme.

— Eu não devia tocar em nada disto! — exclamou Lady Matilda. — Não devia mesmo! Meu médico é muito severo. Ele disse que eu devia restringir-me exclusivamente à Cura enquanto estivesse aqui. Mas, pensando bem, hoje é como um feriado, não? De renovação da juventude! É isso que me interessa agora. Meu sobrinho-neto, que esteve aqui há pouco tempo — esqueço quem o trouxe aqui, a condessa... ah, começa com Z, mas não consigo lembrar-me do nome...

— A condessa Renata Zerkowski...

— Ah, é este o nome, sim. Uma jovem encantadora, creio. E ela o trouxe até aqui para uma visita. Foi muito gentil da parte dela. Ele ficou muito impressionado. Impressionado também com a maravilha de sua propriedade. Sua maneira de viver e, sobretudo, com as coisas maravilhosas que ouviu a seu respeito. Como você mantém um movimento inteiro de.. oh, eu não sei dizer o termo apropriado... uma galáxia de jovens. Uma juventude dourada, muito bela. Todos à sua volta. Eles a idolatram. Que vida fabulosa você deve ter. Não que eu pudesse suportar uma vida igual. Preciso viver muito tranqüilamente. Artrite reumática. E também os problemas financeiros. Dificuldades para manter a casa da família. Ah, você sabe como é para nós na Inglaterra... nossos problemas de impostos.

— Lembro-me de seu sobrinho, sim. Ele é simpático, muito simpático. Faz parte do Corpo Diplomático, não é?

— Sim. Mas você sabe como é... não creio que seus talentos sejam bem aproveitados. Ele não fala muito. Não se queixa, mas ele próprio sente que... bem, sente que não o apreciam como merece. Os que estão no poder, os que dirigem a nação atualmente, quem são, na verdade?

— Canalhas! — disse a Grande Charlotte.

— Intelectuais que não têm o *savoir faire* da vida. Há cinqüenta anos tudo seria diferente — disse Lady Matilda —, mas hoje em dia sua promoção não tem sido feita como deveria. Eu lhe direi mesmo, em confiança, é claro, que até desconfiam dele. Suspeitam que ele seja, devo dizer... um rebelde, com tendências revolucionárias. E, no entanto, é preciso apreciar o que o futuro poderia reservar a um homem com idéias mais avançadas.

— Você quer dizer que ele não tem, como vocês dizem na Inglaterra, a simpatia das instituições vigentes?

— Sshhh, não se pode falar essas coisas. Pelo menos, eu não posso — disse Lady Matilda.

— Você me interessou — disse Charlotte.

Matilda Cleckheaton suspirou.

— Dê uma margem de desconto, se quiser, ao carinho de uma velha parenta. Staffy sempre foi o meu favorito. Tem charme e inteligência. Penso que também tem idéias. Sonha com um futuro, um futuro bastante diferente do presente atual. Nosso país, enfim, está politicamente num triste estado. Stafford me pareceu muito impressionado com as coisas que você lhe contou ou mostrou. Ouvi dizer que você fez muito pela música. Não posso deixar de sentir que o que nós precisamos é do ideal de uma super-raça.

— É necessário e essencial que haja uma super-raça. Adolf Hitler teve a idéia certa — disse Charlotte. — Por si mesmo, era um homem sem importância, mas possuía em seu caráter elementos artísticos. E, sem dúvida alguma, tinha o poder da liderança.

— Ah, sim. Liderança, é disto que precisamos.

— Vocês tiveram os aliados errados na última guerra, minha querida. Se a Inglaterra e a Alemanha houvessem se alinhado, se houvessem tido os mesmos ideais de juventude, de força, duas nações arianas com os mesmos e perfeitos ideais... Imagine onde o seu país e o meu teriam chegado? E talvez esse seja um ponto de vista muito acanhado. De certa forma, os comunistas e os outros nos deram uma lição. Trabalhadores do mundo, uni-vos? Mas isso é ter visão curta. Os trabalhadores são apenas a nossa matéria-prima. Devia ser: "Líderes do mundo, uni-vos!" Jovens com o dom da liderança, jovens de boa raça. E precisamos começar, não com gente de meia-idade já com idéias estratificadas, repetindo-se como um disco que empacou na vitrola. Precisamos buscar entre a população estudantil jovens de coragem, com grandes ideais, prontos a marchar, prontos a morrer, mas também prontos a matar. A matar sem piedade — porque é certo que sem agressividade, sem violência, sem ataque — não haverá vitória. Preciso mostrar-lhe uma coisa...

Com alguma dificuldade, ela conseguiu pôr-se em pé. Lady Matilda seguiu-a, acentuando um pouquinho sua dificuldade de andar que, afinal, não era assim tão penosa como queria aparentar.

— Foi em maio de 1940 — disse Charlotte — quando a juventude de Hitler entrou no segundo estágio. Foi quando Himmler obteve de Hitler um decreto. O decreto da famosa SS. Ela foi formada para a destruição dos povos orientais, os escravos, os escravos escolhidos. Dariam lugar à dominante raça germânica. Foi assim que nasceram os pelotões de execução da SS.

Sua voz se abrandou um pouco. Por um momento, pareceu estar numa espécie de reverência religiosa.

Lady Matilda quase se persignou por engano.

— A Ordem da Caveira — disse a Grande Charlotte.

Ela caminhou lenta e penosamente pela sala até onde estava pendurada, emoldurada de dourado e coroada por um crânio, a Ordem da Caveira.

— Está vendo? É o meu mais precioso bem. Fica pendurada nesta parede. Quando meu grupo de jovens dourados entra nesta sala, vem até aqui e saúda. E em nossos arquivos no castelo estão todas as páginas de seus feitos. Algumas delas só podem ser lidas por pessoas de estômago forte, mas a gente precisa aprender a aceitar essas coisas. As mortes nas câmaras de gás, as células de torturas; os julgamentos de Nuremberg falam maldosamente disso tudo. Mas era uma grande tradição. A força através da dor. Eles eram treinados desde cedo, aqueles meninos, para que não titubeassem, nem voltassem as costas, nem sofressem de nenhuma espécie de fraqueza. Mesmo Lênin, pregando sua doutrina marxista, declarou: "Acabemos com a brandura!" Foi uma de suas primeiras regras para a criação de um Estado perfeito. Mas nós fomos muito mesquinhos. Quisemos confinar nosso sonho apenas à raça germânica. Mas há outras raças. Elas também podem atingir a supremacia através do sofrimento e da violência e pela prática da anarquia. Precisamos derrubar, destruir as instituições fracas. Derrubar as mais humilhantes formas de religião. Porque há uma religião de força, a velha religião do povo viking. E temos um líder, ainda muito jovem, mas que está ganhando poder a cada dia. Que disse um grande homem um certo dia? "Dê-nos as ferramentas que faremos o serviço." Algo parecido. Nosso líder já tem as ferramentas. Mas terá ainda mais. Terá aviões, bombas, meios de guerra química. Terá homens para lutar. Terá os transportes. Terá navios e petróleo. E terá ainda o que podemos chamar de gênio da lâmpada de Aladim. Você esfrega a lâmpada e o gênio aparece. Está tudo em suas mãos. Os meios de produção, os meios de riqueza e nosso jovem líder, que é um líder nato tanto por seu berço quanto por seu caráter. Ele tem isso tudo.

Ela arquejou e tossiu.

Lady Matilda amparou-a de volta à cadeira. Charlotte ficou um pouco ofegante depois que se sentou.

— É triste ser velha, mas eu viverei o bastante. Viverei o bastante para ver o triunfo de um novo mundo, de uma nova criação. É isso que você quer para seu sobrinho. Darei um jeito... Poder em seu próprio país, é isso o que ele quer, não é? Você estaria pronta para encorajar as pontas-de-lança lá?

— Tive influência em certa época. Mas agora... — Lady Matilda balançou a cabeça tristemente. — Tudo isso já passou.

— Voltará outra vez, minha querida — disse sua amiga. — Você fez bem em vir me ver. Tenho uma certa influência.

— É uma grande causa — disse Lady Matilda. Suspirou e murmurou: — O Jovem Siegfried!

— Espero que a senhora tenha se distraído no encontro com sua velha amiga — disse Amy, enquanto se dirigiam de volta para a Gasthaus.

— Se você tivesse ouvido todas as besteiras que falei, acho que não acreditaria — disse Lady Matilda Cleckheaton.

4

Pikeaway fala

— As notícias que vêm da França são muito ruins — disse o coronel Pikeaway, espanando uma nuvem de cinzas de charuto de seu casaco. — Ouvi Winston Churchill dizer isso durante a última guerra. Eis um homem que só utilizava palavras simples, e apenas as necessárias. Era impressionante. Dizia-nos o que precisávamos saber. Bem, faz muito tempo, mas eu repito: as notícias que vêm da França são muito ruins.

Tossiu, resfolegou e sacudiu mais algumas cinzas.

— As notícias que vêm da Itália são muito ruins — disse ele. — As notícias da Rússia, imagino, também seriam muito ruins se eles nos deixassem saber. Eles também têm problemas por lá. Grupos de estudantes marchando pelas ruas, vitrinas de lojas quebradas, embaixadas atacadas. As notícias que vêm do Egito são muito ruins. As notícias de Jerusalém são muito ruins. As notícias da Síria são muito ruins. Mas isso é mais ou menos normal, logo, não temos muito com que nos preocupar. Mas as notícias que vêm da Argentina são o que eu chamaria de muito estranhas. Muito estranhas mesmo. Argentina, Brasil e Cuba estão juntos. Chamam-se a si próprios de Federação dos Estados da Juventude Dourada, ou algo parecido. Também têm um exército. Devidamente adestrado, devidamente armado, devidamente comandado. Têm aviões, têm bombas, têm sabe Deus o quê. E a maior parte deles sabe como usar tudo isto, o que torna as coisas bem piores. Aparentemente, há um grupo que canta também. Música *pop*, velhas canções folclóricas locais e antigos hinos militares. Agem como o Exército da Salvação costumava agir, sem querer ofender. Não quero fazer pouco do Exército da Salvação. Sempre fizeram um trabalho muito bom. E as moças... lindas com seus quepes, como bonequinhas.

Ele continuou:

— Ouvi dizer que um movimento do mesmo gênero está começando nos países civilizados, iniciando-se *aqui*. Alguns de nós ainda podem ser chamados de civilizados, creio? Um de nossos políticos outro dia, eu me recordo, disse que éramos uma nação esplêndida, principalmente porque éramos liberais, fazíamos manifestações, quebrávamos coisas, batíamos em qualquer um se não houvesse coisa melhor para fazer, livrávamos de nosso alto espírito comunitário exercendo a violência, e da nossa pureza moral tirando a maior parte das roupas. Eu não sei se ele sabia o que estava falando: os políticos raramente sabem o que falam, mas conseguem fazer parecer que suas palavras são sensatas. Aliás, é por isso que são políticos.

Fez uma pausa e olhou para o homem com quem estava falando.

— É lamentável... tristemente lamentável — disse Sir George Packham. — A gente mal pode acreditar... fica-se imaginando... se ao menos a gente pudesse... São essas as notícias que você tem? — perguntou em tom de queixa.

— Não acha que bastam? O senhor é duro de se contentar. A anarquia mundial está chegando... é isso que nós sabemos. Ainda um pouco vacilante, ainda não completamente estabelecida, mas muito perto do objetivo... muito perto mesmo.

— Mas certamente podemos tomar providências contra tudo isso?

— Não é tão fácil como o senhor imagina. O gás lacrimogêneo termina momentaneamente com as desordens e dá uma folga à polícia. E, naturalmente, temos um bom suprimento de armas bacteriológicas, de bombas nucleares e de todas essas belezinhas... Mas que acha que aconteceria se começássemos a usar isso? Um massacre total de todos esses meninos e meninas, das donas de casa que vão aos mercados, dos velhos aposentados em suas casas e de uma boa parte de nossos pomposos políticos, no momento em que eles nos dizem que nunca estivemos tão bem, e ainda por cima o senhor e eu... Ah, ah!

— Fora isso — acrescentou o coronel Pikeaway —, se o senhor está apenas atrás de notícias, ouvi dizer que o senhor tem notícias quentíssimas hoje. A chegada de um alto figurão vindo da Alemanha, o próprio Herr Heinrich Spiess.

— Onde você ouviu isso? Supõe-se que seja estritamente...

— Aqui sabemos de tudo — disse o coronel Pikeaway, usando a sua frase predileta. — É para isso que estamos aqui. — E acrescentou: — E trouxeram também um médico inofensivo, ouvi dizer...

— Sim, o dr. Reichardt, um cientista muito importante, parece.

— Não. Ele é médico... de um hospício.

— Oh, Deus!... Um psicólogo?

— Provavelmente. Quase todos os responsáveis por doidinhos são psicólogos. Seria bom se ele tivesse vindo aqui para examinar as cabeças de alguns de nossos jovens agitadores. Devem estar recheadas de filosofia alemã, filosofia do Poder Negro, filosofia de escritores franceses falecidos e coisas assim. Deviam mandá-lo examinar as cabeças dos luminares que presidem nossas cortes judiciais, alegando que precisamos ter muito cuidado para não prejudicar o ego de um jovem, porque *é possível* que ele precise vir a ganhar a vida. Ficaríamos muito mais seguros se fossem mandados diretamente para a Previdência Social, a fim de serem sustentados e aí poderiam voltar para seus quartos, sem fazer nada e se divertir lendo mais filosofia. De qualquer jeito, estou fora de moda. Sei disso. O senhor não precisa me dizer.

— A gente tem de levar em consideração todas as novas formas de pensamento — disse Sir George Packham. — A gente sente, quero dizer... espera-se... bem, é difícil de explicar...

— Deve ser muito aflitivo para o senhor — disse o coronel Pikeaway. — Descobrir coisas assim tão difíceis de explicar.

O telefone tocou. Ele atendeu e depois passou-o a Sir George.

— Sim? — disse Sir George. — Sim? Oh, sim. Sim. De acordo. Eu creio... Não. Não, no ministério não. Não. Em particular, você quer dizer. Bem, imagino que seria melhor... — Ele olhou em torno da sala cautelosamente.

— Aqui não temos microfones escondidos — disse amavelmente o coronel Pikeaway.

— A palavra código é Danúbio Azul — disse Sir George Packham, em voz cava, quase um sussurro rouco. — Sim, sim. Levarei Pikeaway comigo. Oh, sim, é claro. Sim, sim. Direi a ele. Direi que você faz questão de que ele venha, mas que não se esqueça de que o encontro será estritamente confidencial.

— Então não podemos levar meu carro — disse Pikeaway. — É muito conhecido.

— Henry Horsham está vindo nos apanhar num Volkswagen.

— Ótimo — disse o coronel Pikeaway. — Isso tudo é muito interessante, você sabe.

— Você não pensa que... — começou a dizer Sir George e hesitou.

— Não penso o quê?

— Eu quis dizer que... bem, eu... isto é, você não se aborreceria se eu sugerisse... uma escova de roupa?

— Oh, isto! — o coronel Pikeaway deu um tapinha leve no ombro, e uma nuvem de cinzas de charuto voou e fez Sir George se engasgar.

— Nanny! — berrou o coronel Pikeaway e apertou com força a campainha em sua mesa.

Uma mulher de meia-idade entrou com uma escova de roupas, aparecendo com a presteza de um gênio convocado pela lâmpada de Aladim.

— Prenda a respiração, por favor, Sir George — disse ela. — Isto talvez seja um pouquinho cáustico...

Ela abriu a porta e ele se retirou enquanto ela escovava o coronel que tossia e reclamava.

— São uns chatos esses camaradas. Sempre querendo que a gente se arrume como um boneco de porta de barbearia.

— Eu não descreveria assim a sua elegância, coronel. O senhor já deveria estar habituado às minhas escovadelas a essa altura. E o senhor sabe que o ministro do Interior sofre de asma.

— Bem feito, a culpa é dele. Não faz o necessário para despoluir as ruas de Londres.

— Vamos, Sir George, vamos ouvir o que o nosso amigo alemão veio contar. Ao que parece é assunto urgente.

5

Herr Heinrich Spiess

Herr Heinrich Spiess era um homem preocupado. Ele não procurava ocultar esse fato. Confessou, sem constrangimento, que a situação que reunira ali aqueles cinco homens era muito séria. Ao mesmo tempo, trouxe consigo a capacidade de tranqüilizar, que fora seu principal trunfo em suas recentes dificuldades na vida política da Alemanha. Era um homem seguro de si, um homem pensativo, um homem que contribuía com bom senso em todas as assembléias de que participava. Não dava a impressão de ser brilhante, mas nele até isso inspirava confiança. Políticos brilhantes tinham sempre sido os responsáveis por dois terços dos estados de crise nacional em mais de um país. O outro terço fora causado por políticos incapazes de esconderem — apesar de eleitos legalmente num regime democrático — sua pobreza de julgamento, sua falta de bom senso e, na verdade, de quaisquer qualidades cerebrais notáveis.

— Esta visita não é de forma alguma uma visita oficial, vocês compreendem — disse o chanceler.

— Oh, claro, claro.

— Uma certa informação chegou às minhas mãos e julguei necessário dividi-la. Ela esclarece em parte certos acontecimentos que nos têm intrigado e igualmente afligido. Este é o dr. Reichardt.

Foram feitas as apresentações. O dr. Reichardt era um homem alto e de aspecto agradável que tinha o hábito de dizer, de vez em quando, "Ah, isso mesmo".

— O dr. Reichardt é o diretor de um grande estabelecimento nas vizinhanças de Karlsruhe. Cuida de pacientes mentais. Estarei enganado se disser que o senhor trata de uns quinhentos ou seiscentos pacientes?

— Ah, isso mesmo.

— O senhor tem vários tipos diferentes de doentes mentais, não é?

— Ah, isso mesmo. Tenho diferentes tipos de doentes mentais, mas, sem dúvida alguma, tenho um interesse particular e quase que só trato exclusivamente de um tipo particular de doença mental — desandou a falar em alemão e Herr Spiess apresentou depois uma breve tradução para o caso de alguns de seus colegas ingleses não terem compreendido. Isso era necessário e diplomático. Dois deles compreendiam em parte, um não compreendia absolutamente nada e os outros dois estavam verdadeiramente intrigados.

— O dr. Reichardt conseguiu — explicou Herr Spiess — o maior sucesso em seu tratamento do que eu, como leigo, descreveria como megalomania. A convicção de que a pessoa é mais importante do que é na realidade. Idéias que o doente tem de que é uma outra pessoa. Delírios persecutórios...

— Ah, isso não! — disse o dr. Reichardt. — Mania de perseguição, *não*, disso eu não trato. Não há mania de perseguição em minha clínica. Pelo menos no grupo em que estou particularmente interessado. Ao contrário, têm as ilusões que têm porque desejam ser felizes. E são felizes, e posso mantê-los felizes. Mas se eu os curar, vejam bem, eles não serão mais felizes. Assim, preciso encontrar uma forma de cura que lhes devolva a sanidade, mas que, ao mesmo tempo, lhes conserve a felicidade. Nós chamamos esse estado de espírito em especial de...

Ele pronunciou uma palavra imensa, de umas oito sílabas, num som ferozmente germânico.

— Para os propósitos de nossos amigos ingleses, continuarei empregando o termo "megalomania", se bem que eu saiba — continuou Herr Spiess apressadamente — que não é o termo que o senhor emprega hoje em dia, dr. Reichardt. Então, como eu ia dizendo, o senhor tem seiscentos pacientes em sua clínica.

— E durante algum tempo, justamente o tempo a que me vou referir, eu tinha oitocentos.

— Oitocentos!

— Era interessante... muito interessante!

— O senhor tinha essas pessoas... para começarmos do princípio...

— Nós tínhamos Deus Todo-Poderoso — explicou o dr. Reichardt. — O senhor compreende?

O sr. Lazenby pareceu ligeiramente desconcertado.

— Oh... sim... sim. Muito interessante, eu tenho certeza.

— Há dois rapazes que pensam ser Jesus Cristo. Mas Cristo não é tão popular quanto o Todo-Poderoso. E há os outros. Na época que discutirei aqui tínhamos 24 Adolf Hitler. Isso, o senhor compreende, foi quando Hitler estava vivo. Sim, 24 ou 25 Adolf Hitlers... — ele consultou um pequeno livro de notas que tirou do bolso. Fiz algumas anotações aqui, sim. Quinze Napoleões. Napoleão sempre foi popular, dez Mussolinis, cinco reencarnações de Júlio César e muitos outros casos, muito curiosos e muito interessantes. Mas não vou aborrecê-los com isso agora. Como os senhores não têm uma qualificação técnica no sentido clínico, não achariam nenhum interesse. Irei logo ao incidente que importa.

O dr. Reichardt falou novamente em pequenos intervalos e Herr Spiess continuou a traduzir.

— Um dia ele foi procurado por um oficial do governo. Um oficial considerado muito importante naquela época — isso foi durante a guerra, quero que se recordem — pelo governo do momento. Eu o chamarei de Martin B. Os senhores sabem de quem eu estou falando. Com ele, vinha o seu chefe. Na verdade, trouxe com ele — e não usarei de subterfúgios — o próprio *Führer*.

— Ah, isso mesmo — disse o dr. Reichardt.

— Era uma grande honra, o senhor compreende, que ele próprio viesse fazer uma inspeção — continuou o médico. — Ele era encantador, meu *Führer*. Disse-me que ouvira muitos bons relatórios a respeito de meus sucessos. Contou-me que estava tendo muitos problemas ultimamente. Casos no Exército. Lá, mais de uma vez, tivera homens acreditando serem Napoleões, às vezes acreditando que eram marechais de Napoleão, e, ocasionalmente, o senhor compreende, procedendo como se fossem o próprio, dando ordens militares e causando daí sérias dificuldades. Teria ficado muito feliz de poder lhe dar qualquer conhecimento profissional que lhe fosse útil, mas Martin B., que o acompanhava, disse que isso não seria necessário. O nosso grande *Führer*, entretanto — disse o dr. Reichardt olhando para Herr Spiess ligeiramente encabulado —, não queria ser perturbado por esses detalhes. Disse-me que sem dúvida alguma seria melhor se pessoas clinicamente qualificadas, e com alguma experiência em neurologia, viessem para uma consulta. O que ele queria mesmo — ah, bem... — era dar uma olhada na clínica e logo percebi o que é que o interessava realmente. Não deveria ter me surpreendido. Oh, não, porque o senhor deve saber, é um sintoma que a gente logo reconhece. A tensão sobre sua vida já estava começando a se fazer sentir.

— Garanto que já estava começando a pensar que também era o Todo-Poderoso, naquela época — disse o coronel Pikeaway, de repente, dando uma risada.

O dr. Reichardt pareceu chocado.

— Ele me pediu para lhe contar certas coisas. Disse-me que Martin B. lhe contara que eu tinha atualmente um grande número de pacientes pensando — disse sem rodeios — que eram o próprio Adolf Hitler. Expliquei-lhe que isso não era incomum, pois, naturalmente, com o respeito e a adoração que tinham por Hitler, era de se esperar que alguns terminassem por se identificar com ele. Estava um pouco sem jeito ao mencionar isso, mas fiquei encantado ao perceber que ele demonstrou grande satisfação. Ele recebeu isso, e fiquei muito reconhecido, como um elogio, aquele desejo apaixonado de uma identificação com ele. Depois perguntou se não podia conhecer um número representativo de pacientes com esse tipo de aflição. Tivemos uma pequena consulta. Martin B. pareceu incerto, mas levou-me a um canto e assegurou que Herr Hitler queria muito realizar essa experiência. O que o preocupava era a segurança de Herr Hitler — bem, para encurtar, que Herr Hitler não corresse nenhum risco. Se alguns daqueles supostos Hitler, acreditando de modo apaixonado serem o próprio, estariam inclinados a ser violentos ou perigosos... Eu lhe garanti que não precisava ficar preocupado. Sugeri que escolheria um grupo dos mais amáveis de nossos *Führers* e os reuniria para o encontro. Herr B. insistiu que o *Führer* estava ansioso por essa entrevista e queria misturar-se com eles, sem que eu estivesse presente. Os pacientes, disse, se comportariam mais naturalmente se não vissem o diretor do estabelecimento ali, e já que não ofereciam nenhum perigo... Eu lhe garanti novamente que não haveria perigo. Disse, no entanto, que ficaria mais tranqüilo se Herr B. ficasse ao lado dele. Não houve problema quanto a isso. Tudo foi arranjado. Mandamos recados para os nossos *Führers* se reunirem em uma sala, pois um visitante muito distinto estava ansioso para comparar certas anotações com eles.

— Ah, isso mesmo. Martin B. e o *Führer* foram apresentados ao grupo. Eu me retirei fechando a porta e fiquei conversando com os dois ajudantes-de-ordens que os acompanhavam. O *Führer*, como disse, parecia estar num estado particularmente inquieto. Sem dúvida tivera ultimamente muitos problemas. Eu posso dizer-lhes que isso aconteceu muito perto do fim da guerra, e as coisas estavam indo de mal a pior. O próprio *Führer*, disseram eles, andava muito aborrecido nos últimos dias, mas agora convencera-se de que poderia conduzir a guerra a um final triunfante se as idéias que continuamente apresentava ao seu estado-maior fossem executadas e prontamente aceitas.

— O *Führer*, eu calculo — disse Sir George Packham —, estava naquela época... isto é, quero dizer... sem dúvida estava num estado de...

— Não é preciso enfatizar esses pontos — disse Herr Spiess. — Ele estava completamente fora de si. Tiveram que retirar sua autoridade em diversos setores. Mas tudo isso vocês sabem muito bem, pelas pesquisas que realizaram em meu país.

— Nós nos lembramos de que nos julgamentos de Nuremberg...

— Não há necessidade de referências aos julgamentos de Nuremberg — disse decisivo o sr. Lazenby. — Isso tudo já ficou para trás. Precisamos olhar para a frente, para o grande futuro do Mercado Comum, com o auxílio de seu governo e do governo de

Monsieur Grosjean e de todos os nossos colegas europeus. O passado é o passado.

— Exatamente — disse Herr Spiess —, e é do passado que estamos falando agora. Martin B. e Herr Hitler permaneceram muito pouco tempo na sala de reunião. Saíram de lá depois de sete minutos. Herr B. revelou ao dr. Reichardt que estavam muito satisfeitos com a experiência. O carro os estava esperando e ele e Herr Hitler deveriam embarcar imediatamente, pois tinham um outro compromisso. Saíram apressadamente.

Houve um silêncio.

— E então? — perguntou o coronel Pikeaway. — Aconteceu algo? Ou já acontecera algo?

— O comportamento de um de nossos pacientes Hitler ficou estranho — disse o dr. Reichardt. — Era um homem particularmente parecido com Herr Hitler, o que sempre lhe trouxera uma confiança especial em sua personificação. Ele passou a insistir mais ferozmente do que nunca que ele *era* o *Führer*, que precisava ir imediatamente para Berlim, que tinha de presidir o Conselho do Estado-Maior. De fato, ele se comportava sem apresentar nenhum dos sinais de ligeira melhora que já demonstrara anteriormente. Parecia tão diferente de si mesmo que realmente nunca pude compreender essa mudança tão repentina. Fiquei aliviado, na verdade, quando dois dias depois seus parentes o levaram para casa, para um tratamento particular.

— E o senhor deixou-o ir? — perguntou Herr Spiess.

— Naturalmente que deixei. Tinham trazido um médico responsável com eles, era um paciente voluntário, não estava condenado nem nada e, portanto, estava em seu direito. E foi embora.

— Não vejo... — começou Sir George Packham.

— Herr Spiess tem uma teoria...

— Não é uma teoria — disse Spiess. — Estou lhes relatando um fato. Os russos o esconderam, nós o escondemos. Muitas evidências e provas apareceram. Hitler, nosso *Führer*, *permaneceu no asilo sob seu próprio consentimento* naquele dia e um homem que se assemelhava levemente com ele saiu com Martin B. Foi o corpo daquele paciente que foi encontrado posteriormente no *bunker*. Não faço rodeios. Não precisamos entrar em detalhes desnecessários.

— Precisamos saber a verdade — disse Lazenby.

— O verdadeiro *Führer* foi levado clandestinamente numa viagem às escondidas para a Argentina e lá viveu durante vários anos. Teve um filho lá com uma linda moça ariana de boa família. Alguns dizem que ela era inglesa. As condições mentais de Hitler pioraram e ele morreu louco, acreditando que continuava a comandar os seus exércitos nos campos de batalha. Foi o único plano possível para que ele escapasse da Alemanha. Ele o aceitou.

— E o senhor quer dizer que durante todos esses anos nada disso transpirou, ninguém soube de nada?

— Houve boatos, sempre há boatos. Deve se lembrar que contaram que uma das filhas do czar da Rússia escapou do massacre de sua família.

— Mas isso era... — George Packham interrompeu-se. — Era falso... completamente falso.

— Um grupo provou que era falso. Mas outro aceitou o fato, e ambos a conheciam. Aquela Anastásia era mesmo Anastásia, ou essa outra Anastásia, grã-duquesa da Rússia, era realmente apenas uma camponesa? Qual das histórias era verdadeira? Boatos! Quanto mais tempo eles duram, menos as pessoas acreditam neles, exceto talvez aqueles que têm um traço romântico e que continuam crendo. Diversas vezes suspeitou-se de que Hitler estivesse vivo e não morto. Nunca ninguém afirmou com certeza que tivesse examinado o seu corpo. Os russos declararam que aquele era Hitler. Mas não trouxeram provas.

— O senhor quer mesmo dizer... dr. Reichardt, o *senhor* sustenta esta história extraordinária?

— Ah — disse o dr. Reichardt. — O senhor me pergunta, eu contei a minha parte. Era mesmo Martin B. quem veio ao meu sanatório. Foi Martin B. quem trouxe o *Führer* com ele. Era Martin B. que o tratava como sendo o *Führer*, que falava com ele com a deferência que se tinha ao falar com o *Führer*. Quanto a mim, já vivi com algumas centenas de *Führer*, de Napoleão, de Júlio César. É preciso que compreenda que todos os Hitlers que viviam em meu sanatório eram parecidos, poderiam ser, quase todos eles *poderiam* ter sido Adolf Hitler. Eles próprios não poderiam nunca acreditar com a paixão e a veemência com que o faziam, que eram Hitler, a não ser por uma semelhança ajudada pela maquiagem, roupas, interpretação contínua e teatral. Eu nunca tivera um contato pessoal com Herr Adolf Hitler antes. Já tinha visto fotografias dele nos jornais, todos sabíamos como era o nosso grande gênio, mas só eram conhecidas as fotos que ele queria que fossem publicadas. Então ele chegou, ele era o *Führer*. Martin B., o homem em quem mais podíamos acreditar no que se referia ao *Führer*, dissera que ele era o *Führer*. Não, eu não tive dúvidas. Obedeci às ordens. Herr Hitler queria ir sozinho a uma sala para se encontrar com uma seleção de seus... como dizer?... de seus sósias de mentirinha. Ele foi. Ele saiu. Uma troca de roupas poderia ter sido feita; de qualquer forma, as roupas não eram muito diferentes. Seria ele mesmo quem saiu da sala ou um dos que se diziam Hitler? Levado rapidamente por Martin B. e conduzido para longe enquanto o verdadeiro homem ficava para trás, gozando a sua representação e sabendo que era dessa maneira e apenas dessa maneira que lograria escapar do país que estava às portas da rendição. Já tinha a mente perturbada, mentalmente afetada pela raiva e pelo ódio de ver que as ordens que dava, as fantásticas e absurdas mensagens que enviava a seu Estado-Maior — sobre o que fazer, o que falar, as coisas impossíveis que deveriam tentar — não eram mais, como antigamente, imediatamente obedecidas. Ele sentia que já não estava no supremo comando. Mas contava com dois ou três fiéis seguidores, que tinham um plano para ele: tirá-lo do país e da Europa para levá-lo onde pudesse agrupar em torno de si seus seguidores nazistas, aqueles jovens que ainda acreditavam apaixonadamente nele. A suástica tornaria a se reerguer. Desempenhou seu papel. Sem dúvida, gostou do que fez. Sim, isso se coaduna com um homem cuja razão já titubeava. Mostraria aos outros que poderia desempenhar o papel de Adolf Hitler melhor do que qualquer outro. Ria sozinho de vez em quando. Meus médicos, minhas enfermeiras o olhavam e viam nele uma ligeira mudança. Um paciente que parecia extraordinariamente perturbado, talvez. Mas isso não era nada excepcional. Acontecia sempre. Com os Napoleão, com os Júlio César, com todos eles. Em certos dias, como um leigo diria, eles pareciam mais doidos do que nunca. É a única explicação que posso dar. Assim, passo a palavra a Herr Spiess.

— Fantástico! — disse o ministro do Interior.

— Sim, fantástico — disse Herr Spiess com paciência —, mas coisas fantásticas podem acontecer, todos sabemos. Na história, na vida real, não importa onde, podem ser fantásticas.

— E ninguém suspeitou, ninguém soube?

— Foi tudo muito bem planejado. Foi bem planejado, foi bem pensado. O caminho de fuga estava pronto, os detalhes exatos não são muito claros, mas pode-se fazer uma boa recapitulação deles. Algumas pessoas envolvidas, que levaram uma certa pessoa de um local para outro sob diferentes disfarces, ao examinarmos agora durante as investigações, verificamos que não tiveram uma vida tão longa quanto deveriam ter tido.

— O senhor quer dizer que por poderem revelar ou falar no segredo eles...

— A SS cuidou disso. Recompensas grandes, glórias, promessas de altas posições no futuro e então... a morte era a saída mais simples. E a SS estava acostumada a matar. Eles conheciam todas as maneiras, conheciam os meios para se dispor de um corpo... Oh, sim, eu lhes direi tudo isso; fizemos inquéritos a respeito. O conhecimento chegou pouco a pouco, e fizemos investigações, compramos documentos, e a verdade apareceu. Adolf Hitler certamente alcançou a América do Sul. Dizem que foi realizada uma cerimônia de casamento... que uma criança nasceu. A criança foi marcada no pé com a marca da suástica. Marcada quando era um bebê. Estive com agentes de confiança em quem eu acredito. Eles viram aquele pé marcado na América do Sul. Foi lá que essa criança cresceu, cuidadosamente vigiada, protegida, preparada, preparada como o Dalai Lama deve ter sido preparado para seu grande destino. Porque era esta a idéia dos jovens fanáticos, uma idéia ainda maior do que aquela que os havia reunido. Não era apenas o renascimento dos novos nazistas, a nova super-raça germânica. No início era isso sim, mas agora havia muitas outras coisas. Eram jovens de todos os países, a super-raça de jovens de quase todas as nações da Europa, juntos, juntos nas fileiras da anarquia, para destruir o velho mundo, o mundo materialista, juntos numa nova orquestração de mortes e assassinatos, esses irmãos violentos. Inclinados primeiro para a destruição e depois para retomarem o poder. E agora, têm o seu líder. Um líder que tem nas veias o sangue certo, um líder que, apesar de ter crescido sem se parecer fisicamente com seu falecido pai, era — ou melhor, é — um rapaz louro e nórdico, de cabelos dourados, assemelhando-se certamente à sua mãe. Um rapaz que o mundo inteiro poderia aceitar. Os alemães e os austríacos em primeiro lugar, por ele ser o item mais importante de sua fé, de sua música, o Jovem Siegfried. Assim ele cresceu como o Jovem Siegfried, que podia comandar a todos, que os guiaria para a terra prometida. Não a terra prometida dos judeus, que eles desprezavam, e para onde Moisés levou seus seguidores. Os judeus estavam mortos debaixo da terra, mortos e assassinados nas câmaras de gás. Esta seria sua própria terra, uma terra conquistada por suas próprias façanhas. Os países da Europa seriam vinculados aos países da América do Sul. Lá já estavam os seus pontas-de-lança, seus anarquistas, seus profetas, seus Guevara, os Castro, as guerrilhas e seus seguidores, num longo treinamento de crueldade, de tortura, de violência e de morte e, depois de tudo isso, a vida gloriosa. Liberdade! Como os soberanos do Novo Mundo. Os conquistadores prometidos!

— É uma tremenda tolice — disse o sr. Lazenby. — Uma vez que se dê fim a isto... tudo desmoronara. É absolutamente ridículo. O que eles *podem* fazer? — Cedric Lazenby resmungou rabugento.

Herr Spiess abanou a cabeça pesada, inteligente.

— O senhor pode fazer a pergunta. Eu lhe darei a seguinte resposta: *eles não sabem*. Não sabem para onde estão indo. Não sabem o que será feito deles.

— Quer dizer que não são os verdadeiros líderes?

— São os jovens heróis que avançam, trilhando seu caminho de glória, pelos degraus da violência, da dor, do ódio. Seus seguidores já não estão apenas na América do Sul e na Europa. O culto avançou para o norte. Nos Estados Unidos também, os jovens se rebelam, marcham, seguindo a bandeira do Jovem Siegfried. Aprendem seus modos, aprendem a matar, aprendem a sentir prazer na dor, aprendem as regras da Caveira, as regras de Himmler. São bem treinados, o senhor pode ver. E estão sendo secretamente doutrinados. Mas não sabem para que estão sendo treinados. Mas nós sabemos, pelo menos alguns de nós sabemos. E os senhores? Quantos sabem neste país?

— Quatro ou cinco de nós, talvez — disse o coronel Pikeaway.

— Na Rússia eles sabem, na América já começam a saber. Sabem que há os seguidores do Jovem Herói Siegfried, baseado nas lendas nórdicas, e que o Jovem Siegfried é seu líder. Que essa é a sua nova religião. A religião de um menino glorioso, o dourado triunfo da juventude. Nele, os velhos deuses nórdicos foram ressuscitados.

— Mas, é claro — disse Herr Spiess, deixando a voz descer para um tom mais comum —, essa não é a verdade simples, prosaica. Há cérebros poderosos por detrás. Homens diabólicos com cérebros privilegiados. Um financista de primeira classe, um grande industrial, alguém que controla minas, petróleo, estoques de urânio, que domina cientistas de primeira linha. Esse grupo de homens, que em si nada tem de interessante ou extraordinário, sem dúvida alguma possui os controles. Eles controlam as fontes de poder e por certos meios controlam os jovens que matam e os que são escravos. Controlando as drogas, adquirem os escravos. Escravos em cada país que, pouco a pouco, vão passando das drogas suaves para as drogas violentas, tornando-os completamente subservientes, completamente dependentes de homens que nem mesmo conhecem, mas que secretamente são os donos de seus corpos e de suas almas. O desejo insaciável por uma droga em particular torna-os escravos e, dentro de um certo tempo, esses escravos demonstram que já não servem mais por causa da própria dependência das drogas; então serão apenas capazes de ficar sentados, apáticos, sonhando seus doces sonhos, abandonados para morrer, mesmo auxiliados a morrer. Não herdarão o reinado no qual acreditam. Estranhas religiões vêm sendo deliberadamente insufladas neles. São os deuses dos velhos tempo, disfarçados.

— E a liberdade sexual também desempenha o seu papel, imagino?

— O sexo pode destruir-se a si próprio. Nos velhos tempos dos romanos, os homens que se excediam nos vícios, que eram hipersexuais, que praticavam o sexo até morrer ou até se aborrecer, se se cansassem de tanta sexualidade, fugiam para o deserto e se tornavam anacoretas como são Simeão estilita. O sexo se esgotará por si mesmo. Funciona por um tempo, mas não escraviza como as drogas. As drogas, o sadismo e o amor ao poder e ao ódio. Um desejo da dor pela dor. Os prazeres de se infligir sofrimentos. Estão ensinando a si mesmos os prazeres do mal. Uma vez que você sente prazer na maldade, não pode mais voltar atrás.

— Meu caro chanceler... não posso acreditar... isto é, quer dizer... bem... quero dizer que essas tendências precisam ser derrubadas pela adoção de medidas extremas. Quer dizer, realmente, a gente... a gente não se pode mostrar complacente com esse tipo de coisa. É preciso tomar uma decisão firme... uma decisão firme.

— Cale a boca, George — o sr. Lazenby tirou o cachimbo do bolso, olhou para ele e tornou a enfiá-lo no bolso. — O melhor plano, creio eu — disse ele, reafirmando sua idéia fixa —, seria que eu fosse à Rússia de avião. Pelo que o senhor disse... bem, estes fatos são do conhecimento dos russos.

— Eles sabem o suficiente — disse Herr Spiess. — O quanto admitem saber — deu de ombros — é difícil de dizer. Nunca é fácil conseguir que os russos falem às claras. Eles têm os seus próprios problemas na fronteira chinesa. Talvez acreditem menos que nós nos avanços que esse movimento alcançou.

— Farei desta uma missão especial, eu garanto.

— Ficaria aqui se fosse você, Cedric.

A voz calma de Lord Altamount veio da cadeira onde estava recostado com ar cansado.

— Precisamos de você aqui, Cedric — disse ele. Havia uma autoridade suave em sua voz. — Você está à frente de nosso governo... precisa permanecer aqui. Temos nossos agentes treinados, nossos próprios emissários qualificados para missões no exterior.

— Agentes? — perguntou com voz dúbia Sir George Packham. — Que podem fazer os agentes neste estado adiantado? Precisamos ter um relatório de... Ah, Horsham, você está aqui... nem tinha reparado antes. Diga-me, que agentes nós temos? E que podem fazer?

— Temos diversos agentes muito bons — disse Henry Horsham calmamente. — Agentes que trarão informações. Herr Spiess também trouxe uma informação. Informação que os agentes *dele* obtiveram para *ele*. O problema é... e sempre foi... (basta que os senhores leiam sobre a última guerra) *ninguém quer acreditar nas informações que os agentes trazem*.

— Mas certamente... a inteligência...

— Ninguém quer aceitar o fato de que os agentes *são* inteligentes! Mas eles são, os senhores sabem disso. São altamente treinados e seus relatórios, nove em cada dez vezes, são verdadeiros. Que acontece, então? Os figurões se recusam a acreditar, não querem acreditar, vão adiante e se recusam a agir em cima dessas informações haja o que houver.

— Realmente, meu caro Horsham... eu não posso...

Horsham virou-se para o alemão.

— Mesmo em seu país, meu senhor, isso não acontece? Muitos relatórios verdadeiros que são trazidos não são levados em conta como merecem. *As pessoas não querem saber, quando a verdade é amarga*.

— Tenho que concordar... isso pode acontecer... não freqüentemente, eu lhes garanto... Mas, sim... algumas vezes...

O sr. Lazenby estava novamente mexendo com o cachimbo.

— Não adianta agora argumentar sobre as informações. É uma questão de relacionamento, de ação sobre a informação que possuímos. Esta não é apenas uma crise nacional, é uma crise internacional. Precisam ser tomadas decisões de cúpula, precisamos agir. Munro, a polícia será reforçada com o Exército; medidas militares serão iniciadas. Herr Spiess, sua nação sempre foi militarmente grande. As rebeliões precisam ser sufocadas pelas forças armadas antes que escapem ao controle. O senhor deve estar de acordo com essa política, creio eu...

— Com a política, sim. Mas essas insurreições já estão, como o senhor disse, fora de nosso controle. Eles têm meios, rifles, metralhadoras, explosivos, granadas, bombas, bombas bacteriológicas e gases...

— Mas com nossas armas nucleares, uma mera ameaça de guerra nuclear... e...

— Não são apenas meninos de escola descontentes. Com esse Exército da Juventude estão cientistas, jovens biólogos, químicos, físicos. Para começar... ou para nos engajarmos numa guerra nuclear na Europa... — Herr Spiess balançou a cabeça. — Já tivemos uma tentativa de envenenar o suprimento de água em Cologne... febre tifóide.

— Mas toda essa situação é incrível... — Cedric Lazenby olhou em torno esperançoso: — Chetwynd? Munro? Blunt?

O almirante Blunt, para surpresa de Lazenby, foi o único que respondeu.

— Não sei onde entra o almirantado. O assunto não é bem nosso. O que lhe aconselho, Cedric, se você quer fazer o melhor para você mesmo, é pegar seu cachimbo, um bom estoque de fumo e se afastar o mais que puder de qualquer guerra nuclear que esteja pensando em começar. Vá embora acampar na Antártida ou em qualquer outro lugar onde a radioatividade demore a chegar. O professor Eckstein nos avisou, você sabe, e ele sabe do que está falando.

6

O *postscriptum* de Pikeaway

A reunião terminou neste ponto. Dividiram-se em dois grupos.

O chanceler alemão junto com o primeiro-ministro, Sir George Packham, Gordon Chetwynd e o dr. Reichardt saíram para almoçar em Downing Street.

O almirante Blunt, o coronel Munro, o coronel Pikeaway e Henry Horsham permaneceram para fazer seus comentários com mais liberdade de expressão do que seria possível caso os figurões tivessem permanecido.

Os primeiros comentários foram um tanto quanto desajeitados.

— Graças a Deus levaram George Packham com eles — disse o coronel Pikeaway. — Preocupa-se, remexe-se, fica imaginando, faz conjeturas. Deixa-me deprimido.

— O senhor devia ter ido com ele, almirante — disse o coronel Munro. — Não estou vendo Gordon Chetwynd ou George Packham sendo capazes de impedir nosso Cedric de ir fazer uma conferência de cúpula com os russos, os chineses, os etíopes, os argentinos, ou em qualquer outro lugar onde o leve sua fantasia.

— Tenho outros problemas para resolver — disse o almirante, carrancudo. — Vou ao campo visitar um velho amigo meu. — Olhou com curiosidade para Pikeaway.

— Essa história de Hitler foi realmente uma surpresa para você, Pikeaway?

O coronel Pikeaway abanou negativamente a cabeça.

— Não de todo. Nós sabíamos de todos os boatos sobre nosso Adolf vivendo na América do Sul e mantendo a sua suástica hasteada durante anos. As chances de isso ser verdade são de 50%. Fosse quem fosse o camarada, um louco, um artista impostor ou o próprio *Führer*, ele venceu dificuldades muito depressa. Há histórias sórdidas a respeito, também... ele não era um trunfo para seus correligionários.

— *De quem era o corpo que estava no* bunker*?* Ainda é um assunto palpitante — disse Blunt. — Nunca houve uma identificação definida. Os russos cuidaram disso.

Ele se levantou, cumprimentou os outros com a cabeça e dirigiu-se para a porta.

Munro disse pensativo:

— Suponho que o dr. Reichardt sabe da verdade... apesar de ter sido bem reservado.

— E o chanceler? — perguntou Munro.

— Homem sensato — grunhiu o almirante, virando-se da entrada. — Estava levando seu país aonde queria quando esse negócio de juventude estourou fazendo troça do mundo civilizado. É pena! — Ele olhou agudamente para o coronel Munro.

— E sobre esta Maravilha Loura? O filho de Hitler? Sabe alguma coisa sobre ele?

— Não precisa preocupar-se com ele — disse inesperadamente o coronel Pikeaway.

O almirante largou o trinco da porta e voltou a sentar-se.

— Boto minha mão no fogo! — disse o coronel Pikeaway. — Hitler nunca teve um filho.

— Você não pode ter certeza disto.

— Nós *temos* certeza... Franz Joseph, o Jovem Siegfried, o idolatrado Líder, é uma falsa isca, um impostor indecente. É filho de um carpinteiro argentino e de uma loura bonita, uma apagada cantora de ópera alemã. Herdou a beleza e a voz musical de sua mãe. Foi cuidadosamente escolhido para o papel que ia representar, muito bem preparado para o estrelato. Quando era muito jovem, foi um ator profissional, marcaram seu pé com a suástica, arranjaram para ele uma história cheia de detalhes românticos. Tratavam-no como um consagrado Dalai Lama.

— E você tem provas disto?

— Documentação completa — o coronel Pikeaway sorriu gostosamente. — Um de meus melhores agentes conseguiu-as. Declarações escritas, fotostáticas, um documento assinado, inclusive um de sua mãe, evidência clínica da data da cicatriz, cópia da certidão original de nascimento de Karl Aguileros e as provas assinadas de sua identidade como o suposto Franz Joseph. Todo o saco de mentiras. Minha agente escapou bem a tempo. Estavam atrás dela. Teriam dado cabo dela se não tivesse tido um pouquinho de sorte em Frankfurt.

— E onde estão agora esses documentos?

— Num local seguro. Esperando o momento certo para a desmoralização espetacular de um impostor de primeira classe...

— O governo sabe disso? O primeiro-ministro?

— Nunca digo tudo o que sei aos políticos... a não ser quando não posso mais evitar ou até que tenha a certeza de que farão a coisa certa.

— Você é esperto como o diabo — disse o coronel Munro.

— Alguém tem que ser — disse o coronel Pikeaway, tristemente.

7

Sir Stafford Nye recebe visitas

Sir Stafford Nye estava com visitas. Eram visitas que ele não conhecia, a não ser por uma delas, a quem conhecia de vista. Eram rapazes bem apessoados, sérios e inteligentes, pelo menos assim os julgou. Os cabelos eram bem penteados, as roupas bem cortadas, mas não excessivamente fora de moda. Ao olhar para eles, Stafford Nye não podia negar que gostava da aparência que tinham. Ao mesmo tempo, ficou imaginando o que poderiam querer dele. Um deles, ele sabia, era o filho de um dos reis do petróleo. Outro, desde que deixou a universidade, se interessara por política. Tinha um tio que era dono de uma cadeia de restaurantes. O terceiro era um rapaz de sobrancelhas cerradas quase sempre franzidas e que parecia estar sempre desconfiado.

— Foi muito gentil de sua parte nos ter recebido, Sir Stafford — disse o louro que parecia ser o líder dos três.

Tinha uma voz agradável. Seu nome era Clifford Bent.

— Este é Roderick Ketelly e este é Jim Brewster. Estamos preocupados com o futuro. O senhor compreende?

— Creio que a resposta é: quem não está? — disse Sir Stafford Nye.

— Não estamos gostando dos rumos que as coisas estão tomando — disse Clifford Bent. — Rebelião, anarquia, tudo isto. Bem, como filosofia é interessante. Falando com franqueza, acho que todos nós passamos por essa fase, mas depois a ultrapassamos.

Queremos que as pessoas possam seguir suas carreiras acadêmicas sem serem interrompidas. Queremos muitas manifestações, porém não de arruaceiros violentos. Queremos manifestações inteligentes. E o que nós queremos mesmo, com franqueza, é a criação de um novo partido político. Jim Brewster vem prestando muita atenção a idéias inteiramente novas e a planos referentes a assuntos sindicais. Tentaram fazê-lo calar-se, mas ele continuou a falar, não foi, Jim?

— Um bando de palermas, é o que eles são — disse Jim Brewster.

— Queremos uma política mais sensata e mais séria para a juventude, um governo de métodos mais econômicos. Queremos idéias diferentes a serem obtidas por meios de instrução, mas nada de fantástico ou pretensioso. E queremos, se obtivermos cadeiras no Parlamento, e se pudermos finalmente formar um governo — e não vejo por que não poderíamos —, pôr essas idéias em prática. Há muita gente em nosso movimento. Representamos a juventude, o senhor sabe, da mesma forma que os violentos. Apoiamos a moderação e queremos um governo sensato, com uma redução do número de parlamentares, e já estamos pesquisando, procurando homens já enfronhados na política, sem nos importarmos com suas tendências, contanto que sejam homens sensatos. Viemos aqui para ver se podemos interessá-lo em nossa causa. No momento ela ainda está em gestação, mas já sabemos quais os homens que queremos. Posso dizer que não queremos os que estão aí no momento e também não queremos seus prováveis substitutos. Quanto ao terceiro partido, parece ter sido aniquilado, apesar de ter ainda um ou dois bons políticos sofrendo por estar na minoria, mas creio que abraçarão nossa maneira de pensar. Nós queremos interessá-lo. Queremos, qualquer dia destes, talvez antes do que o senhor pensa... queremos alguém que compreenda e execute uma bem-sucedida política externa. O resto do mundo está numa situação bem pior do que a nossa. Washington está reduzida a escombros, a Europa em contínuas operações militares, manifestações, destruição de aeroportos. Bem, não preciso fazer-lhe uma reportagem das notícias dos últimos seis meses, mas nosso objetivo não é tanto de consertar o mundo como de consertar a Inglaterra. Ter os homens certos para isso. Queremos homens jovens, um bom número de homens jovens, mas que não sejam revolucionários, que não sejam anarquistas, e que queiram tentar construir um país próspero. E queremos alguns homens mais velhos — não quero dizer homens de mais de sessenta anos, mas alguns de quarenta ou cinqüenta — e viemos procurá-lo porque... bem, porque ouvimos muita coisa a seu respeito. Sabemos de muita coisa sobre o senhor e sabemos que é o tipo de gente que precisamos.

— Vocês pensam que estão sendo sensatos? — perguntou Sir Stafford.

— Bem, *nós* achamos que sim.

O segundo rapaz riu-se.

— Esperamos que o senhor concorde conosco, ao menos nesse aspecto.

— Não tenho certeza se concordo. Vocês estão falando muito despreocupadamente aqui nesta sala.

— É sua sala de visitas.

— Sim, eu sei, é meu apartamento e minha sala de visitas. Mas o que vocês estão dizendo, e de fato o que vocês ainda podem dizer, pode ser imprudente. Isto pode prejudicar-nos, a mim e a vocês.

— Ah! Estou vendo onde o senhor quer chegar.

— Vocês estão me oferecendo alguma coisa. Uma maneira de vida, uma nova carreira e estão sugerindo a quebra de certos laços. Estão sugerindo uma certa forma de deslealdade.

— Não estamos querendo convencê-lo a passar para nenhum outro país, se é isso que quer dizer.

— Não, não. Isto não é um convite à Rússia ou à China, ou um convite a qualquer outro dos países mencionados no passado, mas creio que é um convite ligado a certos interesses estrangeiros. — Continuou: — Cheguei recentemente do exterior. Passei as últimas três semanas na América do Sul. Há algo que gostaria de lhes contar. Percebi, desde que voltei à Inglaterra, que estou sendo seguido.

— Seguido? Não acha que pode ser imaginação?

— Não, não acho que seja imaginação. Essa é uma das coisas que aprendi ao longo de minha carreira. Já estive em lugares muito distantes e — como dizer? — bem interessantes. Vocês escolheram a mim para virem propor um plano. Teria sido mais seguro, penso eu, se tivéssemos nos encontrado em outro local.

Ele se levantou, dirigiu-se ao banheiro e abriu a torneira.

— Nos filmes que eu costumava ver há alguns anos — disse — se a gente quisesse disfarçar uma conversa quando a sala estava grampeada, abria-se a torneira. Não tenho dúvidas de que estou um pouco fora de moda e que deve haver métodos melhores de lidar com essas coisas agora. Mas de qualquer jeito, assim talvez nós possamos falar com um pouco mais de liberdade, apesar de ainda achar que é preciso cautela. A América do Sul — continuou— é uma parte muito interessante do mundo. A Federação dos Países Sul-Americanos (já foram chamados de Ouro Espanhol) é composta agora por Cuba, Argentina, Brasil, Peru e mais um ou dois países ainda não inteiramente filiados, mas prestes a ficar. Sim. Muito interessante.

— E qual é a sua opinião sobre o assunto? — perguntou o desconfiado Jim Brewster. — O que tem a dizer sobre isso?

— Continuarei a ser cauteloso — disse Sir Stafford. — Vocês confiarão mais em mim se eu não falar impensadamente. Mas acho que poderei falar mais, assim que fechar a torneira da banheira.

— Feche a torneira, Jim — disse Cliff Bent.

Jim deu um sorriso inesperado e obedeceu.

Stafford Nye abriu uma gaveta na escrivaninha e tirou de dentro uma flauta.

— Não sou ainda um músico muito experiente — disse ele.

Levou-a aos lábios e começou a tocar. Jim Brewster veio lá de dentro carrancudo.

— Que é isto? Vamos ter algum maldito concerto?

— Cale a boca — disse Cliff Bent. — Você é um ignorante, não sabe nada sobre música.

Stafford Nye sorriu.

— Você compartilha comigo o interesse pela música wagneriana, posso ver — disse ele. — Estive no Festival da Juventude deste ano e gostei imensamente dos concertos.

Novamente, repetiu a melodia.

— Não é nenhuma música que conheço — disse Jim Brewster. — Pode ser a Internacional, ou a Bandeira Vermelha, ou Deus Salve a Rainha, ou o Yankee-Doodle, ou o Deus Salve a América. Que diabo é isso?

— É o tema de uma ópera — disse Ketelly. — E cale essa boca. Já sabemos o que queríamos.

— O som da trompa de caça de um jovem herói — disse Stafford Nye.

Ele ergueu a mão num gesto rápido, gesto que no passado significava "*Heil* Hitler!". Murmurou baixinho:

— O novo Siegfried.

Os três se levantaram.

— O senhor tem razão — disse Clifford Bent. — Precisamos todos, creio, ser muito cautelosos.

Apertaram-se as mãos.

— Estamos satisfeitos que o senhor esteja conosco. Uma das coisas que este país vai precisar no futuro... no seu grande futuro, espero... é de um ministro das Relações Exteriores de primeira categoria.

Saíram da sala. Stafford Nye observou-os, através da porta ligeiramente entreaberta, irem até o elevador e descerem.

Sorriu de modo curioso, fechou a porta, olhou para o relógio na parede e sentou-se numa poltrona — à espera...

Seu pensamento voltou ao dia há uma semana, quando ele e Mary Ann tomaram caminhos separados no aeroporto Kennedy. Tinham ficado ali, de pé, achando difícil falar. Fora Stafford quem quebrara o silêncio:

— Você acha que tornaremos a nos encontrar? Eu fico pensando...

— Há alguma razão para não nos encontrarmos?

— Todas as razões, penso eu.

Ela olhou para ele, mas logo desviou rapidamente os olhos.

— Estas despedidas têm de acontecer. Fazem... bem, é parte do trabalho.

— O trabalho! Com você é somente o trabalho, não é?

— Tem que ser.

— Você é uma profissional. Eu sou apenas um amador. Você é uma... — ele se interrompeu. — O que é você? Quem é você? Eu não sei nada, não é?

— Não.

Ele olhou para ela. Viu tristeza em seu rosto. Algo que era quase uma dor física.

— Então preciso... adivinhar... Você acha que devo confiar em você, não é?

— Não, isso não. Essa é uma das coisas que aprendi, que a vida me ensinou. Não se pode confiar em ninguém. Lembre-se disso, sempre.

— Então é esse o seu mundo? Um mundo de desconfiança, de medo, de perigo.

— Quero viver. Estou viva.

— Eu sei.

— E quero que *você* viva.

— Eu confiei em você, em Frankfurt...

— Você correu um risco.

— Foi um risco que valeu a pena. Você sabe disso tão bem quanto eu.

— Você quer dizer que...?

— Porque nós estivemos juntos. E agora... meu vôo está sendo chamado. Será que nosso companheirismo, que começou num aeroporto, vai terminar aqui, em outro aeroporto? Você vai para onde? Fazer o quê?

— Fazer o que tenho de fazer. Vou a Baltimore, a Washington, ao Texas. Fazer o que me mandaram fazer.

— E eu? Não me disseram nada. Devo voltar para Londres... e fazer o que lá?

— Esperar.

— Esperar o quê?

— Esperar pelas propostas que quase certamente vai receber.

— E que devo fazer com elas?

Ela sorriu para ele, com aquele sorriso repentinamente alegre que ele conhecia tão bem.

— Aí você vai tocar de ouvido. Sabe como fazer; ninguém melhor do que você sabe. Você vai gostar das pessoas que farão os contatos. Serão bem escolhidos. É importante, muito importante, que saibamos quem são eles.

— Preciso ir. Adeus, Mary Ann.

— *Auf Wiedersehen.*

No apartamento, em Londres, o telefone tocou num momento singular, pensou Stafford Nye, em que as lembranças de suas despedidas chegavam ao instante do adeus. *"Auf Wiedersehen"* — murmurou ele e pôs-se de pé para atender ao telefone. "Que assim seja".

A voz tinha um tom arquejante inconfundível.

— Stafford Nye?

Ele deu a resposta indispensável:

— Não há fumaça sem fogo.

— Meu médico diz que preciso deixar de fumar. Pobre sujeito — disse o coronel Pikeaway. — Ele pode perder a esperança. Alguma novidade?

— Oh, sim. Trinta moedas de prata. Prometidas, eu diria.

— Porcos imundos!

— Sim, sim, mantenha a calma.

— E que foi que você disse?

— Toquei uma música. O tema da trompa de caça de Siegfried. Seguindo os conselhos de uma velha tia. Funcionou muito bem.

— Para mim parece loucura!

— Você conhece uma canção chamada *Juanita*? Preciso aprender essa também, em caso de necessidade.

— Você sabe quem é Juanita?

— Acho que sim.

— Hum, será?... foi vista pela última vez em Baltimore.

— E a sua grega, Daphne Theodofanus? Onde anda ela, você sabe?

— Deve estar sentada nalgum aeroporto da Europa esperando por você, provavelmente — disse o coronel Pikeaway.

— A maior parte dos aeroportos europeus está fechada ao tráfego, pois foram mais ou menos danificados. Altos explosivos, seqüestros, bagunças.

Meninos e meninas saem para brincar
A lua clara como o dia fica a brilhar —
Deixe a comida e não vá dormir
Mate seu amiguinho a sorrir.

— Cruzada das Crianças "*à la mode*".

— Não sei muita coisa sobre isso. Sei apenas sobre aquela que Ricardo Coração de Leão foi. Mas de certa forma, esse negócio todo parece um pouco com as Cruzadas das Crianças. Começou com o idealismo, com a idéia de tomar a cidade sagrada dos infiéis, terminando com mortes, mortes e mais mortes, e novamente mortes. Quase todas essas crianças morreram. Ou foram vendidas como escravas. Isso terminará da mesma forma, a não ser que possamos achar um jeito de tirá-las desse meio...

8

O almirante visita uma velha amiga

— Pensei que vocês todos já estivessem mortos — disse o almirante Blunt com desdém.

Essa observação não foi dirigida a um velho mordomo, que ele esperava que fosse abrir a porta da frente, mas a uma moça de cujo sobrenome ele nunca conseguira lembrar, embora soubesse que seu primeiro nome era Amy.

— Telefonei para vocês pelo menos umas quatro vezes na semana passada. Tinham viajado para o exterior, foi o que me disseram.

— Estivemos fora. Estamos acabando de chegar.

— Matilda não devia andar se alvoroçando por aí afora. Não tem idade para isso. Vai acabar morrendo de pressão alta, de um ataque cardíaco ou de qualquer outra coisa num desses aviões modernos, pinoteando por aí, cheios de explosivos postos pelos árabes, ou pelos israelenses, ou por quaisquer outros. Não é seguro hoje em dia.

— Foi o médico dela quem recomendou.

— Ora, nós sabemos como são esses médicos.

— Mas ela voltou muito bem disposta na verdade.

— Onde ela esteve?

— Oh, numa estação de águas. Na Alemanha ou... eu nunca me lembro se foi na Alemanha ou na Áustria. Aquele lugar novo, o senhor sabe, em Gasthaus Dourado.

— Ah, sim, sei onde é. Custa os olhos da cara, não custa?

— Bem, dizem que os resultados são fabulosos.

— Provavelmente uma maneira de nos matarem mais depressa — disse o almirante Blunt. — *Você* gostou de lá?

— Bem, não achei grande coisa. A paisagem é muito bonita, mas...

Uma voz imperiosa soou do andar de cima.

— Amy! Amy! O que você está fazendo, conversando aí na entrada? Traga o almirante Blunt cá em cima. Estou à espera dele.

— Sassaricando por aí — disse o almirante Blunt, depois de cumprimentar sua velha amiga. — É desse jeito que você vai terminar se matando um dia desses. Tome nota do que eu digo.

— De jeito algum. Não há dificuldade nenhuma para se viajar nos dias de hoje.

— Correndo aí por aeroportos, rampas, escadarias, ônibus.

— Coisa nenhuma. Eu tinha uma cadeira de rodas.

— Há um ou dois anos, você me disse que nem queria ouvir falar numa coisa dessas. Disse que era orgulhosa demais para admitir que precisava de uma.

— Bem, tive que abandonar meu orgulho por agora, Philip. Venha, sente-se aqui e diga-me por que ficou com vontade de me ver assim de repente. Você me abandonou muito no ano passado.

— Bem, eu também não andei muito bem. Além disso, estive ocupado com uma porção de coisas. Você sabe do que se trata. Onde pedem a sua opinião, mas não estão com a mínima vontade de segui-la. Não podem deixar a Marinha em paz. Vivem atrapalhando a gente, danem-se!

— Você me parece muito bem — disse Lady Matilda.

— Você também não está com mau aspecto, minha querida. Está com um brilho maroto nos olhos.

— Estou mais surda do que quando você me viu da última vez. Agora tem de falar mais alto.

— Muito bem. Eu vou falar mais alto.

— Que quer tomar, gim e tônica, uísque ou rum?

— Ao que parece você está bem preparada para servir bebidas fortes. Se não fizer diferença, prefiro gim e tônica.

Amy levantou-se e deixou a sala.

— E quando ela trouxer a bebida, livre-se dela — disse o almirante. — Quer dizer, preciso falar com você em particular.

Logo que trouxe a bebida, Lady Matilda abanou a mão para dispensá-la e Amy saiu com um ar de quem está fazendo o que quer, e não apenas cumprindo ordens de sua patroa.

— Moça simpática — disse o almirante —, muito simpática.

— Foi para isso que você pediu que eu a mandasse embora e fechasse a porta? Para que ela não ouvisse você dizer uma coisa simpática a respeito dela?

— Não. Eu queria me consultar com você.

— Sobre o quê? Sobre sua saúde, ou onde arranjar novos empregados, ou sobre o que plantar no jardim?

— Não, quero conversar com você seriamente. Pensei que talvez pudesse ajudar-me a lembrar de algo.

— Meu caro Philip, como é comovente da sua parte pensar que eu possa lembrar *de tudo*. De ano em ano a minha memória piora. Eu cheguei à conclusão de que a gente só se recorda mesmo dos chamados "amigos da infância". Mesmo daquelas garotas horrendas da escola a gente se lembra, mesmo sem querer. Para falar a verdade, era isso que eu estava fazendo esses dias.

— Onde você esteve? Visitando escolas?

— Não, não, fui ver uma antiga amiga de escola que não tinha visto por trinta... quarenta... cinqüenta anos... mais ou menos.

— Como ela está?

— Imensamente gorda, e ainda mais chata e mais horrorosa do que eu me lembrava.

— Você tem gostos muito esquisitos, eu diria, Matilda.

— Bem, vamos logo, fale. Diga-me: do que você quer que eu me lembre?

— Fiquei imaginando se você se lembrava de um velho amigo nosso. Robert Shoreham.

— Robbie Shoreham? É claro que me lembro.

— O cientista. Cientista dos bons.

— É claro. Ele não era do tipo de homem que a gente esquece. Estou imaginando o que fez você se lembrar dele.

— Necessidade pública.

— Engraçado você dizer isto — disse Lady Matilda. — Eu pensei a mesma coisa ainda outro dia.

— Você pensou o quê?

— Que ele estava sendo necessário. Ou alguém como ele... se é que existe alguém como ele.

— Não há. Ouça-me agora, Matilda. As pessoas falam muito com você. Elas lhe contam muita coisa. Eu mesmo já lhe contei muitas coisas.

— Sempre fiquei imaginando por quê. Pois sei que você sabe que não posso compreender essas coisas ou ser capaz de descrevê-las para os outros. E ainda mais no caso de Robbie.

— Não lhe conto os segredos navais.

— Bem, ele não me contava os segredos científicos. Isto é, apenas de uma maneira muito superficial.

— Sim, mas costumava falar sobre eles com você, não é?

— Bem, algumas vezes ele gostava de contar coisas que me deixavam espantada.

— Muito bem, é aí que eu entro. Queria saber se alguma vez ele lhe falou, no tempo em que o coitado ainda podia falar direito, sobre algo chamado Projeto B.

— Projeto B — Matilda Cleckheaton considerou pensativamente. — Parece-me ligeiramente familiar — disse ela. — Ele costumava falar sobre esse ou aquele projeto, ou essa ou aquela operação. Mas você deve calcular que nunca uma dessas coisas fez sentido para mim, e ele sabia disso. Mas ele gostava... como descrever?... de me espantar um pouquinho, você sabe. Da mesma maneira como um mágico lhe conta que tira três coelhos de dentro de um chapéu sem que você tenha a mínima idéia de como ele o faz. Projeto B? Sim, mas foi há muito tempo... Estava tremendamente excitado sobre isso... Costumava perguntar-lhe: "Como está indo o Projeto B?"

— Eu sei, eu sei. Você sempre foi uma mulher muito diplomática. Sempre se lembrava do que interessava às pessoas. E mesmo que não soubesse nada sobre o assunto, você demonstrava interesse. Uma vez eu lhe descrevi uma nova espécie de canhão naval e você deve ter ficado tremendamente chateada. Mas ouviu com toda a atenção que pôde, como se fosse a coisa que mais desejava escutar em sua vida.

— Como você acabou de dizer, fui uma mulher muito diplomática e uma boa ouvinte, mesmo que não tenha sido um gênio.

— Bem, gostaria que você me falasse um pouco mais do que Robbie disse sobre o Projeto B.

— Ele dizia... puxa, é muito difícil me lembrar agora. Ele o mencionou depois de falar sobre uma certa operação que faziam no cérebro das pessoas. Você deve saber: pessoas que são tremendamente melancólicas, e que vivem pensando em suicídio, e são preocupadas e neurastênicas, e que estão cheias de complexos horrorosos. Coisas assim, esse tipo de gente de quem se fala ao se pensar em Freud. E ele disse que os efeitos colaterais eram terríveis. Isto é, as pessoas ficavam muito felizes, brandas, dóceis, e não se preocupavam mais, nem queriam matar-se, mas que elas... bem, acho que *não se preocupavam mais com coisa alguma* e, portanto, terminavam morrendo atropeladas ou coisa assim, porque não pensavam em nenhum perigo nem reparavam em nada. Estou fazendo uma descrição muito vaga, mas creio que você entendeu o que quis dizer. E era por isso, ele disse, que iria haver tantos problemas com o Projeto B., pelo menos era o que ele pensava.

— Ele o descreveu com mais detalhes do que esses?

— Disse que eu lhe pusera algo na cabeça — disse Matilda Cleckheaton inesperadamente.

— O quê? Você quer dizer que um cientista... um cientista genial como Robbie disse mesmo que você pusera algo em seu cérebro científico? Você não sabe nada sobre ciência.

— É claro que não. Mas sempre tentei botar um pouco de bom senso na cabeça das pessoas. Quanto mais espertos eles são, menos bom senso possuem. Bem, na realidade, as pessoas que contam mesmo são as que pensam em coisas simples como picotar a beira dos selos postais, ou alguém como aquele Adam... como era mesmo o nome dele?... não, MacAdam, lá na América do Norte, que botou aquela coisa preta nas estradas para que os fazendeiros pudessem transportar suas colheitas das fazendas para a costa, a fim de conseguirem um lucro maior. Quer dizer, esses faziam coisas mais úteis que os cientistas geniais. Cientistas só pensam em destruir. Foi uma coisa assim que eu disse a Robbie. Muito gentilmente, é claro, como se fosse uma piada. Ele acabara de me contar algumas das invenções maravilhosas criadas no mundo científico, a respeito da guerra química e das experiências com biologia, e o que podiam fazer aos bebês antes de nascerem, se conseguissem chegar até eles. E também a respeito de alguns gases particularmente sórdidos e desagradáveis, dizendo como as pessoas são tolas ao protestarem contra as bombas nucleares, pois eram realmente inofensivas se comparadas às outras coisas que já haviam inventado depois. E então eu disse que teria sido mais proveitoso se Robbie, ou alguém tão esperto quanto Robbie, pudesse pensar em algo realmente sensato. E ele olhou para mim com aquele brilho que tinha nos olhos e disse: "Muito bem, o que você considera sensato?" E eu disse: "Bem, em vez de inventar todas essas armas biológicas, e esses gases venenosos e tudo isso, porque você não inventa algo que simplesmente faça as pessoas felizes?" Eu disse que não poderia ser mais difícil do que o que ele já inventara. E acrescentei: "Você contou a respeito dessa operação que, eu acho, foi isso que você falou, eles tiram um pedacinho da frente do cérebro, ou um pedacinho de trás. Mas de qualquer forma, isso faz uma grande diferença nas tendências das pessoas. Elas ficam muito diferentes. Não se preocupam mais com coisa alguma ou não querem mais se suicidar." Eu disse ainda: "Bem, se você pode mudar as pessoas apenas tirando um pedacinho de osso, ou de músculo, ou de nervo, ou remendando uma glândula, ou tirando ou botando outra glândula, se você pode fazer essa diferença no caráter das pessoas, por que não inventa algo que faça a gente ficar feliz ou apenas sonolento? Suponhamos que seja algo que faça o povo se sentar numa cadeira e ter um sonho agradável, nem é preciso que seja uma pílula para dormir. Vinte e quatro horas mais ou menos e você desperta para se alimentar de vez em quando." Eu disse que seria uma idéia muito melhor.

— E isto era o Projeto B?

— Bem, é lógico que ele nunca me contou exatamente o que era. Mas ficou entusiasmado com a idéia e disse que eu pusera algo em sua cabeça, então deve ter sido algo agradável o que eu fizera, não acha? Isto é, eu não sugerira a ele nenhuma idéia mais horrorosa para matar gente e nem queria que as pessoas, você sabe, chorassem com gás lacrimogêneo ou algo parecido. Talvez rindo, sim, acredito ter mencionado um gás hilariante. Disse que, por exemplo, se você estivesse arrancando os dentes e eles lhe dessem umas três cheiradas e você começasse a rir, bem, com certeza podiam inventar coisas úteis, mas que durassem um pouquinho mais. Creio, porém, que gás hilariante só dure uns cinqüenta segundos, não é? Sei que meu irmão arrancou alguns dentes uma vez. A cadeira do dentista estava muito perto da janela e meu irmão estava rindo tanto, enquanto estava inconsciente, que esticou a perna direita e deu um pontapé na janela do dentista e todos os vidros caíram na rua, e o dentista ficou muito aborrecido.

— Suas histórias sempre têm uns desvios estranhos — disse o almirante. — De qualquer jeito, era isso que Robbie Shoreham escolhera para aperfeiçoar, de acordo com o conselho que lhe deu.

— Bom, não sei o que era exatamente. Quer dizer, não creio que você ficasse rindo ou dormindo. De qualquer forma, era *algo*. E não era realmente Projeto B. Tinha outro nome.

— Que tipo de nome?

— Ele o mencionou uma ou duas vezes. O nome que lhe dera. Algo parecido com Bengo — disse tia Matilda, pensativamente.

— Algum suavizante da digestão?

— Não creio que tivesse nada a ver com digestão. Acho que era algo que a gente cheirava, talvez fosse uma glândula. Você sabe que nós falávamos de tantas coisas que nem sempre eu sabia do que ele estava falando no momento. Bengo. Ben... Ben... começava com Ben. E havia uma palavra agradável associada ao nome.

— É tudo que você pode lembrar?

— Creio que sim. Isto é, foi apenas uma conversa que nós tivemos uma vez e, muito tempo depois, ele me disse que eu pusera algo em sua cabeça para o Projeto Ben qualquer coisa. E depois disso, ocasionalmente, se me lembrasse, eu lhe perguntava se ainda estava trabalhando no Projeto Ben e algumas vezes ele ficava muito aborrecido e dizia que não, que chegara a um obstáculo e que ia pôr tudo de lado porque estava num... num... eu não sei, mas as outras oito palavras que dizia eram num jargão desconhecido para mim e eu não posso lembrar-me delas, e você também não entenderia se eu lhe dissesse. Mas no final, penso eu... Deus, oh, Deus!... isso aconteceu há uns oito ou nove anos... no final ele veio aqui um dia e disse: "Você se lembra do Projeto Ben?" — E eu disse: "Claro que me lembro. Você ainda está trabalhando nele?" E ele me falou que não, que resolvera deixá-lo de lado. Eu disse que sentia muito. Sentia que ele o houvesse abandonado, mas respondeu: "Não é porque eu não tenha conseguido levar adiante o que queria. Agora sei que *pode* ser conseguido. Já sei onde errei. Descobri onde estava o problema, sei como contorná-lo. Lisa está trabalhando nele comigo. Sim, ele pode funcionar. Precisaria de uma série de experiências, mas pode funcionar muito bem." "Então", retruquei, "por que está preocupado?". E ele respondeu: "Porque não sei realmente o que isso faria com as pessoas." Perguntei-lhe se estava com medo de matar alguém, ou de estropiar alguém, para o resto da vida, ou qualquer coisa assim. "Não", ele me disse, "não é nada disso". Ele falou então: "É um..." Oh, claro, agora me lembro! Ele o chamou de Projeto Benvo. Sim. E era porque tinha algo a ver com *benevolência.*

— Benevolência! — disse o almirante Blunt, extraordinariamente surpreso. — Benevolência? Você quer dizer caridade?

— Não, não, não. Acho que ele disse apenas que podia fazer as pessoas praticarem a benevolência. *Sentirem-se* bondosas.

— Paz e boa vontade aos homens?

— Bem, ele não explicou dessa forma.

— Não, isso é reservado aos líderes religiosos. Eles pregam essas coisas e se fizéssemos o que eles pregam o mundo seria muito feliz. Mas Robbie, eu penso, não estava fazendo uma pregação. Ele se propôs a fazer algo em seu laboratório que trouxesse esse resultado por meios puramente físicos.

— Era isso mesmo. E disse que nunca se pode saber quando as coisas *são* benéficas às pessoas ou quando não o são. São de uma forma e não são de outra, e falou a respeito de outras coisas como... oh, penicilina, e sulfamidas, e transplantes de coração, e coisas como pílulas para as mulheres, apesar de nós ainda não termos "A Pílula", nessa época. Mas, você sabe, coisas que nos parecem boas e que são drogas-maravilhas, e gases-maravilhas, e qualquer outra maravilha, e então há algo a respeito delas que as faz funcionar errado. Aí você começa a desejar que nunca tivessem existido ou que você nunca tivesse pensado nelas. Bem, parece que era sobre isso que ele estava querendo falar e querendo que eu entendesse. Era muito difícil de explicar. Eu disse: "Você quer dizer que não quer correr o risco?" E ele respondeu: "Você tem razão. Não quero correr o risco. É esse o principal problema, veja você, não tenho a menor idéia de qual será o risco. É isso que acontece conosco, pobres e infelizes cientistas. Nós corremos riscos, e os riscos não estão nas coisas que descobrimos: serão os riscos que as pessoas vão descobrir sobre o que nós descobrimos." Eu disse: "Você está novamente falando de armas nucleares e bombas atômicas." E ele respondeu: "Para o inferno com armas nucleares e bombas atômicas. Nós já fomos muito além delas."

"'Mas se você tornar as pessoas bem-humoradas e bondosas', eu disse, 'com o que terá de se preocupar?'. E ele respondeu: 'Você não *compreende*, Matilda. Você não vai compreender nunca. Provavelmente nem meus colegas cientistas compreenderão também. E nenhum político jamais compreenderia. Assim, veja você, o risco é grande demais para se correr. De qualquer forma, seria preciso pensar muito.'"

"'Mas', disse eu, 'você poderia tirar as pessoas desse transe novamente, assim como com o gás hilariante, não poderia? Quer dizer, você tornaria as pessoas benevolentes por algum tempo, e depois tudo voltaria a ser como antes, certo ou errado, depende da maneira de ver, eu diria.' E ele me falou: 'Não. Isso seria permanente. Sempre permanente porque afeta o...' E ele começou com aquele jargão outra vez. Você pode imaginar: palavras compridas e números. Fórmulas e mudanças moleculares... algo assim. Calculo que fosse mesmo algo no gênero que eles fazem com os cretinos. Você sabe, alguma coisa que os faz deixarem de ser cretinos, como quando tomam hormônios tireoidianos ou deixam de tomar. Esqueci qual. Qualquer coisa parecida. Bem, acho que tem alguma glandulazinha simpática nalgum lugar e que se você tirá-la, ou deixá-la sem funcionar, ou fizer algo mais drástico ainda... mas aí as pessoas tornam-se permanentemente...

— Permanentemente *benevolentes*? Você tem certeza de que é essa a palavra? Benevolência?

— Sim, por isso ele botou o apelido de *Benvo*.

— Mas, fico pensando, o que seus colegas acharam dessa retirada?

— Não creio que muitos deles soubessem. Lisa... como era mesmo o nome dela?..., a moça austríaca que trabalhava no projeto com ele. E havia um rapaz chamado Leadenthal ou qualquer coisa assim, que morreu tuberculoso. E, da maneira como falava, as pessoas que trabalhavam com ele eram apenas assistentes que não sabiam exatamente o que estava tentando fazer.

— Estou vendo onde você quer chegar — disse Matilda de repente. — Não acho que ele jamais tenha contado a alguém, realmente. Acho que destruiu as fórmulas e as anotações ou o que quer que fossem, e desistiu da idéia. E depois teve o derrame e ficou doente, e agora, pobre coitado, quase não pode mais falar. Está paralítico de um lado. Ele escuta muito bem. Ouve música. É esta a sua vida hoje em dia.

— Sua vida de trabalho terminou, você acha?

— Ele nem mesmo recebe mais os amigos. Creio que lhe é muito doloroso vê-los. Sempre arranja uma desculpa.

— Mas ele está vivo — disse o almirante Blunt. — Ele ainda está vivo. Você tem seu endereço?

— Deve estar no meu livro de endereços. Ele continua no mesmo lugar. Lá pelo norte da Escócia. Mas... oh, por favor compreenda... foi um homem tão maravilhoso. Não é mais agora. Ele está... quase morto. Para todos os intentos e desígnios.

— Sempre há esperança — disse o almirante Blunt. — E crença — acrescentou. — Fé.

— E benevolência, eu imagino — disse Lady Matilda.

9

Projeto Benvo

O professor John Gottlieb estava sentado em sua cadeira, encarando fixamente a mulher jovem e bonita que estava sentada à sua frente. Coçou a orelha num gesto mais simiesco que lhe era característico. Na verdade, ele se parecia um pouco com um macaco. O queixo prognata e uma inteligência altamente matemática faziam um certo contraste, o todo encaixado numa estrutura esmirrada.

— Não é todos os dias — disse o professor Gottlieb — que uma jovem me traz uma carta do presidente dos Estados Unidos. Entretanto — disse ele alegremente —, presidentes nem sempre sabem o que estão fazendo. Do que se trata? Imagino que a senhora venha abonada pela mais alta autoridade.

— Vim perguntar ao senhor o que sabe ou o que me pode dizer a respeito de algo chamado Projeto Benvo.

— É realmente a condessa Renata Zerkowski?

— Tecnicamente, possivelmente, sim. Mas sou mais conhecida como Mary Ann.

— Sim, foi isso que escreveram num envelope separado. E a senhora quer saber sobre o Projeto Benvo. Bem, houve mesmo isso. Agora está morto e enterrado, e também o homem que o criou, assim creio.

— O senhor quer dizer o professor Shoreham.

— Isso mesmo. Robert Shoreham. Um dos maiores gênios de nossa época. Einstein, Niels Bohr e alguns outros. Mas Robert Shoreham não viveu tanto quanto deveria ter vivido. Uma grande perda para a ciência... o que é mesmo que Shakespeare diz de Lady Macbeth?... *"Ela devia ter morrido no futuro."*

— Ele não está morto — disse Mary Ann.

— Oh! Tem certeza disso? Faz muito tempo que não se sabe nada sobre ele.

— É um inválido. Vive no norte da Escócia. Está paralítico, não fala muito bem, não caminha muito bem. Fica a maior parte do tempo sentado ouvindo música.

— Sim, posso imaginar. Bem, fico satisfeito em saber. Se ele pode viver assim, não deve ser tão infeliz. De outra forma, seria infernal para um homem brilhante como ele não poder fazer mais nada. Quem não ficaria infeliz, morto numa cadeira de rodas?

— Houve *mesmo* uma coisa chamada Projeto Benvo?

— Sim, ele se mostrava muito entusiasmado quanto a isso.

— Falou com o senhor sobre ele?

— Falou com alguns de nós há muito tempo. Calculo que a senhorita não seja uma cientista?

— Não, eu sou...

— É apenas uma agente, eu suponho. Espero que esteja do lado certo. Precisamos até hoje acreditar em milagres, mas não acredito que consiga nada sobre o Projeto Benvo.

— Por que não? O senhor disse que ele trabalhou nisso. Teria sido uma invenção magnífica, não? Ou descoberta, ou outro nome que queiram dar...

— Sim, teria sido uma das maiores descobertas de nossa época. Não sei dizer-lhe o que foi que não deu certo. Já aconteceu outras vezes. Uma coisa funciona bem até que, nos últimos estágios, algo não se encaixa bem. Desmantela-se. Não funciona como você esperava e a pessoa desiste, desesperada. Ou então você faz o que fez Shoreham.

— Que foi que ele fez?

— Destruiu-o. Item por item. Ele próprio me contou. Queimou todas as fórmulas, todos os papéis que continham os dados. Três semanas depois, teve o derrame. Sinto muito. Como vê, não posso ajudá-la. Nunca soube de nenhum detalhe, apenas da idéia geral. Nem me lembro bem qual era mesmo, exceto uma coisa. Benvo queria dizer Benevolência.

10

Juanita

Lord Altamount estava ditando.

Sua voz, que antes fora vibrante e dominadora, estava reduzida a uma brandura que ainda provocava uma atração inesperada e especial. Parecia vir mansamente das sombras do passado, mas era especialmente emocional, muito mais do que se tivesse um tom mais autoritário.

James Kleek anotava as palavras, fazendo uma pausa aqui e ali, esperando quando aparecia um momento de hesitação, tolerando-o e esperando calmamente.

— O idealismo — disse Lord Altamount — pode erguer-se e geralmente o faz quando movido por um antagonismo natural à injustiça. Há uma reação natural contra o materialismo grosseiro. O idealismo natural da juventude é alimentado mais e mais por um desejo de destruir essas duas fases da vida moderna, a injustiça e o materialismo crasso. O desejo de destruir o que é maligno algumas vezes leva ao amor à própria destruição. Pode conduzir a um prazer pela violência e à imposição da dor. Tudo isto pode ser fomentado e reforçado exteriormente por aqueles que são dotados de um poder natural de liderança. Esse idealismo original se inicia em um estágio imaturo. Pode e deve levar a um desejo por um novo mundo. Pode levar também ao amor por todos os seres humanos e à boa vontade entre eles. Mas aqueles que aprenderam a amar a violência em si mesma nunca se tornarão adultos. Permanecerão presos a seu próprio desenvolvimento retardado e assim permanecerão por toda a vida.

A campainha soou. Lord Altamount fez um gesto e James Kleek pegou o aparelho e escutou.

— O sr. Robinson está aqui.

— Ah, sim. Faça-o entrar. Nós podemos continuar isto mais tarde.

James Kleek levantou-se, deixando de lado seu caderno de notas e o lápis.

O sr. Robinson entrou. James Kleek trouxe uma cadeira para ele, uma que fosse suficientemente larga para receber seu corpo com algum conforto. O sr. Robinson sorriu-lhe em agradecimento e ajeitou-se perto de Lord Altamount.

— Bem — disse Lord Altamount. — Conseguiu alguma novidade para nós? Diagramas? Círculos? Bolhas?

Ele parecia de muito bom humor.

— Não exatamente — disse o sr. Robinson imperturbável —, é quase como levantar o curso de um rio...

— Rio? — disse Lord Altamount. — Que tipo de rio?

— Um rio de dinheiro — disse o sr. Robinson, num tom de voz ligeiramente encabulado, quando se referia à sua própria especialidade. — É realmente como um rio, o dinheiro está... vindo de um lugar e indo definitivamente para outro. Realmente muito interessante... isto é, se o senhor se interessa por essas coisas... É como se contasse sua própria história, sabe?

A cara de James Kleek era a de quem não sabia, mas Lord Altamount disse:

— Eu compreendo. Continue.

— Está vindo da Escandinávia... da Bavária... dos Estados Unidos... do Sudeste da Ásia... alimentado por diversos tributários menores pelo caminho...

— E indo... para onde?

— Principalmente para a América do Sul... atendendo aos pedidos dos atualmente bem estabelecidos quartéis-generais da Juventude Militante...

— E representando quatro ou cinco dos Círculos entrelaçados que você nos mostrou: Armas, Drogas, Mísseis e Guerras Química e Científica, assim como as Finanças?

— Sim... nós achamos que agora já sabemos, quase com certeza, quem controla esses vários grupos...

— E a respeito do Círculo J... Juanita? — perguntou James Kleek.

— Ainda não temos certeza.

— James tem algumas idéias a respeito — disse Lord Altamount. — Espero que esteja errado... sim, espero que esteja mesmo. A inicial J é interessante. O que ela simboliza? A Justiça? O Julgamento?

— Uma matadora dedicada — disse James Kleek. — As fêmeas da espécie são mais mortíferas do que os machos.

— Há precedentes históricos — admitiu Altamount. — Yael passando manteiga num prato nababesco em frente de Sisera... e depois enfiando-lhe um prego na cabeça. Judith executando Holofernes, aplaudida por todos os seus conterrâneos. Sim, você pode ter uma certa razão nesse ponto.

— Então você pensa que sabe quem é a Juanita, não é? — disse o sr. Robinson. — Interessante.

— Bem, talvez esteja errado, senhor, mas há coisas que me fizeram pensar...

— Sim — disse o sr. Robinson — nós todos temos tido que pensar, não é? É melhor dizer quem você acha que é, James.

— A condessa Renata Zerkowski.

— O que o faz desconfiar dela?

— Os lugares onde ela esteve, as pessoas que entraram em contato com ela. Tem havido muitas coincidências em suas aparições nos mais estranhos lugares, e tudo o mais. Ela esteve na Baviera. Lá visitou a Grande Charlotte. E ainda por cima levou Stafford Nye com ela. Penso que isso é muito significativo...

— Você acha que eles estão juntos nesse caso? — perguntou Lord Altamount.

— Não diria isso. Não o conheço o bastante, mas... — fez uma pausa.

— Sim — disse Lord Altamount —, já tivemos dúvidas sobre ele. Foi suspeito desde o início.

— Por Henry Horsham?

— Henry Horsham foi um deles, talvez. O coronel Pikeaway também não tem certeza, penso eu. Ele está sob observação. Provavelmente sabe disso muito bem. Não é tolo.

— Mais um — disse James Kleek violentamente. — Extraordinário como nós os criamos, como confiamos neles, contamos nossos segredos, deixamos que saibam o que estamos fazendo, e continuamos a dizer: "Se há uma pessoa em quem confio absolutamente é... oh, é McLean, ou Burgess, ou Philby, ou qualquer um deles." E agora... Stafford Nye.

— Stafford Nye, doutrinado por Renata Zerkowski, aliás Juanita — disse o sr. Robinson.

— Houve aquele incidente curioso no aeroporto de Frankfurt — disse Kleek — e aquela visita a Charlotte. Stafford Nye, eu soube, esteve igualmente na América do Sul, junto com ela. Quanto à própria... será que sabemos onde ela está neste instante?

— Garanto que o sr. Robinson sabe — disse Lord Altamount. — Não sabe, sr. Robinson?

— Ela está nos Estados Unidos. Ouvi dizer que depois de ter estado com amigos em Washington ou perto dali, ela esteve em Chicago, depois na Califórnia e depois foi para Austin visitar um importante cientista. Foi a última notícia que recebi.

— O que ela está fazendo por lá?

— Presume-se — disse o sr. Robinson, em sua voz calma — que esteja tentando obter informações.

— Que informações?

O sr. Robinson suspirou.

— Isso é o que todos nós gostaríamos de saber. Presume-se que sejam as informações que todos estamos ansiosos em obter e que ela as está conseguindo para nós. Mas a gente nunca sabe... pode ser para o outro lado.

Ele se voltou para Lord Altamount.

— Hoje à noite o senhor estará viajando para a Escócia. É verdade?

— É verdade.

— Não acho que ele deva ir — disse James Kleek. Virou um rosto ansioso para seu patrão. — O senhor não tem andado muito bem ultimamente, senhor. É uma viagem muito cansativa seja de que maneira for. De avião ou de trem. Não pode deixá-la para Munro ou para Horsham?

— Na minha idade é uma perda de tempo a gente tomar cuidado — disse Lord Altamount. — Se eu puder ser útil gostaria de morrer debaixo do arreio, como diz o ditado.

Sorriu para o sr. Robinson.

— É melhor você vir conosco, Robinson.

11

Viagem à Escócia

O comandante estranhou um pouco aqueles preparativos. Estava habituado a pouco saber dessas missões. Deviam ser coisas da segurança, imaginou. Para não correr nenhum perigo. Já fizera dessas coisas antes, mais de uma vez. Pilotar um avião para um lugar improvável, com passageiros ainda mais improváveis, tendo o cuidado de não fazer perguntas, a não ser aquelas puramente essenciais. Conhecia alguns dos passageiros do vôo. Reconheceu Lord Altamount. Um homem doente, muito doente mesmo, calculou ele, que se mantinha vivo apenas por sua força de vontade. O homem com cara de falcão, ansioso, provavelmente era seu cão de guarda. Tomando conta não só de sua segurança, como de seu bem-estar. Um cão fiel que nunca saía de seu lado. Devia sempre trazer consigo estimulantes, tônicos e toda uma caixa de remédios complicados. O piloto ficou imaginando por que não traziam um médico assistente com eles. Seria uma precaução extra. O velho lembrava quase uma caveira. Mas era uma caveira nobre. Como se fosse feito de mármore, num museu. Henry Horsham, o comandante conhecia muito bem. Conhecia uma porção daqueles homens da segurança. E o coronel Munro, um pouco menos intenso do que de hábito, porém bem mais preocupado. Não pareciam muito contentes. Havia também um homenzarrão gordo, o rosto amarelado. Podia ser estrangeiro. Asiático? O que estaria fazendo, voando de avião para o norte da Escócia? O comandante falou atenciosamente com o coronel Munro:

— Está tudo pronto, senhor? O carro está à espera.

— Qual é a distância exata?

— Vinte e sete quilômetros, senhor, numa estrada irregular mas não muito ruim. Há diversas mantas sobressalentes no carro.

— Você sabe suas ordens? Repita-as, por favor, comandante Andrews.

O comandante repetiu e o coronel balançou a cabeça em aprovação. Quando o carro finalmente partiu, ele ficou olhando, imaginando consigo mesmo por que cargas d'água aquelas pessoas tão estranhas estavam ali viajando por uma região deserta para chegarem ao velho e venerável castelo onde um velho inválido vivia como um recluso, sem amigos e sem visitas. Horsham devia saber, calculou ele. Horsham devia saber de uma porção de coisas estranhas. Bem, Horsham não era do tipo que contava o que sabia.

O carro estava sendo dirigido muito bem e muito cuidadosamente. Chegou finalmente a uma estradinha de cascalhos e parou em frente aos portões. Era uma construção cheia de torreões de pedra maciça. Havia luzes de ambos os lados. A porta abriu-se antes que eles chegassem a tocar o sino ou antes que pedissem para entrar.

Uma velha escocesa de uns sessenta anos, com o rosto severo e sombrio, estava de pé à entrada. O motorista ajudou os ocupantes do carro a descerem.

James Kleek e Horsham ajudaram Lord Altamount a saltar e o ampararam nos degraus. A velha escocesa recuou para um lado e fez uma respeitosa cortesia para ele. Falou:

— Boa noite, excelência. O patrão está à sua espera. Ele já soube de sua chegada. Preparamos quartos para os senhores e as lareiras estão acesas em todos eles.

Uma outra pessoa entrou na sala. Uma mulher alta e esguia, entre os cinqüenta e os sessenta anos, mas que ainda era uma mulher bonita. Seus cabelos negros eram repartidos no meio, tinha a testa alta, o nariz aquilino e a pele queimada.

— A srta. Neumann cuidará dos senhores — disse a escocesa.

— Obrigada, Janet — disse a srta. Neumann. — Cuide para que todas as lareiras permaneçam acesas.

— Ficarei atenta.

Lord Altamount apertou-lhe as mãos.

— Boa noite, srta. Neumann.

— Boa noite, Lord Altamount. Espero que o senhor não esteja muito cansado da longa viagem.

— O vôo foi muito bom. Este é o coronel Munro, srta. Neumann. Este é o sr. Robinson, Sir James Kleek e o sr. Horsham, do Departamento de Segurança.

— Lembro-me do sr. Horsham, de muitos anos atrás.

— Eu também não me esqueci — disse Henry Horsham. — Foi na Fundação Leveson. A senhorita já era na época, creio, secretária do professor Shoreham?

— Primeiro eu fui sua assistente no laboratório e, depois, sua secretária. Ainda sou sua secretária, tanto quanto ele necessita. Ele também tem uma enfermeira profissional vivendo aqui mais ou menos permanentemente. De vez em quando são trocadas — a srta. Ellis, que está conosco atualmente, substituiu a srta. Bude dois dias atrás. Sugeri que ela ficasse perto da sala onde estaremos. Pensei que, apesar da reserva que os senhores hão de querer, ela não deveria estar muito longe em caso de necessidade.

— Ele está com a saúde muito abalada? — perguntou o coronel Munro.

— Na verdade, ele não sofre — disse a srta. Neumann —, mas os senhores devem se preparar, já que não o vêem há muito tempo. É apenas o que restou de um homem.

— Apenas uma palavra antes que a senhorita nos leve até ele. Seu estado mental está muito esgotado? Pode compreender o que se diz?

— Oh, sim! Compreende perfeitamente, mas, como está semiparalítico, não pode falar com muita clareza, apesar disso variar um pouco. Não pode andar sem ajuda. Seu cérebro, em minha opinião, continua tão perfeito quanto antes. A única diferença é que ele se cansa com facilidade. Mas os senhores não gostariam de tomar alguma coisa antes?

— Não — disse Lord Altamount. — Não, não quero esperar. O assunto que nos trouxe é muito urgente, assim eu gostaria de que nos levasse logo até ele. Está à nossa espera, se compreendi bem?

— Ele os espera, sim — disse Lisa Neumann.

Ela os conduziu pela escadaria, seguiu por um corredor e abriu a porta de uma sala de tamanho médio. Tinha tapeçarias nas paredes; cabeças de cervos empalhadas os olhavam; parecia ter sido antes uma sala de troféus de caça. Pouco se mexera em seu mobiliário e em sua decoração. Num canto da sala havia uma enorme vitrola.

O homem alto estava sentado numa cadeira perto da lareira. Sua cabeça tremia ligeiramente, e também sua mão esquerda. A pele de seu rosto era um pouco caída de um dos lados. Com franqueza, só poderia ser descrito de uma forma, como o destroço de homem. Um homem que um dia fora alto, vigoroso, forte. Tinha a testa bonita, olhos profundos, e o queixo firme e decidido. Seu olhar, por baixo das sobrancelhas espessas, era inteligente. Disse alguma coisa. Sua voz não era fraca, produzia sons mais ou menos claros, mas nem sempre inteligíveis. A faculdade da fala se fora parcialmente, mas ele ainda se fazia compreender.

Lisa Neumann ficou de pé a seu lado, observando seus lábios, para interpretar o que ele dissesse se fosse necessário.

— O professor Shoreham lhes dá as boas-vindas. Ele está muito satisfeito de vê-los aqui, Lord Altamount, coronel Munro, Sir James Kleek, sr. Robinson e sr. Horsham. Pediu-me que lhes dissesse que sua audição é razoavelmente boa. Qualquer coisa que disserem ele pode ouvir. Se houver alguma dificuldade, estarei aqui para ajudar. O que ele quiser dizer-lhes, será feito por meu intermédio. Se ele ficar muito cansado para falar, posso fazer leitura labial e nós também conversamos numa perfeita linguagem de sinais, se for o caso.

— Tentarei — disse o coronel Munro — não fazê-lo perder tempo, e cansá-lo o menos possível, professor Shoreham.

O homem na cadeira abaixou a cabeça em reconhecimento.

— Algumas das perguntas eu posso fazer à srta. Neumann.

A mão de Shoreham fez um leve gesto na direção da mulher que estava de pé a seu lado. Surgiram alguns sons em seus lábios, outra vez pouco inteligíveis para eles, mas ela traduziu-os rapidamente:

— Ele disse que podem contar comigo para transcrever qualquer coisa que queiram dizer a ele ou ele para os senhores.

— O senhor, creio eu, já recebeu minha carta — disse o coronel Munro.

— É verdade — disse a srta. Neumann. — O professor Shoreham recebeu sua carta e tomou conhecimento de seu conteúdo.

Uma enfermeira de hospital entreabriu ligeiramente a porta, mas não entrou. Falou numa voz sussurrada:

— Precisa de alguma coisa, srta. Neumann? Para algum dos convidados ou para o professor Shoreham?

— Não precisamos de nada, obrigada, srta. Ellis. Ficaria satisfeita, entretanto, se a senhorita permanecesse na sala ao lado do corredor, caso precisemos de algo.

— Certamente... compreendo perfeitamente — saiu, fechando a porta suavemente.

— Não queremos perder tempo — disse o coronel Munro. — Sem dúvida o professor Shoreham está a par dos acontecimentos.

— Inteiramente a par — disse a srta. Neumann. — Até onde vai o seu interesse.

— Ele se mantém em contato com os avanços da ciência e com esse tipo de coisas?

Robert Shoreham balançou a cabeça de um lado para outro. Ele próprio respondeu:

— Já abandonei isto tudo.

— Mas o senhor sabe razoavelmente em que pé está o mundo? O êxito da chamada Revolução da Juventude. A tomada do poder por forças bem equipadas da juventude?

A srta. Neumann respondeu:

— Ele sabe de tudo que está acontecendo... politicamente, quero dizer.

— O mundo atual está entregue à violência, ao sofrimento, aos dogmas revolucionários, a uma filosofia incrível e estranha, governado por uma minoria anarquista.

Um leve ar de impaciência perpassou pelo rosto descarnado.

— Ele sabe de tudo isso — disse o sr. Robinson, falando repentinamente. — Não é necessário repetirmos todas estas coisas. Ele é um homem que sabe de tudo.

Continuou:

— O senhor se lembra do almirante Blunt?

Novamente a cabeça balançou. Algo como um sorriso surgiu em seus lábios retorcidos.

— O almirante Blunt lembra-se de um trabalho científico que o senhor fez para determinado projeto... penso que projeto é como chamam essas coisas? Projeto Benvo.

Reparou no brilho de alerta que surgiu nos olhos do professor.

— Projeto Benvo — disse a srta. Neumann. — O senhor está voltando há muito tempo atrás, sr. Robinson, para lembrar-se disto.

— Era um projeto *seu*, não era? — perguntou o sr. Robinson.

— Sim, era um projeto dele — a srta. Neumann falava agora mais facilmente por ele, com muita segurança.

— Não podemos usar armas nucleares, não podemos usar explosivos, gases ou químicos, mas o *seu* projeto, o Projeto Benvo, nós *poderíamos* usar.

Fez-se silêncio e ninguém disse nada. E novamente aqueles sons estranhos e destorcidos vieram dos lábios do professor Shoreham.

— Ele disse que é claro — disse a srta. Neumann — que o Benvo poderia ser empregado com êxito nas circunstâncias em que nos encontramos...

O homem da cadeira voltara-se para ela e estava lhe dizendo algo.

— Deseja que eu lhes explique — disse a srta. Neumann. — O Projeto B., posteriormente chamado Projeto Benvo, foi algo em que ele trabalhou durante muitos anos, mas que finalmente foi abandonado por sua própria vontade.

— Por ter falhado em sua realização?

— Não, não falhou — disse Lisa Neumann. — Nós não falhamos. Eu trabalhei com ele nesse projeto. Ele o deixou de lado por certas razões, mas não falhou. Foi um êxito. Estava no caminho certo, desenvolveu-o, testou-o em diversas experiências de laboratório, e funcionou. — Ela voltou-se para o professor Shoreham outra vez, fez alguns gestos com a mão, tocando os lábios, a orelha, a boca em uma estranha espécie de código de sinais.

— Perguntei-lhe se quer que eu explique o que faz o Projeto Benvo.

— Gostaríamos que a senhorita explicasse.

— E ele quer saber como foi que os senhores souberam a respeito do projeto.

— Soubemos dele — disse o coronel Munro, por uma velha amiga sua, professor Shoreham. O almirante Blunt não se lembrava muito bem, mas essa outra pessoa a quem uma vez o senhor falou a respeito lembrava-se de tudo. Lady Matilda Cleckheaton.

Novamente a srta. Neumann virou-se para ele e observou seus lábios. Ela sorriu ligeiramente.

— Ele disse que pensava que Matilda morrera anos atrás.

— Ela está viva, muito viva. Foi ela quem quis que soubéssemos dessa descoberta do professor Shoreham.

— O professor Shoreham lhes dará uma explicação geral sobre o que querem saber, se bem que necessita preveni-los que esse conhecimento lhes será completamente inútil. Os papéis, as fórmulas, os cálculos e as provas dessa descoberta foram todos destruídos. Uma vez que o único jeito de satisfazer suas perguntas é a explicação do esboço principal do Projeto Benvo, farei um pequeno resumo. Posso dizer-lhes, de maneira razoavelmente clara, em que consistia. Os senhores devem saber as finalidades do gás lacrimogêneo usado pela polícia para controlar multidões rebeladas, manifestações violentas e coisas assim. Produz um estado plangente, de lágrimas dolorosas e inflamação do *sinus*.

— E isso é algo parecido?

— Não, pelo menos não na maneira de usar, mas pode servir para a mesma finalidade. Veio à cabeça dos cientistas que se pode mudar não apenas as principais reações e sentimentos, mas também as características mentais dos homens. Pode-se trocar o caráter de um homem. As qualidades de um afrodisíaco são bem conhecidas. Elas conduzem a um desejo sexual; há várias drogas, gases ou operações glandulares e qualquer uma dessas coisas pode conduzir a uma mudança do vigor mental, aumentando a energia como nas alterações da glândula tireóide. O professor Shoreham gostaria de lhes dizer que há um certo processo... ele não dirá agora se é glandular ou produzido por um gás manufaturado, mas que existe algo que pode mudar a maneira de pensar de um homem... mudar suas reações ante a vida e ante as pessoas em geral. O homem pode estar em um estado de fúria homicida, pode ser patologicamente violento e, ainda assim, sob a influência do Projeto Benvo, torna-se diferente, torna-se *outra pessoa*, muito diferente. Ele se transforma... e só existe uma palavra para isso, creio eu, uma palavra materializada em si mesma... ele se torna *benevolente*. Quer beneficiar outras pessoas. Transpira bondade. Fica com horror de causar dor ou violência a alguém. Benvo poderia ser usado numa grande área, afetar centenas e mesmo milhares de pessoas, se fosse produzido em grandes quantidades e distribuído de maneira adequada.

— Quanto tempo faz efeito? — perguntou o coronel Munro. — Vinte e quatro horas? Um pouco mais?

— O senhor não compreendeu — disse a srta. Neumann. — Ele é *permanente*.

— Permanente? Quer dizer que isso muda a natureza de um homem, alterando um componente, um componente físico, é claro, de seu ser e que essa alteração produz um efeito permanente em seu caráter? E não se pode voltar atrás? Vocês não podem tornar a transformá-lo no que era antes? Tem que ser aceito como uma mudança permanente?

— Sim, talvez no início fosse uma descoberta de interesse médico, mas o professor Shoreham o concebeu como um inibitório para ser usado na guerra, em levantes populares, desordens, revoluções, anarquia. Não pensou nele como puramente médico. Não produz felicidade no indivíduo, apenas um grande desejo de que os outros sejam felizes. Este é um efeito — diz ele — que todas as pessoas sentem em determinada época de suas vidas. Têm um grande desejo de fazer alguém, uma pessoa ou muitas pessoas felizes, com conforto, em boa saúde, todas essas coisas. E, uma vez que as pessoas sentem ou são capazes de sentir isso, existe, e nós dois acreditamos, um componente que controla esse desejo em seus corpos e que, colocado em ação, pode continuar operando perpetuamente.

— Maravilhoso — disse o sr. Robinson.

Ele falou pensativo, sem entusiasmo.

— Maravilhoso. Que coisa estranha o senhor descobriu. Que coisa a ser posta em ação se... mas por quê?

A cabeça recostada ao espaldar da cadeira voltou-se devagar na direção do sr. Robinson. A srta. Neumann disse:

— Ele disse que o senhor compreendeu melhor que os outros.

— Mas é a resposta! — disse James Kleek. — É a resposta *exata*! É maravilhoso! — Seu rosto estava excitadamente alterado.

A srta. Neumann estava balançando a cabeça.

— O Projeto Benvo — disse ela — não está à venda e tampouco será dado de presente. Ele foi abandonado.

— Está nos dizendo que a resposta é não? perguntou incrédulo o coronel Munro.

— Sim. O professor Shoreham diz que a resposta é não. Ele decidiu que isso era contra... — ela fez uma pausa e voltou-se para o homem da cadeira. Ele fez curiosos movimentos com a cabeça, com uma das mãos e alguns sons guturais saíram de sua boca. Ela esperou e depois falou:

— Ele próprio lhes dirá, ele teve medo. Medo do que a ciência fizera em seus tempos de triunfo. As coisas que foram descobertas e conhecidas, as coisas que inventara e dera ao mundo. As drogas maravilhosas que nem sempre foram drogas maravilhosas, a penicilina que salvou tantas vidas, mas que também ceifou tantas outras; os transplantes cardíacos que trouxeram tantas desilusões e o desapontamento de uma morte não aguardada. Ele viveu no período da desintegração nuclear, das novas armas que mataram tudo. As tragédias da radioatividade, as poluições que novas descobertas industriais trouxeram. Ele teve medo do que a ciência pudesse fazer, do uso indiscriminado que faria.

— Mas isso é benéfico. É benéfico para todos — gritou Munro.

— Tantas coisas também o foram. Sempre anunciadas como benefícios para a humanidade, como grandes maravilhas. E então surgiram os efeitos colaterais, e, pior do que isto, o fato de que, às vezes, elas trouxeram apenas desastres e nunca benefícios. E assim decidiu que deveria abandoná-lo. Ele disse — ela leu o que estava numa folha de papel enquanto a seu lado ele confirmava num movimento de assentimento.

Fiquei satisfeito com o que fiz e com o que me propus fazer. Minha descoberta foi feita. Mas decidi não pô-la em circulação. Ela precisava ser destruída. E, portanto, ela foi destruída. Assim, a resposta é negativa. Não há benevolência à disposição. Pode ser que tenha havido um dia. Mas agora todas as fórmulas, toda a técnica, minhas notas e meus cálculos para os processos essenciais se foram, queimados até às cinzas. Eu destruí minha maior criação.

Robert Shoreham, num tremendo esforço, começou um discurso rouco e difícil.

— Destruí a menina de meus olhos e ninguém neste mundo sabia como eu chegara até ali. Um homem me ajudou, mas ele está morto. Morreu tuberculoso um ano depois de atingirmos nosso objetivo. Vocês devem ir embora. Eu não lhes posso ajudar.

— Mas, com seus conhecimentos, o senhor pode salvar o mundo!

O homem da cadeira fez um barulho curioso. Era uma risada. A risada de um aleijado.

— Salvar o mundo. Salvar o mundo! Que frase! É isto que os moços estão pensando que farão! Pensam que prosseguindo com a violência e com o ódio podem salvar o mundo! Mas não sabem como! Precisam fazer isso por si mesmos, com seus próprios corações, com seus próprios pensamentos. Não podemos fornecer-lhes uma maneira artificial de fazê-lo. Não. Uma bondade artificial? Nada disso. Não seria *real*. Não *significaria* nada. Seria contra a Natureza. — Ele disse lentamente: — *Seria contra Deus*.

As duas últimas palavras foram pronunciadas inesperadamente, claramente enunciadas.

Ele olhou para todos os que o ouviam. Era como se estivesse pedindo sua compreensão, mas, ao mesmo tempo, não tivesse nenhuma esperança.

— Eu tinha o direito de destruir o que criara...

— Duvido muito — disse o sr. Robinson. — Conhecimento é conhecimento. Aquilo a que o senhor deu vida... aquilo a que o senhor deu a vida, não deve destruir.

— O senhor tem o direito de opinar... mas também deve aceitar os fatos.

— Não! — o sr. Robinson pronunciou a palavra com força.

Lisa Neumann voltou-se para ele com raiva.

— Que quer dizer com este "Não"?

Os olhos dela brilhavam. "Uma mulher bonita", pensou o sr. Robinson. Uma mulher que provavelmente amara Robert Shoreham durante toda a vida. Ela o amara, trabalhara com ele e agora vivia a seu lado, prestando-lhe serviços com seu intelecto, dando-lhe devoção em sua forma mais pura, sem piedade.

— Há coisas que aprendemos durante o decorrer de uma vida — disse o sr. Robinson. — Não creio que a minha vida seja longa. Eu carrego um peso grande demais para começar. — Ele deu um suspiro ao olhar para o próprio corpo. — Mas sei de muitas coisas.

Estou certo, e o senhor sabe disso, professor, Shoreham. O senhor tem de admitir que estou com a razão, também. O senhor é um homem honesto. Não teria destruído o seu trabalho. Não teria conseguido forçar-se a fazer isso. Ainda deve tê-lo em algum lugar, trancado, escondido, não nesta casa provavelmente. Imagino, e estou apenas tentando adivinhar, que deva estar em algum lugar, assim como o cofre de um banco. Ela também sabe onde está guardado. O senhor confia nela. É a única pessoa do mundo em quem o senhor confia.

Shoreham falou e, desta vez, sua voz era quase perfeita:

— Quem é *você*? Que espécie de demônio é você?

— Sou apenas um homem que entende de dinheiro — disse o sr. Robinson — e das coisas que se ramificam a partir dele, o senhor sabe. Pessoas, e suas idiossincracias, e suas maneiras de viver. Se o senhor quisesse, poderia pôr a mão novamente no trabalho que afastou de si. Não estou dizendo que o senhor pudesse fazer o mesmo trabalho, mas creio que ele está em algum lugar. O senhor nos deu seus pontos de vista, e eu não diria que eles estejam de todo errados — disse o sr. Robinson.

— Provavelmente o senhor está certo. Benefícios à humanidade são proezas difíceis de se lidar. Pobre velho Beveridge, acabar com a necessidade, com o medo, ser livre para tudo... ele pensou que estava fazendo da terra um paraíso ao dizer isso, ao planejar e tentar executar o que pensava. Mas isso não fez da terra um paraíso e eu também não acredito que seu Benvo — ou seja lá como o chama (e para mim parece mais uma patente de conserva) — trará o paraíso para a terra. A bondade tem seus perigos, como tudo o mais. O que ela fará será salvar a humanidade de muito sofrimento, dores, anarquia, violência, escravidão às drogas. Sim, pode salvaguardar o mundo de muitas desgraças, e talvez *possa* salvar algo mais importante. Talvez possa... eu digo apenas *talvez*... fazer uma grande diferença para as pessoas. Os jovens. Esse seu Benvoleo (agora me parece a patente de um novo sabão) tornará as pessoas benevolentes e admito que elas talvez possam tornar-se também condescendentes, presunçosas e satisfeitas consigo mesmas. Mas há uma chance também de, ao mudar o temperamento das pessoas à força, e elas continuarem assim até a sua morte (por imposição do Benvo), ser possível que uma ou duas delas, não muitas, possam descobrir que possuíam uma vocação natural, humildemente e não orgulhosamente, para aquilo que se tornaram. Que mudem *realmente*, quero dizer, antes de morrerem. Não são capazes de sair de um hábito que adquiriram.

O coronel Munro disse:

— Não entendi que diabos você está falando!

A srta. Neumann falou:

— Ele está dizendo tolices. O senhor tem de aceitar a resposta do professor Shoreham. Fará o que quiser com suas descobertas. Não pode coagi-lo.

— Não — disse Lord Altamount. — Não vamos coagi-lo ou torturá-lo, Robert, nem mesmo forçá-lo a revelar seus esconderijos. Você fará o que achar certo. Todos estão de acordo a esse respeito.

— Edward? — perguntou Robert Shoreham. Sua voz falhou ligeiramente outra vez, suas mãos movimentaram-se num gesto rápido e a srta. Neumann traduziu imediatamente.

— Edward? Ele perguntou se o senhor é Edward Altamount?

Shoreham falou outra vez e ela transmitiu-lhes as palavras.

— Ele está lhe perguntando, Lord Altamount, se o senhor definitivamente, com todo o seu coração e inteligência, está lhe pedindo para colocar o Projeto Benvo sob sua responsabilidade. Ele diz que... — ela fez uma pausa, observando, escutando — ele diz que o senhor é o único homem da vida pública no qual sempre confiou. Se é de *seu* desejo...

James Kleek pôs-se repentinamente de pé. Ansioso, rápido como um raio, ficou de pé ao lado da cadeira de Lord Altamount.

— Deixe-me ajudá-lo, senhor. O senhor está passando mal. Não está passando bem. Por favor, afaste-se um pouco, srta. Neumann. Eu... eu preciso ficar perto dele. Eu... eu tenho seus remédios comigo. Eu sei o que fazer...

Ele pôs a mão no bolso e tirou de lá uma seringa hipodérmica.

— A não ser que tome logo isto, será tarde demais... — Segurou o braço de Lord Altamount, enrolou a manga, apertou a carne entre os dedos e empunhou a agulha.

Mas alguém mais se mexeu. Horsham já estava do outro lado da sala, empurrando o coronel Munro para um canto; sua mão segurou James Kleek, enquanto que, com um repelão, atirava longe a seringa. Kleek lutou, mas Horsham era forte demais para ele. E Munro também já estava lá.

— Então tem sido *você*, James Kleek — disse ele. — Então é você que tem sido o traidor, o discípulo fiel que não era assim tão fiel.

A srta. Neumann correra para a porta, abrira-a e gritava pela enfermeira.

— Enfermeira! Venha depressa. Corra!

A enfermeira apareceu. Deu uma olhada rápida na direção do professor Shoreham, mas este fez-lhe sinal que não com a mão e apontou para o outro lado da sala onde Horsham e Munro ainda seguravam um Kleek que se debatia. A mão dela desceu para o bolso de seu uniforme.

Shoreham balbuciou:

— É Altamount, um ataque cardíaco.

— Ataque cardíaco, uma ova! — resmungou Munro. — Tentativa de homicídio. — Ele parou.

— Segure esse sujeito — disse para Horsham, e correu para o outro lado da sala.

— Sra. Cortman? Desde quando a senhora abraçou a profissão de enfermeira? Nós a perdemos de vista desde que escapuliu de nós lá em Baltimore.

Milly Jean ainda estava com a mão no bolso. E de lá saiu com uma pequena arma automática. Ela olhou de relance para Shoreham, mas Munro ficou em frente dela e Lisa em frente da cadeira de Shoreham.

James Kleek berrou:

— Pegue Altamount, Juanita — rápido — pegue Altamount!

O braço dela ergueu-se e o tiro espocou.

James Kleek disse:

— Um tiro formidável!

Lord Altamount tivera uma educação clássica. Murmurou fracamente, olhando para James Kleek.

— Jamie? *Et tu Brute?* — e desfaleceu em sua cadeira.

O dr. McCulloch olhou em torno de si, um tanto incerto do que ia dizer ou fazer agora. A noite fora um tanto estranha para ele.

Lisa Neumann aproximou-se dele e pôs um copo a seu lado.

— Um chocolate quente — disse ela.

— Sempre achei que você era uma mulher entre mil, Lisa. Bebeu o chocolate com gosto.

— Eu gostaria de saber o que se passou aqui esta noite... mas calculo que tudo seja tão secreto que ninguém vai mesmo me contar nada.

— O professor... ele está bem, não está?

— O professor? — olhou para o rosto inquieto de Lisa, e disse gentilmente: — Ele está bem. Se me perguntasse, eu diria que isto lhe fez muito bem.

— Eu pensei que talvez o choque...

— Estou muito bem — disse Shoreham. — Era de um tratamento de choque que eu estava precisando. Eu me sinto... como explicar?... eu me sinto vivo outra vez. — Ele próprio parecia surpreso.

McCulloch disse para Lisa:

— Reparou como a voz dele está mais forte? Nesses casos o pior inimigo é a apatia. O que ele quer agora é trabalhar novamente... o estímulo de um trabalho intelectual. A música foi muito boa. Manteve-o calmo e ensinou-o a apreciar a vida de uma maneira suave. Mas ele é, na realidade, um homem de grande força intelectual, e estava sentindo falta da atividade mental que para ele é a própria essência da vida. Faça-o começar tudo de novo.

Ele a olhou e animou-a com o olhar, mas ela parecia duvidosa.

— Penso, dr. McCulloch — disse o coronel Munro —, que nós lhe devemos algumas explicações do que se passou aqui esta noite, apesar de que, como o senhor mesmo presumiu, as autoridades do governo pediram um grande sigilo. A morte de Lord Altamount... — Ele hesitou.

— A bala não o matou realmemte — disse o médico. — A morte foi devida ao choque. Aquela injeção teria surtido o efeito... estriquinina. O rapaz...

— Eu o agarrei bem a tempo — disse Horsham.

— Então ele foi o traidor o tempo todo? — perguntou o médico.

— Sim... olhado com confiança e afeição por mais de sete anos. O filho de um dos maiores amigos de Lord Altamount...

— Acontece. E a mulher... era cúmplice dele, não era?

— Sim. Ela conseguiu o lugar aqui sob falsas credenciais. Também estava sendo procurada pela polícia por homicídio.

— Homicídio?

— Sim. Pelo assassinato de seu marido, Sam Cortman, o embaixador americano. Ela atirou nele nos degraus da embaixada e depois contou uma linda história de uns rapazes mascarados que o teriam atacado.

— Por que fez isso com ele? Razões políticas ou pessoais?

— Ele deve ter descoberto algumas das atividades dela, eu penso.

— Eu diria que ele suspeitou de infidelidade — disse Horsham. — Em vez disso, descobriu toda uma vasta rede de espionagem e conspiração, e sua mulher comandando o espetáculo. Ficou um pouco sem saber o que fazer. Era um camarada simpático, mas de raciocínio lento... e ela teve o senso de agir depressa. Foi maravilhoso como ela demonstrou seu pesar nas cerimônias fúnebres.

— Em memória de... — disse o professor Shoreham.

Todos, um tanto surpresos, olharam para ele.

— É uma palavra difícil de dizer, em memória... mas é a que eu quis mesmo dizer. Lisa, nós dois vamos recomeçar a trabalhar.

— Mas, Robert...

— Estou vivo novamente. Pergunte ao doutor se eu preciso ficar em repouso outra vez.

Lisa olhou interrogativamente para o dr. McCulloch.

— Se ficar, vai encurtar sua vida e tornar a cair na apatia...

— Está vendo? — disse Shoreham. — Está na moda... é a medicina moderna de hoje. Faz qualquer um... mesmo que ele esteja às portas da morte, levantar a cabeça e continuar trabalhando...

O dr. McCulloch riu e levantou-se.

— Não está de todo errado. Vou lhe mandar umas pílulas para ajudar.

— Eu é que não tomo.

— Vai tomar sim.

Ao chegar à porta o médico parou.

— Só gostaria de saber... como foi que a polícia chegou tão depressa?

— O comandante Andrews — disse Munro. — Ele estava prevenido. Chegou na hora exata. Nós sabíamos que a mulher estava por perto, mas não tínhamos idéia de que já estava dentro da casa.

— Bem... eu vou embora. Tudo o que me contaram é verdade? Parece que vou acordar a qualquer instante, depois de pegar no sono no meio de um filme de mistérios. Espiãs, assassinatos, traidores, espionagem, cientistas...

Saiu.

Todos ficaram em silêncio.

O professor Shoreham falou lenta e cuidadosamente:

— De volta ao trabalho...

Lisa, como todas as mulheres sempre fizeram, disse:

— Você precisa tomar *cuidado*, Robert...

— Não... eu não posso ter cuidado. O tempo pode ser curto.

Repetiu de novo:

— Em memória...

— O que você *quer dizer* com isso? Você já disse isso antes.

— Em memória? Sim. De Edward. O seu memorial! Eu sempre achei que ele tivesse um rosto de mártir.

Shoreham parecia perdido em seus pensamentos.

— Eu gostaria de encontrar Gottlieb. Talvez esteja morto. Era um homem bom de se trabalhar. Com ele e com você, Lisa... tire aquilo do banco.

— O professor Gottlieb está vivo... trabalha na Fundação Baker, em Austim, no Texas — disse o sr. Robinson.

— De que você está falando? — disse Lisa.

— Benvo, é lógico! Um memorial para Lord Altamount. Ele morreu por isso, não foi? Ninguém deve morrer em vão.

Epílogo

Sir Stafford Nye escreveu uma mensagem telegráfica pela terceira vez.

ZP 354XB 91 DEP. S.Y.

PROVIDENCIEI PARA CERIMÔNIA CASAMENTO SER REALIZADA QUINTA-FEIRA PRÓXIMA SEMANA IGREJA SÃO CRISTÓVÃO DO VALE EM STAUNTON 14H30 PONTO SERVIÇO COMUM DA IGREJA ANGLICANA SE QUISER IGREJA CATÓLICA OU ORTODOXA GREGA FAVOR TELEGRAFAR INSTRUÇÕES PONTO ONDE ESTÁ VOCÊ E QUE NOME DESEJA USAR PARA CERIMÔNIA NUPCIAL PONTO SOBRINHA MUITO LEVADA CINCO ANOS DE IDADE E ALTAMENTE DESOBEDIENTE DESEJA SERVIR DE DAMA DE HONRA UM DOCE REALMENTE NOME SYBIL PONTO LUA-DE-MEL LOCAL POIS CREIO JÁ VIAJAMOS BASTANTE ULTIMAMENTE PONTO ASSINADO PASSAGEIRO PARA FRANKFURT.

PARA STAFFORD NYE BXY42698

ACEITO SYBIL COMO DAMA DE HONRA SUGIRO TIA-AVÓ MATILDA COMO MADRINHA PONTO ACEITO PROPOSTA CASAMENTO APESAR NÃO TER SIDO OFICIALMENTE FEITA PONTO IGREJA ANGLICANA INTEIRAMENTE SATISFATÓRIA IGUALMENTE PROVIDÊNCIAS LUA-DE-MEL PONTO INSISTO PANDA DEVE ESTAR PRESENTE PONTO NÃO ADIANTA DIZER ONDE ESTOU POIS JÁ NÃO ESTAREI MAIS QUANDO RECEBER ESTE PONTO ASSINADO MARY ANN.

— Será que estou bem? — perguntou nervoso Stafford Nye, revirando a cabeça em frente ao espelho.

Ele estava experimentando a roupa de casamento.

— Não está pior do que qualquer outro noivo — disse Lady Matilda. — Eles sempre ficam nervosos. Diferente das noivas que ficam acintosamente exultantes.

— E suponhamos que ela não venha?

— Ela virá.

— Eu sinto... eu me sinto... muito esquisito por dentro.

— Deve ser porque você repetiu aquele *paté*. Está apenas nervoso como todos os noivos. Não fique tão apavorado, Staffy. Você vai estar bem na noite... Isto é, quer dizer, você vai estar bem quando chegar à igreja...

— Isso me fez lembrar...

— Esqueceu-se de comprar a aliança?

— Não, não... foi que eu esqueci de lhe dizer que tenho um presente para a senhora, tia Matilda.

— É muito gentil de sua parte, meu rapaz.

— A senhora falou que seu organista foi embora...

— Sim, graças a Deus.

— Eu lhe trouxe um novo organista.

— Realmente, Staffy, que idéia extraordinária! Onde foi que você o conseguiu?

— Na Baviera... ele canta como um anjo.

— Não é preciso que ele cante. Precisa apenas tocar órgão.

— Ele toca também. É um músico de muito talento.

— Por que ele quis deixar a Baviera e vir para a Inglaterra?

— A mãe dele morreu.

— Oh, Deus, foi isso que aconteceu com nosso outro organista. Ao que parece, mães de organistas têm a saúde muito delicada. Será que ele vai precisar de carinhos maternos? Eu não sou muito boa para isso...

— Eu diria que carinhos de avó e de bisavó também servem.

A porta abriu-se de repente e uma criança com ar de anjo e de pijama rosa-claro, salpicado de botões de rosa, fez uma entrada dramática — e falou num tom melodioso de quem estava à espera de uma acolhida entusiástica...

— Sou eu!

— Sybil, por que você ainda não está na cama?

— As coisas não estavam correndo muito bem lá no quarto...

— O que quer dizer que você foi uma menina levada e que Nannie não está contente com você. Que foi que fez?

Sybil olhou para o teto e começou a rir.

— Era uma lagarta... daquelas cheias de pelinhos. Eu botei em cima dela e a lagarta desceu até aqui.

O dedo de Sybil indicou um lugar bem no meio do peito, ao qual os costureiros dão o nome de "decote".

— Não me surpreende que Nannie tenha ficado zangada... ugh! — disse Lady Matilda.

Nannie entrou nesse momento, disse que a srta. Sybil estava superexcitada, não dissera suas orações e não queria ir para a cama.

Sybil arrastou-se para junto de Lady Matilda.

— Quero dizer minhas orações com você, Tilda...

— Muito bem... mas depois você vai direto para a cama.

— Oh, sim, Tilda.

Sybil ficou de joelhos, juntou as mãos, e proferiu uma série de sons muito peculiares que pareciam ser uma preliminar necessária para uma aproximação com o Todo-Poderoso em suas orações. Suspirou, gemeu, resmungou, deu um fungado final e começou a falar aos trambolhões:

— Ó meu Deus, abençoe papai e mamãe em Singapura, e tia Tilda e tio Staffy, e Amy e Cook e Ellen, e Thomas, e todos os cachorros e meu potrinho *Grizzle*, e Margaret e Diana, minhas melhores amigas, e Joan, minha pior amiga, e faça de mim uma boa menina em nome de Jesus, amém. E por favor, meu Deus, faça Nannie ser boazinha.

Sybil levantou-se, olhou Nannie com a certeza de ter obtido uma vitória, disse boa-noite e desapareceu.

— Alguém deve ter falado com ela sobre o Projeto Benvo — disse Lady Matilda. — Por falar nisso, Staffy, quem vai ser seu padrinho?

— Esqueci completamente... Tenho que ter um mesmo?

— É o costume.

Sir Stafford Nye apanhou no chão um animalzinho de pelúcia.

— O ursinho panda vai ser o meu padrinho. Sybil vai gostar da idéia, Mary Ann também... E por que não? O panda está nesta história desde o começo... desde Frankfurt...

Este livro foi impresso em Guarulhos, em novembro de 2003,
pela Lis Gráfica e Editora Ltda., para a Editora Nova Fronteira.
O papel do miolo é offset 75g/m², e o da capa é cartão 250g/m².

Visite nosso *site*: www. novafronteira.com.br